PIÉGÉE

Lilja SIGURDARDÓTTIR

PIÉGÉE

Reykjavík noir
La trilogie, T. 1

Traduit de l'islandais
par Jean-Christophe Salaün

Éditions Métailié
20, rue des Grands Augustins, 75006 Paris
www.editions-metailie.com
2017

Publié avec l'aide du Icelandic Literature Center

Icelandic
LITERATURE
CENTER
MIÐSTÖÐ ÍSLENSKRA BÓKMENNTA

Titre original : *Gildran*

Published by agreement with Forlagið, www.forlagid.is

ISBN : 979-10-226-0633-2

Retrouvez-nous sur les réseaux sociaux :

NOVEMBRE – DÉCEMBRE 2010

1

Il ne restait plus une goutte de café dans le gobelet. Appuyée à la table haute, Sonja feignait d'en siroter le contenu par le trou du couvercle en plastique, scrutant la file d'attente du comptoir d'enregistrement. L'aéroport de Copenhague était calme à cette heure tardive, seule une poignée d'avions n'avaient pas encore décollé. Sous ses yeux trônait un catalogue Samsonite, dont elle feuilletait les pages de temps à autre, bien que ce fût parfaitement inutile. Elle le connaissait sur le bout des doigts, se rappelait distinctement les images qu'elle avait annotées lors de son dernier passage par ce terminal. Le prochain vol pour l'Islande n'était pas avant deux bonnes heures, mais déjà Sonja se préparait à utiliser plutôt sa réservation du lendemain matin. Son plan de secours. Il fallait toujours prévoir un plan de secours. Qu'elle prenne l'avion du soir ou celui du matin lui importait peu, les préparatifs demeuraient les mêmes. Elle avait souvent repoussé son départ, voire annulé son vol et changé de route lorsqu'un imprévu se présentait ou qu'elle avait un mauvais pressentiment. Personne ne l'attendait à la maison, et elle était habituée aux hôtels d'aéroport.

C'est au moment où elle s'apprêtait à mettre le plan B à exécution qu'elle aperçut la femme entrant dans le terminal, d'abord d'un pas pressé avant de ralentir lorsqu'elle remarqua la longue file d'attente. Sonja crut presque l'entendre soupirer de soulagement. Elle était parfaite. Grande et blonde, comme beaucoup d'Islandais. Lorsque Sonja prit place derrière elle, son estomac se noua. Cette pauvre inconnue ne lui avait rien fait et, en d'autres circonstances, elles auraient probablement même bavardé ensemble de la pluie et du beau temps en attendant leur tour. Enfin, l'heure n'était pas à la culpabilité. La femme collait au plan. Ou, du moins, sa valise – une Samsonite Titanium d'hôtesse de l'air, couleur argent. Elle portait à l'épaule un sac plus petit, ce qui signifiait sans doute qu'elle comptait enregistrer la Samsonite. L'intérêt des Islandais pour la mode, y compris dans le domaine du bagage, était une véritable bénédiction.

La file avançait doucement. Sonja continuait d'observer l'inconnue tandis que les haut-parleurs rappelaient aux voyageurs de ne pas laisser leurs valises sans surveillance. La femme semblait avoir la tête ailleurs et, soit qu'elle n'eût pas entendu l'annonce, soit qu'elle ne se sentît pas directement concernée, elle ne jeta pas un regard à sa valise comme l'avaient inconsciemment fait la plupart des passagers. Sa décontraction était de bon augure. Cela faciliterait les choses.

Sonja sourit intérieurement lorsqu'une famille avec des enfants apparut derrière elle. Comme un don du ciel.

– Je vous en prie, dit-elle. Passez devant.

– Vraiment ? fit le père qui avait déjà avancé la poussette du plus jeune de sa progéniture.

– Bien sûr. Vous avez des enfants, répondit Sonja d'un ton amical. Quel âge ont-ils ?

– Deux et sept ans.

L'homme arborait le sourire typique d'un père lorsqu'il parle de ses enfants, le genre de sourire que Sonja avait souvent tenté de décrypter, concluant presque systématiquement qu'il dissimulait tout simplement de la fierté. Elle se demanda si Adam souriait encore ainsi lorsqu'il parlait de Tómas. Depuis deux ans, elle ne voyait son ex-mari qu'à distance. Leurs échanges consistaient exclusivement en textos au sujet de l'heure à laquelle l'un ou l'autre viendrait chercher ou déposer leur fils. Devant elle, la famille bataillait avec bagages et enfants à chaque fois que la file avançait de quelques centimètres, et Sonja eut soudain la sensation que des décennies entières étaient passées depuis son dernier voyage à l'étranger avec Adam et le petit Tómas. Ils s'étaient si souvent inquiétés pour des broutilles, ignorant à quel point ils étaient chanceux. Les détails qui leur avaient causé tant de souci semblaient insignifiants à présent. Depuis que Sonja était prise au piège. Songer au passé lui apportait encore son lot de douleur, et la simple vue d'un enfant la bouleversait sans qu'elle puisse y faire quoi que ce soit. L'aîné de la fratrie devant elle avait sept ans, mais il devait être aussi grand que Tómas. Du moins, la dernière fois qu'elle l'avait vu. Il avait sûrement encore grandi. Il semblait gagner en taille chaque semaine.

L'inconnue à la Samsonite était arrivée au comptoir. La présence de la famille permit à Sonja de l'observer depuis la file d'attente et de s'assurer qu'elle mettait bien sa valise en soute. Le bagage fut emporté par le tapis roulant et ce fut bientôt son tour à elle. Son cœur s'emballa. Au début, elle avait culpabilisé de la tension enivrante qui s'emparait d'elle dans ces moments-là, puis elle avait finalement pris conscience du fait qu'elle n'aurait jamais pu agir sans cette excitation. Les grands angoissés attiraient toujours l'attention sur eux, avec leurs gestes imprécis et leur regard fuyant. Les autres, ceux qui duraient, étaient comme Sonja : sereins, un physique passe-partout, dotés d'un seuil de résistance au stress particulièrement haut. Se montrer malin et prudent ne gâchait rien non plus. Surtout prudent.

– Aucun bagage ? demanda l'hôtesse.

Sonja fit non de la tête, un sourire aux lèvres. Elle tendit son passeport à la femme et, lorsqu'elle le récupéra, accompagné de sa carte d'embarquement, elle entendit son propre cœur battre comme un tambour contre ses tympans.

2

Tómas plia deux tee-shirts qu'il disposa dans son sac. Il décida d'emporter également le pull orange que maman lui avait offert. Une couleur de fille, disait papa, mais Tómas et sa mère n'étaient pas d'accord – c'était la couleur du maillot de l'équipe de football des Pays-Bas. Papa n'y connaissait rien en foot. Il n'en avait que pour le golf. À vrai dire, ce n'était pas plus mal, car lors des premières semaines suivant le divorce, après que maman avait déménagé à Reykjavík, c'était papa qui l'accompagnait aux entraînements et, depuis la touche, il passait son temps à lui hurler des commentaires humiliants, à lui ordonner d'attaquer ce joueur-ci ou ce joueur-là, à crier qu'il tirait comme une mauviette et courait comme une fillette. Tómas préférait s'y rendre seul. Lors des matchs, il lui arrivait d'apercevoir maman dans les gradins qui lui faisait un signe de la main, le pouce levé. À son sourire, il comprenait qu'elle était fière de lui, qu'elle prenait plaisir à le voir se démener sur le terrain même s'il ne marquait jamais de but. Il espérait qu'un jour papa l'autoriserait à venir assister à ces rencontres, qu'elle n'aurait plus à se faufiler parmi les spectateurs pour regarder son fils jouer de loin. Elle pourrait alors rejoindre les autres mamans, avec un panier à pique-nique, et venir l'embrasser à la mi-temps.

Tómas enfonça sa boîte de Yahtzee dans le sac. Le mois dernier, il avait proposé à maman d'en faire une partie, mais celle-ci avait rétorqué la mine désolée qu'elle n'avait pas de dés. Il laisserait le jeu chez elle, cette fois. Personne ne jouait au Yahtzee ici, de toute façon.

– Tu prépares déjà tes affaires ?

Papa avait la voix pleine de ressentiment, comme toujours lorsqu'on abordait le sujet de maman et de ses week-ends.

– Oui, je voulais juste éviter de faire ça à la dernière minute, répondit Tómas en fermant le sac afin qu'il ne voie ni les dés ni le pull orange.

Lorsqu'il se mêlait de ses bagages, papa n'en faisait qu'à sa tête. Tómas préférait s'y prendre tout seul, bien en avance. Ainsi, quand maman venait le chercher, il pouvait aussitôt s'écrier "j'y vais !" avant d'embrasser rapidement son père et de sauter dans la voiture.

3

Au contrôle de sûreté, Sonja retira sa ceinture, l'enroula et la déposa dans un bac avec son manteau et ses chaussures. C'était le dernier objet métallique qu'elle portait sur elle. Elle avait glissé ses boucles d'oreilles et ses bagues dans la poche de son manteau ; elle savait que c'était inutile, mais elle ne voulait pas risquer une fouille au corps, même si le paquet était bien dissimulé entre ses cuisses, comme une serviette hygiénique. On n'est jamais trop prudent. Elle retint sa respiration en passant le portique puis, adressant un bref sourire aux agents, elle récupéra son sac sur le tapis roulant. À l'intérieur, rien de suspect : son portefeuille, son passeport, la carte d'embarquement, un baume pour les lèvres, un poudrier, sa brosse, un paquet de chewing-gums ouvert, un livre de poche usé dont elle avait corné la dernière page qu'elle avait lue, et bien entendu le catalogue Samsonite.

Sonja regarda la famille qui l'avait précédée disparaître dans les limbes du duty free et, d'un pas rapide, bifurqua dans la direction opposée vers le magasin de valises. La galerie marchande était quasiment déserte ; une soudaine angoisse s'empara d'elle lorsqu'elle constata le nombre de boutiques fermées. Les commerces des aéroports avaient ceci de particulier qu'ils ouvraient selon la fréquentation des lieux. Or, à présent que le plan A était en marche, impossible de faire machine arrière. Il fallait impérativement que tout se déroule comme prévu. Sonja accéléra le pas, autant que le paquet entre ses jambes le lui permettait, et elle soupira de soulagement en apercevant la devanture éclairée du magasin de valises. Une vague de bonheur, d'euphorie même, parcourut son corps. Elle salua la vendeuse pendant que ses yeux balayaient nerveusement les rayons. Voilà, elle était là, dans un coin sur l'étagère du bas – la valise d'hôtesse de l'air Samsonite Titanium. Sonja s'en empara, refusant catégoriquement lorsque la vendeuse lui proposa le dernier modèle de la marque pour un meilleur prix. C'était celle-ci ou rien.

Elle fila aux toilettes et s'enferma dans le cabinet le plus spacieux, réservé aux femmes avec enfants. Elle ouvrit la valise, arrachant la bande adhésive qui la recouvrait, puis y déposa son sac à main avec tout son contenu, sauf le livre et le portefeuille avec sa carte d'embarquement ainsi que son passeport. Il n'y avait désormais plus rien à l'intérieur avec son nom. Elle remonta ensuite son étroite jupe de tailleur, fit glisser son collant et sa culotte gainante, puis saisit entre ses jambes le petit paquet humide de sueur qu'elle essuya avec du papier toilette avant de l'enfoncer dans la poche intérieure de la valise. Il ne restait plus qu'à trouver de quoi la remplir.

Sonja partit à la recherche d'objets aussi encombrants que possible et, comme à son habitude, elle songea à Tómas. Elle lui acheta un ours en peluche muni d'un drapeau danois, un imposant paquet de biscuits arborant un portrait de la famille royale et un énorme sac de friandises au chocolat qu'elle pourrait conserver jusqu'à son anniversaire. À la caisse, elle ajouta à son panier un tee-shirt à rayures et l'un de ces magazines avec des autocollants de footballeurs dont il faisait la collection. Elle trouva un banc où s'asseoir, enfonça tous ses achats dans la valise à présent pleine à craquer. Tirant son bagage derrière elle, elle se dirigea enfin vers une parfumerie qu'elle avait aperçue en arrivant. Une femme comme elle ne pouvait pas quitter le duty free sans un sac de produits de beauté.

Le décollage était l'instant que Sonja préférait au cours de ces voyages. Peut-être était-ce la puissance écrasante de l'engin qui la rassérénait, ou bien la conscience qu'elle avait franchi sans encombre une étape de son périple. Ces prochaines heures promettaient une croisière paisible au-dessus des nuages, hors de toute juridiction. Elle enfonça un chewing-gum dans sa bouche, glissa son livre dans la pochette du siège de devant et parcourut l'écran tactile pour voir si un nouveau film avait fait son apparition dans la sélection des vols européens. Elle les avait déjà tous vus ; le catalogue ne changeait que mensuellement et, en général, elle effectuait deux allers-retours par mois. Elle se contenterait de lire, cette fois. Avant que les hôtesses ne commencent à circuler parmi les voyageurs avec leur chariot, il régnait un calme absolu dans l'appareil. Sonja se pencha légèrement sur le côté pour compter le nombre de mains qui s'agrippaient à l'accoudoir de leur fauteuil. Un jour, elle aussi avait eu peur en avion. Avant que tout cela ne devienne son quotidien.

4

Bragi resserra le nœud de sa cravate puis passa un coup de peigne dans ses cheveux poivre et sel. Il se sentait toujours plus léger en arrivant au travail, comme si on venait de lui enlever un poids des épaules. Il avait du mal à comprendre ces gens qui se plaignaient de devoir travailler, et ses jeunes collègues qui ne rêvaient que de congés lui tapaient franchement sur les nerfs. Bragi, lui, savourait chaque heure passée en ces lieux. Il n'y avait pas de temps mort, même les gardes de nuit les plus calmes réservaient leur lot de surprises. Il avait parfois du mal à croire ce que certains voyageurs essayaient de faire passer en Islande. La semaine précédente, il avait arrêté un homme au regard fuyant qui cachait dans sa valise des centaines de grenouilles vivantes dans des boîtes en plastique ; le mois dernier, c'était une femme qui avait dissimulé un énorme fromage au lait cru sous ses vêtements. Lorsque Bragi l'avait fait saisir et avait dressé une amende à la femme, celle-ci ne s'était pas gênée pour lui dire le fond de sa pensée. Enfin, ces drôles d'oiseaux ne changeaient pas, malgré les nombreux bouleversements qu'avait connus sa profession depuis qu'il avait fait ses premiers pas à la douane une trentaine d'années auparavant. À l'époque, les voyageurs essayaient surtout de faire passer de la bière ou un peu d'herbe. Du salami, aussi. À croire que les Islandais devenaient fous de charcuterie dès qu'ils passaient la frontière.

Désormais, on trouvait du salami danois dans toutes les épiceries du pays, la bière était devenue légale et l'herbe avait cédé la place aux drogues dures. Une grande partie du travail s'effectuait à présent en collaboration avec la police et le département d'analyse des services de douanes, qui surveillaient de près un certain nombre d'individus suspects. Mais malgré les scanners à rayons X, les caméras de surveillance, les spectromètres de masse et les chiens renifleurs, les contrebandiers avaient toujours une longueur d'avance. Bragi s'étonnait toujours des réactions négatives de ses compatriotes face à certains passe-droits que l'on accordait à la police ; pour lui, c'était une nécessité. Les douaniers avaient beau savoir reconnaître les trafiquants, ceux-ci arrivaient toujours à passer entre les mailles du filet. Ces salauds s'adaptaient à toutes les situations. De nos jours, par exemple, on ne misait plus sur les petits passeurs, on les utilisait juste comme appâts, envoyés avec quelques grammes sur eux, sacrifiés pour détourner l'attention des gros colis. Des colis sérieux. Ces livraisons-là, on ne les confiait pas à des gamins accros qui dégoulinaient de sueur ; c'était l'affaire des vrais pros.

Bragi inséra sa carte dans la pointeuse. Le doux déclic le rassura – il était chez lui. On avait rapporté la machine de l'ancien aéroport. C'était le seul élément stable, tout le reste avait changé.

Le terminal était calme ce soir-là, les vols en provenance d'Amsterdam, de Londres et de Copenhague étaient annoncés à l'heure. En raison d'une épidémie de grippe qui touchait sévèrement le pays cette année, les agents n'étaient pas très nombreux à s'être présentés au travail. En conséquence, Bragi décida de ne pas opérer de contrôles aléatoires. Il n'avait pas reçu d'alerte du département d'analyse. Ce serait un mardi comme les autres. Deux douaniers étaient postés dans le hall des bagages, et Bragi assigna la jeune remplaçante, dont il ne pouvait décidément jamais se rappeler le prénom, à la préparation du café. Il prit place à la fenêtre, suivant du regard les passagers qui descendaient l'escalier.

Les mouvements de la foule étaient toujours les mêmes. Bragi se dit pour la énième fois que les êtres humains ressemblaient à des moutons, ainsi massés. Il observait le flot continu sans prêter attention à qui que ce soit en particulier, attendant plutôt qu'un individu lui saute aux yeux. Quelqu'un qui ne bougerait pas tout à fait en rythme avec le reste du troupeau. Quelqu'un qui aurait peur. Arrivé en bas de l'escalier, le groupe se dispersa. Deux tiers allèrent au duty free, le reste fila droit au carrousel à bagages. Lorsque le tapis se mit en route, Bragi tenta d'évaluer le nombre de sacs et de valises par passager. Personne ne semblait excessivement chargé, à l'exception des familles avec enfants – depuis la crise, il ne pouvait pas vraiment en vouloir aux parents d'acheter des vêtements à leur progéniture à l'étranger s'ils avaient l'occasion de s'y rendre. L'une desdites familles avait huit sacs, visiblement lourds, mais il les laissa passer avec leurs enfants éreintés par le voyage. À vrai dire, il avait tout simplement la flemme de les contrôler.

Ce soir, personne ne sortait du lot. Le hall d'arrivée était majoritairement rempli de touristes étrangers, auxquels s'adjoignaient quelques habitués qui voyageaient pour le travail. Il reconnaissait de nombreux visages. L'épouse du président, un violoniste célèbre qui se rendait à Londres chaque semaine, sans oublier la jolie femme d'affaires qui prenait l'avion plusieurs fois par mois. Il tombait invariablement sous son charme. Petite, plutôt menue, elle avait néanmoins une prestance de star de cinéma. À chaque fois qu'il l'apercevait, il se demandait si cela tenait à son élégance, ou bien s'il s'agissait d'autre chose.

Tout cela pouvait paraître routinier, voire un rien monotone, toutefois Bragi laissa échapper un grognement de satisfaction. Il était à sa place, et il y resterait le plus longtemps possible. On avait beau le tanner avec ces histoires de retraite, il n'avait pas l'intention de bouger d'ici.

5

Le rythme cardiaque de Sonja s'accéléra de nouveau dès qu'elle quitta l'appareil. À chaque atterrissage à Keflavík, elle avait la sensation que son cœur cherchait à s'échapper de sa poitrine. Elle s'était souvent demandé où la police l'attendrait si elle avait été mise au courant. À la sortie de l'avion ? En réalité, il y avait de fortes chances pour qu'elle ne soit arrêtée qu'en traversant la zone des douanes. C'était là que l'on pénétrait vraiment en Islande.

Elle ignorait d'où lui venaient ces sombres pensées – personne ne savait quand elle voyageait, elle travaillait seule, n'annonçait jamais quand la livraison aurait lieu. La solitude. C'était la seule requête qu'elle avait émise lorsqu'elle s'était retrouvée prise au piège. Si on pouvait parler de requête. Elle n'avait pas vraiment été en position de négocier. Mais elle leur avait bien expliqué qu'il lui fallait procéder à sa manière. Et, depuis plus d'un an, ils n'avaient pas eu à se plaindre. Ils recevaient leur livraison la semaine dite, et il n'y avait jamais eu le moindre problème. Ils savaient qu'ils pouvaient lui faire entièrement confiance. À cause de Tómas.

Le couloir de l'aéroport était d'une importance majeure. Des caméras de surveillance y étaient disséminées, grâce auxquelles les douaniers observaient les passagers ; il valait mieux éviter toute action suspecte, comme de se précipiter aux toilettes à peine sortie de l'avion, ou de s'asseoir quelque part pour fouiller dans son bagage à main. Et, bien sûr, il ne fallait surtout pas regarder autour de soi ou montrer qu'on avait remarqué la présence des caméras. Avoir peur dans un aéroport, c'était légitime au départ – pas à l'arrivée. Pour autant, il ne fallait pas non plus se déplacer de manière trop rigide ou empressée, mais plutôt parcourir le couloir d'un pas régulier, bâiller à plusieurs reprises pour signaler la fatigue du voyage, s'arrêter peut-être un instant pour réajuster une chaussure et, si l'on croisait une connaissance, en profiter pour la saluer joyeusement.

Sonja façonnait son image un peu plus précisément à chaque pas, et souvent elle trouvait le couloir trop court. Elle jeta un coup d'œil au premier panneau publicitaire qu'elle croisa, non pas pour lire l'annonce mais pour vérifier son reflet. Elle balaya du regard la jupe sombre, le chemisier blanc et le manteau de laine. C'était une *business woman*, elle travaillait dans les affaires et voyageait pour raisons professionnelles. Se penchant, elle tira sur le talon de sa chaussette en nylon qui s'était tassée durant le vol. Elle portait des chaussures en cuir italiennes, élégantes sans être trop aguicheuses. Des chaussures de femme d'affaires à l'œuvre. Poursuivant sa route, elle se mit dans la peau du personnage : à la tête de sa propre entreprise, S.G. Software, une petite start-up prometteuse, elle partageait son temps entre l'Islande et l'étranger, principalement en tant que conseillère spécialisée, mais elle assurait également un service de maintenance informatique. Tous les renseignements étaient disponibles sur son site officiel. Les bons jours, elle croyait presque elle-même à ce qu'elle racontait. Les mauvais, néanmoins, elle aurait voulu rester là, au bout du couloir, regarder droit dans les yeux son vrai moi insignifiant, cette femme qui n'avait jamais fait d'affaire, qui avait engagé quelqu'un pour concevoir un faux site web pour sa fausse entreprise, qui en vérité ne connaissait rien à rien.

Ce soir-là, tout se passait bien. Sonja rayonnait de confiance. Lorsqu'elle atteignit l'autre bout du couloir des arrivées, elle pressa le pas afin de ne pas perdre de vue la jeune femme blonde, remerciant le destin que celle-ci se rende à la boutique duty free. Sonja alla se poster dans un coin à l'écart du tapis à bagages, songeant qu'une foule de voyageurs, de chariots et de sacs la séparerait bientôt de la vitre du bureau des douanes. Et en effet, au moment où la Samsonite apparut, un bel attroupement s'était formé dans le hall. Sonja s'empara de la valise, l'observa un instant à côté de la sienne, parfaitement identique, feignant de les comparer pour voir laquelle était la bonne, puis remit la sienne sur le tapis. Elle se dirigea ensuite vers le duty free, prit un article pour la forme et se mit dans la file, quelques mètres derrière la jeune femme blonde qui semblait faire son stock de confiseries pour l'année à venir.

Le temps que Sonja règle sa course, la femme alla chercher son bagage sur le tapis roulant. Elle traversa la zone des douanes en toute confiance, ignorant totalement ce qu'elle emportait avec elle. Sonja prit sa suite, sereine et tout aussi confiante, sachant parfaitement ce qu'elle n'emportait pas avec elle.

Le hall des arrivées était bondé, comme toujours à cette heure de la journée – il était de plus en plus courant que les voyageurs traversant l'Atlantique fassent escale en Islande pour une nuit ou deux. Ne retrouvant pas son inconnue parmi l'assemblée, Sonja se précipita hors du bâtiment. Rien du côté gauche. Elle longea le hall d'un pas rapide pour atteindre la sortie de droite et l'aperçut enfin, accompagnée d'un homme venu la chercher.

– Excusez-moi ! s'écria-t-elle. Excusez-moi. Je crois que nous avons confondu nos valises.

Surprise, la femme jeta un coup d'œil à son bagage, dont son compagnon s'était emparé.

– Pardon ? bafouilla-t-elle, semblant ne pas bien comprendre.

– Je crois que j'ai pris votre valise par mégarde, et vous la mienne, expliqua Sonja avec un sourire bienveillant.

– Oh, mince ! s'exclama la jeune femme. Je suis désolée !

Elle empoigna l'anse de sa valise, se confondant en excuses sur son inattention – elle l'avait prise sans réfléchir. Son ami se pencha pour lire l'étiquette qui y était attachée avant de rendre la sienne à Sonja. Il est comme moi, songea cette dernière, il veut être sûr. Elle leur fit un signe amical de la main en rejoignant le parking longue durée où sa voiture était garée, recouverte d'un fin voile de cendre volcanique après quatre jours d'attente.

6

Tómas sanglotait en silence sous sa couette. Cela pouvait paraître étrange, mais plus la date de ses retrouvailles avec maman approchait, plus elle lui manquait. L'attente était insupportable. Il restait encore deux jours avant vendredi, deux jours qui mettraient une éternité à passer. Tout était prêt. Son sac était fait et l'attendait sous le lit, Tómas était même allé chercher son passeport dans le buffet du salon afin de le glisser sous le double fond, ainsi que maman le lui avait appris. C'était leur petit secret. Il ne savait pas pourquoi elle voulait toujours qu'il l'emporte avec lui – elle disait juste que c'était plus sûr. Plus sûr que son passeport ne le quitte pas.

– Bonne nuit, mon petit Tómas ! lança papa depuis la porte de la chambre.

L'enfant marmonna une réponse de sous sa couverture, espérant que son père n'entendrait pas sa voix hoquetante. Celui-ci vint s'asseoir au bord du lit et tira la couette.

– Tu pleures, chef ? Que se passe-t-il ?

– Rien, souffla Tómas en s'essuyant le nez.

– Tu as des problèmes à l'école ?

– Non.

– Au football ? Il y a quelqu'un qui t'embête ?

– Non.

Tómas secoua la tête, fixant le mur derrière papa en espérant qu'il allait arrêter de lui poser toutes ces questions. Il n'avait sans doute pas envie d'entendre la vraie réponse.

D'entendre que maman lui manquait, qu'il voulait vivre chez elle. Papa tendit la main sous la couverture et lui caressa la jambe en murmurant que tout irait bien, qu'il était seulement fatigué, qu'il devait essayer de dormir et que demain il aurait tout oublié. Papa faisait ce qu'il pouvait. Il faisait même tout ce qu'un papa doit faire. Mais même s'il lui arrivait de donner ainsi un peu de tendresse à son fils, il ne parvenait jamais vraiment à le toucher.

7

Après plusieurs détours pour s'assurer que personne ne la suivait, Sonja arriva à hauteur de l'immeuble et aperçut la voiture d'Agla. Cette dernière avait décidément le don de faire son apparition au moment le plus inopportun. Elles sortirent de leurs véhicules respectifs et se retrouvèrent sur le perron.

– Tu m'as manqué, murmura Agla avant de l'embrasser.

À en juger par son haleine, elle avait bu. Ce qui n'était pas vraiment une surprise – elle ne venait jamais lui rendre visite sans avoir éclusé quelques verres.

– Tu as conduit en état d'ébriété ?

– J'ai juste bu un petit coup après le boulot, et puis j'ai eu envie de te voir.

– Tu n'as pas l'air de t'être contentée d'un petit coup, nota Sonja en enfonçant la clé dans sa serrure.

Agla la suivit à l'intérieur et jeta son manteau par terre dans le vestibule de l'appartement.

– Viens par ici.

Elle attira Sonja à elle, glissant ses mains sous ses vêtements.

– Je dois ranger mes affaires…

– Tais-toi donc et embrasse-moi, insista Agla.

Sonja n'opposa pas de résistance. Un instant, l'idée lui traversa l'esprit de briser sa règle d'or et de garder la valise chez elle pour la nuit. De se précipiter au lit avec Agla, de ne ranger que demain. Ces mesures de sécurité qu'elle s'imposait étaient peut-être un peu trop strictes, et par ailleurs plutôt destinées à la rassurer qu'à réduire véritablement les risques de se faire prendre. Changer régulièrement de voiture. Ne jamais employer la même méthode pour ses livraisons. Ne rien garder à la maison, prendre une douche et se changer dès qu'elle avait empaqueté la drogue.

D'un autre côté, elle s'était promis de tout faire pour ne pas s'attirer d'ennuis, elle n'allait pas se montrer négligente pour une simple partie de jambes en l'air avec Agla. Une fois lui avait suffi.

– Attends-moi au lit, dit-elle en repoussant cette dernière. Je vais me doucher.

Agla s'éclipsa dans la chambre. Sonja prit son trousseau de clés, ouvrit prudemment la porte de l'appartement puis, la valise Samsonite à la main, descendit sans bruit l'escalier moquetté jusqu'au sous-sol. Elle passa devant sa cave pour atteindre celle du couple du troisième, parti vivre en Espagne pour l'année. Saisissant la plus petite clé du trousseau, elle déverrouilla le cadenas, poussa la valise à l'intérieur du local déjà comble et referma derrière elle. Si la police venait cette nuit, elle ne trouverait rien chez elle ni dans sa cave. Le fait que ses voisins louent leur appartement sans le débarras du sous-sol qui allait avec était une aubaine. Sonja avait coupé leur cadenas puis en avait acheté un nouveau – elle avait ainsi à sa disposition un lieu de stockage sécurisé qui n'était pas à son nom.

Elle remonta en silence, se faufila dans l'appartement et referma doucement la porte. Dans la salle de bains, elle se déshabilla en toute hâte puis se glissa sous la douche. Lorsqu'elle fut prête à se mettre au lit, Agla ronflait déjà paisiblement, allongée sur le côté. Sonja se pelotonna contre son dos à la peau délicieusement chaude. C'était la meilleure sensation au monde. Se blottir contre elle et respirer le doux parfum de ses cheveux.

8

Au petit matin, Sonja se réveilla en sursaut tandis qu'Agla se glissait discrètement hors des draps.

– Tu comptes aller où, comme ça ? lança-t-elle, saisissant sa main avant de l'attirer à elle.

Elle ne la laisserait pas s'en sortir aussi facilement. Agla lui faisait trop souvent le coup de venir chez elle ivre morte, brûlante de désir, pour ensuite disparaître à l'aube sans un au revoir. Sonja passa une main dans les mèches hirsutes de son amante pour les lisser. Celle-ci avait les cheveux secs, contrairement aux siens, peut-être à cause des multiples décolorations qu'elle leur faisait subir. Certes, elle niait y appliquer le moindre traitement, mais la teinte grise que dévoilaient ses racines ne laissait pas le moindre doute. Sonja ne songeait néanmoins jamais à la contredire à ce sujet. Ce qu'elle aurait aimé lui faire admettre était d'un tout autre ordre – ses sentiments, par exemple.

Car elle devait bien en avoir, des sentiments, bien qu'elle n'en dise jamais mot. Si ce n'était pas le cas, elle ne passerait pas son temps à lui rendre visite, à lui offrir des cadeaux ou à lui téléphoner en pleine nuit pour savoir où elle se trouvait. D'un autre côté, le comportement d'Agla portait parfois à croire qu'elle ne prenait pas leur relation au sérieux – son regard fuyant le matin, ces jours entiers sans donner de nouvelles, son ricanement méprisant lorsque Sonja suggérait qu'elle était peut-être, elle aussi, lesbienne. Sonja détestait ce jeu du chat et de la souris auquel toutes deux s'adonnaient, mais tant qu'elle était encore prise au piège, il n'y avait rien qu'elle puisse réellement changer à sa situation. Ainsi, malgré ses réserves, elle n'était pas mécontente qu'Agla ne soit pas prête à s'engager et à accepter que ce qu'elles vivaient était effectivement une relation amoureuse ; elle s'estimait heureuse de n'avoir à se soucier que du bien-être de son fils. Le fait qu'il soit impliqué était assez douloureux comme ça – pas la peine d'y mêler Agla.

Sonja se tourna sur le dos, serrant sa maîtresse contre elle. Elle aimait que celle-ci soit plus grande et plus lourde qu'elle, elle aimait sentir son corps s'enfoncer sous le poids d'Agla dans le matelas moelleux.

– Attends une seconde, murmura celle-ci.

Elle tendit le bras et ferma le rideau sur le mince rayon de soleil qui filtrait par la fenêtre. Il ne devait jamais y avoir de lumière dans la chambre, elle voulait toujours faire l'amour dans le noir. Sonja avait un jour allumé une bougie sur la table de chevet ; elle avait alors remarqué le regard fuyant d'Agla. Depuis ce jour, elle s'était accommodée de la pénombre. C'était un abri. Une protection contre la honte qui tourmentait Agla. Une protection contre la peur qui la tourmentait elle-même.

9

Bragi savourait l'air frais du matin. Un calme inhabituel régnait dans les rues du quartier ouest, et il regrettait que Valdís ne puisse profiter de la balade avec lui. Ils s'étaient beaucoup promenés les dernières années passées ensemble, même quand elle avait commencé à perdre le nord. Il la guidait, attirant son attention sur des petits riens que son regard croisait – un joli motif de mousse sur un mur, un chat caché sous une voiture, les feuilles couleur rouille qui tourbillonnaient sur le trottoir un jour d'automne venteux. Aujourd'hui, il pourrait aller la voir deux fois. S'il s'y rendait assez tôt, personne ne serait choqué qu'il revienne en fin de journée. Une autre équipe aurait pris le relais, on lui épargnerait les regards pleins de pitié et les commentaires du genre "Vous n'êtes pas obligé de venir plusieurs fois par jour", ou encore "Vous n'avez pas besoin de rester aussi longtemps". Il savait bien que ce n'était pas nécessaire, il en avait juste envie. Quand il ne travaillait pas, il voulait être à ses côtés. Il ne supportait plus de rester seul chez lui.

Lorsqu'il arriva, elle était assise à la table du petit-déjeuner. Une tasse de café à la main, il alla s'installer auprès d'elle.

– Bonjour, ma chérie.

Elle leva brièvement les yeux et murmura un bonjour. Cela ressemblait presque à des mots de tous les jours chez un couple normal. Un échange peut-être un peu sec, chez un couple peut-être un peu distant – ce qui par ailleurs n'avait jamais été leur cas. Jamais elle ne l'avait salué sans sourire, sans lui glisser un mot doux. *Mon ami, mon chéri, mon amour*. Elle l'avait appelé ainsi durant toute leur vie commune.

Bragi approcha l'assiette de porridge et lui donna son repas, une cuillère à la fois, tandis qu'elle le fixait. Dans son regard il croyait lire une certaine gratitude. Tout au fond, il espérait qu'elle avait encore de la tendresse pour lui et qu'elle savait combien il l'aimait même si elle ne le reconnaissait plus. Lorsqu'elle eut terminé sa bouillie, Bragi se rappela qu'il était inutile de lui demander si elle en voulait davantage. Incapable de faire la différence entre faim et satiété, elle se contentait de manger ce qu'on lui servait, que ce soit en petite ou en grande quantité. D'un geste délicat, il lui essuya la bouche et lui retira cet affreux bavoir qu'il exécrait. Un bavoir de bébé décoré d'éléphanteaux qui souriaient. Il fallait certes protéger ses vêtements, mais on pouvait peut-être trouver d'autres solutions que d'infantiliser ainsi une adulte. De manière générale, Bragi avait bien des reproches à adresser à cette institution – et après les ecchymoses retrouvées sur la peau de sa femme, c'était un euphémisme. Mais il ne pouvait se résoudre à exprimer son dépit. La seule option envisageable était la reconnaissance. Au moins, elle logeait dans un endroit sûr où on s'occupait d'elle et où on subvenait à ses besoins. Quant au fait qu'elle lui manque, ce n'était pas du ressort des services de santé.

– Maintenant, on va aller faire une promenade, dit-il en l'aidant à se lever.

Elle se laissa faire, chancelante, sans montrer aucune émotion – ni hâte ni angoisse. Elle était devenue extrêmement docile, et d'une certaine manière il préférait la voir ainsi, désormais complètement perdue dans les brumes de son esprit. Elle ne pleurait plus lorsqu'il partait, ne se désespérait plus de voir ses forces décliner, ne se révoltait plus devant son infortune. Le seul prix à payer était qu'elle ne le reconnaissait plus. Ils empruntèrent l'ascenseur et sortirent dans le parc. Après avoir posé sa veste sur ses épaules, il lui fit faire quelques tours de jardin. Il n'osait plus l'emmener à l'extérieur. Cela ne servait à rien, et il craignait toujours qu'elle finisse par tomber de fatigue en pleine rue. Alors ils décrivaient cercle après cercle dans le petit parc de la maison de repos. Elle faisait trois pas quand il n'en faisait qu'un. Un instant, la solitude s'évaporait, avec elle à ses côtés, quand bien même ils ne prononçaient pas un mot. Ils n'avaient pas besoin de parler, ils s'étaient déjà tout dit. Seul ce petit geste tendre, la paume chaude de Valdís sur son bras, avait encore une signification. C'était tout ce qui leur restait. Et jamais il ne s'en lassait.

10

Fébrile, Agla fouilla son sac à main à la recherche de son fond de teint, pour maquiller son visage écarlate. La seule pensée de ce qui venait de se passer dans ce lit suffisait à la faire rougir, et son cœur bondissait dans sa poitrine tandis que s'abattait sur elle la même honte qui l'accablait étant enfant, celle dont elle croyait s'être affranchie en grandissant, avant qu'elle ne refasse son apparition dans sa vie comme un invité encombrant quand elle avait rencontré Sonja. Au début, elle ne l'avait pas perçue, la honte, tout juste une effervescence qui puisait sa source en son for intérieur à chaque fois qu'elle pensait à Sonja, et qui se diffusait dans tout son corps lorsqu'elle voyait la jeune femme en chair et en os. Cette même effervescence qui exaltait leurs caresses, leurs baisers interminables, les étreintes qu'elle continuait de sentir sur sa peau longtemps après qu'elles s'étaient quittées. Mais le jour où Adam, le mari de Sonja, les avait surprises au pire moment, le petit Tómas derrière lui, la réalité de ce qu'elles étaient en train de faire s'était déversée sur Agla comme un seau d'immondices dont elle semblait ne plus jamais pouvoir se laver. Leur relation entière était polluée par cette image. La surprise de l'enfant, l'épouvante sur le visage de l'homme, la confusion dans le regard de Sonja qui, l'instant suivant l'orgasme, comprenait soudain que sa vie serait bouleversée à tout jamais.

– Tu veux du pain grillé ? cria celle-ci depuis la cuisine.

Agla s'éclaircit la gorge.

– Non, merci !

– Et du café ? Ne me dis pas que tu ne veux pas de café !

– Non, je n'ai pas le temps.

– Viens par ici et sers-toi une tasse. Tu n'es pas pressée. Je suis sûre que tu n'es pas pressée.

Agla gagna la cuisine, embarrassée, et quand son regard croisa celui de Sonja, son cœur manqua un battement – comme à chaque fois. Un battement manqué systématiquement suivi d'un nœud à l'estomac, d'une culpabilité qui la rongeait, d'une honte qui surpassait tout. Comment Sonja parvenait-elle à se comporter aussi normalement ? Un instant après s'être laissé chavirer, haletante, par son amante, dans des draps humides de sueur, elle grignotait son toast en lisant le journal comme si de rien n'était.

– Un vrai connard, ce type, lâcha-t-elle en tapotant la grande photographie de Húni Thór Gunnarsson, un jeune député qui suivait les traces de son père, lequel siégeait au Parlement depuis plusieurs décennies.

– Ah bon ? souffla Agla, la tête ailleurs, les joues encore rouges.

– Ouais. Lui et Adam, mon ex, sont amis. Je sais de quoi je parle.

S'il y avait un sujet qui pouvait encore accentuer le malaise d'Agla à cet instant, c'était Adam. Et puis, cette manière qu'avait Sonja de glisser "mon ex" après son prénom, comme si Agla ne voyait pas parfaitement de qui il s'agissait, l'agaçait au plus haut point. Elle connaissait Adam depuis longtemps. Bien avant que celui-ci les surprenne au lit. Il avait été son collègue à la banque pendant plusieurs années et, depuis la crise, ils étaient tous deux l'objet d'une investigation du procureur spécial chargé d'enquêter sur la criminalité financière. Sans oublier que c'était lui qui les avait présentées l'une à l'autre.

11

Il choisissait l'endroit, elle choisissait l'heure. Sonja venait tout juste d'allumer son téléphone à carte lorsqu'il appela pour lui donner rendez-vous dans une clairière de la forêt de Heidmörk. Pour y avoir déjà effectué une livraison, Sonja connaissait les lieux – elle ne perdrait pas trop de temps en repérages.

– Rendez-vous à quatorze heures, dit-elle.

Cela lui laissait quatre heures pour diluer la marchandise et trouver une bonne cachette dans les bois entourant la clairière.

– C'est noté, ma belle, répondit-il d'un ton doucereux.

Sa voix suffisait à lui glacer le sang. Elle aurait voulu s'accorder une journée de repos, mais elle se savait incapable de se détendre tant qu'elle n'était pas débarrassée du paquet. Avant chaque livraison, elle avait les nerfs à vif et ne réussissait à retrouver son calme qu'après avoir remis le colis.

Elle enfila un jean, un tee-shirt, se fit un chignon sans prendre la peine de se donner un coup de brosse. Elle s'était endormie la veille au soir les cheveux mouillés, et la partie de jambes en l'air de ce matin n'avait rien arrangé. Sonja sourit à l'évocation de ce souvenir, elle se fit la promesse de pousser Agla à lui faire plus souvent l'amour sobre. Cela lui paraissait plus authentique. Comme au début. Avant que tout ne soit bouleversé.

Dans la cage d'escalier, elle tomba nez à nez avec sa voisine en robe de chambre.

– Je suis obligée de t'embêter encore, soupira cette dernière, le ton las comme à chaque fois qu'elle parlait d'informatique.

– Laissez-moi deviner, un problème avec votre ordinateur ?

Souriant poliment, Sonja espérait néanmoins que les explications ne prendraient pas trop de temps aujourd'hui.

– C'est juste qu'il n'arrête pas de bordéliser.

– Bordéliser ?

Elle n'avait jamais entendu le terme et, malgré un effort intensif, voyait mal la panne qu'il était censé décrire.

– J'ai beau appuyer sur toutes les touches, rien ne se passe. Je n'arrive même pas à l'éteindre.

– Vous n'avez qu'à me le confier.

D'expérience, Sonja savait qu'il ne servait à rien de lui rappeler qu'elle n'était pas réparatrice. Autant lui prendre l'ordinateur et s'en débrouiller bon gré mal gré. En général, il suffisait de le redémarrer. Elle ignorait comment sa voisine était tombée sur le site web de son entreprise factice, celui-ci n'étant pas répertorié dans les moteurs de recherche, mais depuis lors cette dernière s'était persuadée que les nouvelles technologies n'avaient pas de secrets pour Sonja.

– Tu es un ange ! s'exclama-t-elle en revenant dans le couloir après être allée chercher son ordinateur. Si seulement tout le monde était aussi serviable que toi dans ta branche !

Sonja regagna son appartement et ferma la porte, feignant de n'avoir pas remarqué que la femme la suivait dans l'espoir d'être invitée à l'intérieur. En d'autres circonstances, il aurait été agréable d'avoir une voisine volubile qui passait prendre le café, et Sonja rêvait parfois d'être de ces locataires accueillants toujours prêts à recevoir. Mais ce n'était pas le moment. La drogue devait parvenir à son propriétaire, et il restait encore beaucoup à faire avant la livraison.

12

Dès que les portes de l'ascenseur s'ouvrirent, Agla s'empressa de traverser la zone d'accueil pour aller s'enfermer dans son bureau. Foutue gueule de bois. Sonja avait raison, elle buvait de plus en plus. Mais c'était devenu si difficile de s'endormir sans un verre. Depuis la crise, elle était comme suspendue dans le vide, attendant des réponses sans parvenir à pressentir quoi que ce soit de leur nature. Elle avait conservé son emploi, été transférée dans la nouvelle banque construite sur les ruines encore fumantes de l'ancienne, toutefois elle ne savait plus quoi faire de ses dix doigts. On ne lui faisait plus confiance, elle se contentait d'encaisser, comme sur un tapis roulant, les assurances emprunteur de petites entreprises. En dehors de cela, pas le moindre dossier. Rien de stimulant. Rien qui soit à la hauteur de ses talents. Rien qui suscite ne serait-ce qu'un soupçon d'intérêt. Tous attendaient les conclusions du procureur spécial. Malgré cela, elle portait en elle une forme d'obstination qui la poussait à se présenter au travail chaque matin, à supporter le regard soupçonneux de ses collègues plutôt que de baisser les bras et de démissionner.

Agla pendit son manteau à la patère et constata à quel point il était chiffonné. Elle se demanda si les guichetiers avaient remarqué qu'elle portait les mêmes vêtements que la veille. S'asseyant à son bureau, elle alluma son ordinateur et consulta ses mails. Après avoir supprimé les messages automatiques de la banque, les spams et les publicités, il n'en demeurait que trois. C'était si peu qu'elle n'eut même pas le courage de les ouvrir. Avant le krach, elle croulait sous le courrier électronique, au point que, ces dernières années, elle avait dû engager une secrétaire. Elle ouvrit le tiroir de son bureau, tendit le bras vers la bouteille de Jägermeister dont elle dévissa le bouchon avant de boire une gorgée. Le liquide amer et brûlant lui procura une agréable sensation de chaleur. Une fois ressaisie, elle était prête à ressortir et à affronter le regard des autres.

Aux toilettes, Agla maquilla ses lèvres de rouge, ce qui ne suffit pas à lui donner meilleure mine. Elle devait admettre avoir eu des jours meilleurs. Les années passées ne l'avaient pas épargnée, l'excès d'alcool avait marqué ses traits, mais c'était la seule chose qui parvenait à lui calmer les nerfs. En plus de l'atmosphère insupportablement lourde au sein de la banque, il y avait l'angoisse concernant la direction que prendrait l'enquête du procureur spécial, et puis Sonja. Sonja qui la rendait complètement folle.

Elle aperçut Gummi et Palli, les deux comparses du comité de résolution, à la machine à café. Ils se ressemblaient tellement qu'Agla avait mis presque un an à les différencier, et elle avait toujours du mal à croire qu'ils n'étaient pas parents. Pour couronner le tout, ils s'habillaient de la même manière. Aujourd'hui, par exemple, l'un comme l'autre arboraient un pull en laine pastel par-dessus une chemise au col ouvert – un de ces détails sans importance qui avaient changé depuis la crise. Auparavant, tous les hommes portaient la cravate. Aujourd'hui, la mode était au col déboutonné. Gummi plaça un gobelet dans la machine et appuya sur le bouton *Latte*, une espèce de mélange imbuvable de café instantané et de lait en poudre dilués dans une eau tiédasse. Encore un de ces signes de la déliquescence du secteur bancaire. Avant la crise, il y avait toujours eu au dernier étage un garçon de café capable de dessiner des petits cœurs ou de jolies feuilles d'arbre avec la mousse du lait.

– Tu as entendu les nouvelles de Jóhann ? demanda Palli.

Il lui fit passer le journal sans attendre sa réponse. Le visage souriant de Jóhann, le PDG de l'ancienne banque, accompagnait le gros titre : *Jóhann Jóhannsson mis en examen dans l'enquête du procureur spécial.*

Le cercle se resserrait. Il se resserrait dangereusement.

13

Sonja posa le paquet sur la table de la cuisine avant de l'ouvrir précautionneusement. Une couche de plastique barrée de gros scotch protégeait les deux sacs sous vide enveloppant la marchandise. Armée d'un couteau, elle découpa prudemment l'emballage, puis, avec une cuillère, transféra la drogue dans un tupperware avant de passer un pinceau à maquillage bien sec sur l'intérieur du plastique pour récolter les dernières miettes. Elle posa le tupperware sur sa balance et lut le résultat : un kilo cent vingt. En y soustrayant les cent quatre-vingts grammes que pesait la boîte à vide, il restait presque un kilo de marchandise. Elle s'autorisa à en prendre cinquante grammes, les versa dans un sachet qu'elle mit au congélateur en attendant de se rendre à la banque. Elle ajouta enfin du bicarbonate de soude dans le tupperware jusqu'à ce que la balance affiche exactement un kilo, puis le mélangea à la poudre avec prudence – mieux valait éviter une crise d'éternuements, ou encore d'inhaler la cocaïne par mégarde. Aussi contradictoire que cela puisse paraître, le trafic lui avait fait perdre tout intérêt pour les psychotropes. Il lui arrivait certes de partager un verre de vin blanc avec Agla, mais c'était plutôt rare, et cela faisait plus d'un an qu'elle n'avait pas sniffé de coke. Depuis qu'elle était prise au piège, elle voulait garder le contrôle, ne pas voir son jugement altéré. Avec toute cette cocaïne entre les mains, devenir accro était sans doute la dernière chose à faire, sans compter le risque que représentait le sentiment d'infaillibilité qui suivait la prise d'un rail. Beaucoup s'y étaient brûlé les ailes. Sonja referma le tupperware avant de l'entourer de gros scotch et de le glisser dans la valise Samsonite, qu'elle compléta avec les journaux qui s'étaient accumulés dans sa boîte aux lettres durant son absence.

Elle arriva à Heidmörk juste après midi. C'était plus tard que ce qu'elle avait prévu mais, jetant un regard circulaire, elle ne remarqua pas la moindre présence. Elle se gara un kilomètre plus bas sur le chemin de terre et marcha rapidement en direction de la clairière. Alors qu'elle approchait de sa destination, elle dévia et rallia un petit sentier parallèle abrité par les arbres. Lorsqu'elle fut presque arrivée, elle dissimula la valise sous un buisson, puis tira de sa poche un rouleau de ruban rouge dont elle noua un brin à une branche au-dessus de la cachette. À grands pas, elle mesura la distance qui la séparait de la clairière : un, deux, trois... trente-deux au total. Elle redescendit le chemin de terre, rejoignit sa voiture et retourna à la clairière où elle attendit derrière le volant.

L'attente. C'était ce qu'il y avait de pire. Cependant, elle ne se risquait jamais à arriver pile à l'heure. Il valait mieux être en avance, être la première sur place, avoir déjà caché la marchandise. Ainsi préparée, elle avait un peu la sensation de contrôler la situation. Mais c'était une torture. Malgré les nombreuses livraisons qu'elle avait effectuées au cours de l'année passée, elle ne s'habituait jamais. En particulier avec Ríkhardur. À plusieurs reprises, elle avait demandé à Thorgeir de lui faire livrer la marchandise à quelqu'un d'autre, ou de pouvoir la déposer à un endroit convenu ; à chaque fois, il avait catégoriquement refusé. Pour quelque raison mystérieuse, il fallait toujours qu'elle remette son colis à Ríkhardur. Peut-être pour lui rappeler sa position. Son impuissance. Car, à chacune de leurs rencontres, ce dernier s'ingéniait à la tourmenter, à lui faire peur. Les premières fois, elle avait été tellement terrorisée qu'elle avait fini par vomir après son départ. Maintenant, elle prenait son mal en patience, préparait sa vengeance en silence et s'efforçait de ne rien laisser paraître de son malaise. Elle ne lui donnerait pas cette satisfaction.

À quatorze heures moins quatre minutes, la voiture de Ríkhardur pénétra dans la clairière. Il avait au moins le mérite d'être ponctuel. Sonja inspira profondément et sortit. Elle fit quelques pas vers l'homme accompagné de son gorille du jour. Il venait toujours avec un nouveau bras droit, même si, finalement, ils se ressemblaient tous : jeunes, les muscles saillants, l'air nerveux et habillés trop chic pour leur âge.

– Eh bien, ma belle, lança Ríkhardur.

Il jaugea Sonja des pieds à la tête, prenant son temps, comme un fauve face à une proie dans laquelle il s'apprêterait à plonger ses crocs.

– Bonjour, répondit Sonja, crispée et formelle.

Il s'agissait juste de tenir le coup. Ne pas le lâcher du regard une seule seconde. Ne pas dévoiler son talon d'Achille. Ne pas montrer la moindre faiblesse. Elle ne daigna même pas poser les yeux sur son gorille, fit comme si elle n'avait pas remarqué sa présence.

– Alors, tu nous as rapporté des friandises ? demanda Ríkhardur en passant la langue sur ses lèvres épaisses et brillantes.

C'était tellement théâtral, tellement surjoué et pitoyable que, si son cœur n'avait pas été pas au bord de l'implosion, Sonja aurait presque pu en rire. Oui, éclater d'un rire retentissant avant de tomber à genoux par terre, et pourquoi pas se pisser un peu dessus. Ce type était une telle caricature de criminel qu'elle s'était parfois demandé s'il n'était pas en fait un acteur engagé simplement pour lui faire peur. Le crâne rasé, un cou de taureau, les poings recouverts de tatouages, il avait les yeux si enfoncés qu'on y discernait à peine le blanc. Son visage portait encore les cicatrices de blessures plus ou moins graves et son corps était bouffi de muscles, les cuisses si larges qu'il devait se tenir les jambes écartées.

Sonja ne se laissa pas intimider, se contentant de soupirer comme pour marquer son ennui avant de répondre :

– Trente pas dans cette direction. Il y a un ruban rouge dans l'arbre.

– C'est toujours le même cirque avec toi, répliqua Ríkhardur. Ça t'a jamais effleuré l'esprit de me donner ce putain de paquet en mains propres, et avec le sourire ?

– Non. Ça ne m'a jamais effleuré l'esprit.

– Et de me tailler une pipe en bonus ? Certaines filles sont pas contre.

– Encore moins.

Les yeux de Sonja se dirigèrent inconsciemment sur la main de Ríkhardur, serrée sur son entrejambe. Il sourit et elle sentit une goutte de sueur glaciale lui couler le long du dos. La sueur froide, phénomène qu'elle ne connaissait que depuis qu'elle était prise au piège.

– Va chercher la dope, gamin, ordonna l'homme à son acolyte qui se précipita dans le bosquet et revint avec la valise.

– Appelle Thorgeir, siffla Sonja, se concentrant sur le visage de Ríkhardur.

– Je devrais peut-être tester la marchandise avant, dit celui-ci avec un sourire avant de se passer la langue sur les dents.

– T'as raison, va fourrer le nez dans la came à la seconde où tu l'as entre les mains, ça te portera chance, répliqua Sonja avec un rictus railleur. Appelle Thorgeir.

Ríkhardur sortit son portable, composa le numéro d'un geste exagérément lent et porta le téléphone à son oreille.

– Salut. Elle a livré, c'est bon.

Sonja tourna alors les talons, s'obligeant à prendre son temps pour rejoindre sa voiture. Elle s'assit derrière le volant et démarra. Son cœur ne retrouva un rythme normal que lorsqu'elle eut atteint la zone commerciale de Skeifan à Reykjavík.

14

Dans l'épicerie du quartier des Melar, Bragi prit un grand chariot, bien qu'il fût presque impossible de manœuvrer un tel engin à travers les rayons étroits du magasin. Il s'y rendait une fois par semaine, avec à la main une liste de courses – la même chaque semaine – qu'il respectait consciencieusement. Lorsque les symptômes de Valdís avaient commencé à empirer, il avait pensé que le moment était venu d'apprendre à cuisiner s'il ne voulait pas mourir de faim. À présent, il savait préparer six plats. Le lundi, c'était poisson et pommes de terre à l'eau, le mardi, côtelettes panées, le mercredi, tête de mouton bouillie, le jeudi, un pavé de saumon à poêler, le vendredi, des œufs sur le plat et du thé, et le samedi un gigot d'agneau dont il mangeait les restes le dimanche. Lorsqu'il travaillait de nuit, il dînait avant de partir, tandis que pour les gardes de jour il rapportait des restes du repas de la veille ou se procurait un en-cas sur place, n'aimant guère ce que l'aéroport avait à offrir en termes de restauration. Il achetait autant que possible tout le nécessaire lors de ces courses hebdomadaires, ne ressortant dans la semaine que pour du poisson ou du lait, selon les besoins.

Les têtes de moutons disposées au rayon rôtisserie sortaient tout juste de la casserole, Bragi en avait l'eau à la bouche. Il saisit au passage une barquette de purée de navets et, consultant sa liste, finit de remplir son chariot. L'épicerie des Melar avait quelque chose de chaleureux, il connaissait tous les employés et c'était l'un des rares magasins de la capitale qui lui rappelait les commerces d'autrefois. Deux clients le précédant à la caisse, Bragi en profita pour feuilleter un magazine. Il s'étonnait toujours qu'il puisse y avoir dans un si petit pays un marché infini pour ce genre de revues aux pages brillantes qui à ses yeux étaient toutes les mêmes. Il parcourut quelques articles en attendant son tour, puis rangea méthodiquement ses courses dans un sac, prenant soin d'emballer les aliments chauds à part.

Il avait à peine fait quelques pas hors du magasin qu'une pensée étrange lui traversa l'esprit. Pas quelque chose de précis, plutôt une sensation, un pressentiment, des détails éparpillés qui soudain semblaient former un tout. Il retourna à l'intérieur et acheta la revue. Une fois ressorti, il posa ses sacs sur le trottoir et prit place sur un banc pour consulter à nouveau le magazine. Voilà: "Les looks phare de cet hiver pour mêler travail et plaisir." Ce n'était pas tant le contenu de l'article qui avait attiré son regard que les photos qui l'illustraient. Des images de mannequins toutes plus belles les unes que les autres, comme toujours dans ces publications, et selon le journaliste toutes vêtues pour pouvoir aller faire la fête dès la sortie du bureau – car ces tenues-là ne pouvaient guère convenir qu'à des employées de bureau. Bragi observa les photos, encore et encore, jusqu'à ce qu'une idée plus claire se matérialise dans son esprit. La jolie femme au manteau de laine, celle qui ressemblait à une actrice hollywoodienne et qu'il voyait si souvent à l'aéroport, avait exactement la même allure que ces top models. Au détail près, comme si le magazine avait donné une recette qu'elle suivait à la lettre. Un modèle identique de tailleur, de chaussures, son manteau gris ou marron selon l'occasion. Parfois une écharpe en cachemire à carreaux posée négligemment sur le bras. Bien sûr, c'était le style qu'arborait un certain type de femmes, mais celle de l'aéroport avait ceci de singulier qu'elle ne dérogeait jamais à la règle. Jamais elle ne portait ces vêtements que l'on retrouve d'ordinaire chez un voyageur rentrant au bercail – un foulard un peu sale, un vieux pull étiré mais douillet, des chaussures confortables pour épargner les pieds enflés lors de la traversée des longs couloirs d'aéroport. Elle était immanquablement parfaite, semblait sans cesse prête à poser à la une d'un magazine ou, comme il était dit dans l'article, "à conquérir le monde de la nuit après celui des affaires". Une telle perfection n'existait pas dans la vie réelle ; ce devait être un masque, une façade destinée à véhiculer une image bien précise. Et si c'était le cas, c'était absolument réussi.

15

Méconnaissable, Jóhann n'était plus que l'ombre de lui-même. Cet homme d'ordinaire plutôt trapu semblait s'être laissé aller, sa peau faisait des plis sous sa chemise étroite. Il s'était considérablement dégarni, ne demeuraient plus sur son crâne que quelques cheveux épars, et le col de sa chemise avait connu des jours meilleurs. Il portait néanmoins toujours la cravate et, lorsque Agla le prit dans ses bras, elle sentit le bon vieux parfum de son après-rasage.

– Tu parles d'un bordel ! s'exclama-t-elle avant de s'asseoir en face de lui.

Il l'avait invitée à déjeuner dans un restaurant peu fréquenté du centre. Installé à une table isolée dans un coin derrière une énorme plante, Jóhann semblait être devenu une âme solitaire, lui qui auparavant ne perdait jamais une occasion de rire. C'était probablement dû au fait qu'il était devenu l'un des visages de l'effondrement de l'économie islandaise. Agla s'estimait heureuse de ne pas se trouver dans cette position. Subir les regards en coin et l'indifférence de ses collègues valait toujours mieux que de se faire cracher dessus dans la rue.

– Ouais, ouais, un putain de bordel, soupira Jóhann. Surtout pour mes enfants qui voient ça à la une de tous les journaux. Enfin, tout n'est pas noir. Je peux enfin refuser de répondre à leurs questions.

– Effectivement, on m'a expliqué lors du dernier interrogatoire que j'étais obligée de répondre tant que je n'étais pas mise en examen.

– Tout job a son lot de privilèges.

Jóhann leva son verre, Agla constata qu'il buvait de l'eau.

– Tu ne veux pas trinquer avec moi convenablement ? demanda-t-elle en faisant un signe au serveur.

– Non, répondit Jóhann avec un sourire contrit. Je n'ai plus la force de boire.

– Moi, c'est tout le contraire.

Ils commandèrent un poisson du jour, qu'Agla voulut accompagner d'une bière et d'un verre de schnaps. En mangeant, elle demanda des nouvelles des enfants, et Jóhann, de la banque. Il se tut tandis que le serveur venait reprendre leurs assiettes et attendit qu'ils soient à nouveau seuls.

– Il faut qu'on se mette d'accord, chuchota-t-il.

– Oui, mais raisonnablement. Si nos récits coïncident parfaitement, ça risque d'éveiller les soupçons.

– Je ne veux pas qu'on se tire dans les pattes.

– En ce qui me concerne, je suis réglo, répliqua Agla, espérant avoir employé un ton suffisamment ferme.

Jóhann semblait être en train de la tester.

– Rien n'a changé de mon côté, ajouta-t-elle d'une voix plus douce avant de sourire.

– Bien sûr, bien sûr, murmura l'homme d'un ton d'excuse. On n'est jamais trop prudent, c'est tout.

Agla acquiesça et ravala son envie de commander une deuxième bière. Il était midi à peine passé, ce n'était pas le moment d'être ivre.

– Ce serait bien que tu me briefes sur le parcours de… tu vois… de l'argent. Je n'ai jamais su sur quels fonds à l'étranger il a été placé. Et maintenant… maintenant, ça me gêne qu'on me laisse dans le flou.

– Crois-moi, mon ami, si ça craint d'être dans le flou, c'est encore pire d'être au courant. La meilleure défense, c'est de ne rien savoir. Tant que chacun se contente de sa propre pièce du puzzle, impossible d'avoir une vue d'ensemble. Parce qu'elle n'existe pas.

– Mais j'aimerais bien qu'on me dise quels fonds je dois éviter de nommer, histoire de ne pas attirer l'attention dessus.

– Il n'y a aucun nom à éviter. Je suis… j'étais très douée dans ce que je faisais. On ne peut pas retracer le parcours. En ce qui me concerne, il s'agissait d'un dépôt tout ce qu'il y a de plus normal. De ton côté, tu ignores par quels fonds étrangers sont passés les capitaux, et aucun de nous deux ne sait comment ils sont revenus en Islande. Donc, rien à craindre.

– Tu as raison, soupira Jóhann. Absolument raison. Je crois que j'ai juste les nerfs qui lâchent. Sans parler de ma tension artérielle qui crève tous les plafonds.

– Toi, tu aurais bien besoin d'un petit remontant, lâcha Agla avant de faire signe au serveur.

16

Alors qu'elle gravissait les douze marches qui menaient au cabinet d'avocat de Thorgeir, Sonja sourit avec amertume en se rappelant sa naïveté lors de sa première visite. Optimiste, elle avait sincèrement cru qu'il voulait l'aider. S'il y avait bien une chose qu'elle enseignerait à son fils, c'était que, s'il avait un jour des ennuis et qu'un inconnu se proposait de voler à son secours, mieux valait décliner l'offre. Elle lui apprendrait à ne compter que sur lui-même, à s'en sortir tout seul, et avant tout à ne pas s'attirer d'ennuis nécessitant un soutien extérieur.

Elle était venue ici pour la première fois quelques semaines après sa séparation avec Adam. Thorgeir l'avait appelée à l'improviste. Au début, elle ne l'avait pas reconnu. Ils se fréquentaient à peine, elle savait juste qu'il avait étudié le droit avec son ex-mari et le croisait deux fois par an lors des réunions de promotion de ce dernier. Le coup de téléphone aurait dû éveiller ses soupçons. En temps normal, les avocats n'appelaient pas pour offrir leurs services.

– Il paraît qu'Adam t'en fait voir de toutes les couleurs, avait-il dit d'un ton empathique. Laisse-moi t'aider.

Convaincue par sa voix chaleureuse, douce et un rien paternelle, elle avait sans réfléchir mis son destin entre ses mains. Avec le recul, c'était un exemple parfait de la façon dont elle avait mené sa vie. Elle s'était laissée aller comme une épave à la dérive, emportée par le courant.

Sonja n'était pas apte à évaluer les compétences de Thorgeir en matière de divorce. Les dettes du couple étant équivalentes à leurs biens, Adam les avait tous mis à son nom. D'une certaine manière, elle trouvait plutôt juste qu'il garde la maison d'Akranes et la voiture, et qu'elle déménage, comme il le désirait. Après tout, c'était elle la coupable, elle qui avait commis l'irréparable. D'ailleurs, elle n'était pas mécontente de tout reprendre à zéro, de ne rien posséder, de ne rien devoir à personne. Le hic, c'était qu'il voulait aussi garder Tómas. Comme Sonja était dans l'incapacité de prouver qu'elle pouvait subvenir aux besoins de l'enfant, Thorgeir lui avait conseillé de le confier à Adam les deux premières années, le temps que sa colère s'apaise et qu'elle-même se reconstruise. Ainsi, tous deux repartiraient sur de bonnes bases et décideraient peut-être même de partager la garde. En attendant, elle se contenterait du droit de visite normalement octroyé aux pères : un week-end sur deux et la moitié des vacances scolaires. Sonja ne s'offusqua pas de ces conseils, elle savait que Thorgeir avait raison. Elle n'avait rien ni personne – Agla avait jeté l'éponge et s'était volatilisée dès que la situation avait dérapé. Mais, surtout, elle était terrifiée. Sa vie semblait sur la pente descendante, bien plus qu'elle ne l'avait jamais imaginé. Sans compter qu'Adam passait son temps à la menacer de raconter au juge la façon dont son fils et lui l'avaient surprise en plein adultère. Que cette menace ait un réel impact juridique ou pas, il s'agissait bien sûr d'une vraie arme contre elle.

Elle avait pris l'appartement le moins cher qu'elle avait trouvé et s'était fait embaucher comme secrétaire chez un grossiste. Le salaire ne suffisait pas pour le loyer et les dépenses annexes, mais l'employeur n'avait pas tardé à mettre un terme à ce problème – en refusant de lui renouveler sa période d'essai. Elle était assise dans le bureau de Thorgeir à pleurer à chaudes larmes et à se lamenter de ne pas pouvoir payer ses services, quand l'avocat avait dit avoir une idée. Ignorant le léger doute qui l'assaillait, elle avait été gagnée par l'espoir et la reconnaissance. Bien trop de reconnaissance, à y repenser.

L'idée de Thorgeir avait été de l'envoyer au Danemark au secours d'un ami à lui en difficulté, coincé sur place avec des devises étrangères à cause des restrictions imposées après le krach. Elle recevrait en échange une somme lui permettant de vivre pendant qu'elle cherchait du travail. Sonja rentra chez elle, attendit deux heures avant de rappeler l'avocat afin de ne pas se montrer trop enthousiaste, même si elle avait en vérité déjà pris sa décision avant de quitter son bureau. Si seulement elle n'avait pas été aussi naïve. Si seulement elle avait su que c'était ainsi qu'on se faisait prendre au piège.

17

Sonja sortit son cahier orné du logo de S.G. Software et remplit une facture de la moitié du montant avant de la tendre à Thorgeir, qui hocha la tête en s'emparant de la feuille de papier. Tournant sur son fauteuil, il ouvrit le coffre-fort derrière lui. Son corps jeune et mince, parcouru de petits mouvements vifs, jurait étrangement avec son visage parcheminé et ses cheveux clairsemés. C'était un de ces hommes qui prennent un énorme coup de vieux vers la trentaine et ne changent plus après.

– Et c'était combien, déjà, en cash ?

– Tu n'as pas besoin de poser la question, Thorgeir. C'est toujours la même somme. À moins que tu veuilles me donner plus.

L'avocat se retourna, tout sourire, et lui remit une petite liasse de billets de cinq mille couronnes. Elle n'avait pas à vérifier. Le compte était bon – en ce qui concernait l'argent, Thorgeir avait toujours été réglo. Elle était sur le point de se lever quand l'homme lui fit signe de rester assise.

– Attends donc une seconde, mon amie.

Sonja ne put retenir un soupir dédaigneux. Elle n'était pas son amie. Et lui n'était certainement pas le sien. Pas depuis qu'il l'avait envoyée au Danemark avec une valise pleine de billets que des hommes en costume étaient venus réceptionner. Des hommes qui s'étaient révélés ne pas être les bons destinataires. Soi-disant. Bien sûr, c'était finement concocté. Une mise en scène diabolique pour la prendre au piège : la fureur de Thorgeir parce qu'elle avait refourgué la valise aux mauvaises personnes, les menaces de Ríkhardur avant de lui annoncer qu'elle pourrait rembourser sa dette en faisant quelques allers-retours pour transporter de la drogue. Tout cela avait été prémédité.

– Je ne suis pas ton amie, lâcha Sonja sèchement. Qu'est-ce que tu veux ?

Thorgeir ne se départit pas de son sourire, et une nouvelle fois elle perçut dans son regard cette authenticité qu'il semblait être capable d'invoquer quand bon lui semblait.

– Je crois que le temps est venu pour toi de passer à la vitesse supérieure.

– Supérieure comment ?

Le cœur de Sonja s'emballa.

– Deux-trois paquets, quelque chose comme ça.

– Ce n'est pas tout à fait pareil. Comment je suis censée faire passer trois kilos ?

– Tu as su te débrouiller jusque-là, répondit Thorgeir d'un ton léger, comme s'ils parlaient de la pluie et du beau temps. Tu ne manques pas d'imagination, c'est ton point fort. Tu trouveras bien.

Sonja ne répondit rien. Elle s'y était plus ou moins attendu. Depuis longtemps, elle avait la sensation d'être évaluée, testée pour s'assurer qu'elle était capable de gérer un kilo avant de se voir confier des missions plus sérieuses.

– Il va sans dire que la rémunération sera proportionnelle à l'importance de la course.

– Je te laisse m'envoyer le numéro du contact, dit Sonja en se levant.

Une augmentation serait la bienvenue. Ainsi qu'un pourcentage plus important de marchandise à subtiliser. Pour atteindre son but plus rapidement et se sortir enfin de là.

18

La main crispée sur l'anse de son panier de courses, Sonja tentait de garder son sang-froid. Son cœur battait comme si elle venait de courir un cent mètres, quand ses seuls efforts physiques avaient été de rejoindre sa voiture à la sortie du cabinet de Thorgeir et de se rendre à l'épicerie. Importer trois kilos allait nécessiter de nouvelles méthodes. Même si, dans l'absolu, cela ne changeait pas grand-chose à la nature de sa mission. Il lui faudrait simplement envisager ses préparatifs différemment. Tandis qu'elle parcourait les rayons, son esprit était tout occupé à tenter de trouver une solution. D'ordinaire, les gros colis passaient par la mer, mais le paquet devait arriver la semaine suivante, et elle n'était pas habituée aux livraisons par bateau. Elle connaissait mal l'architecture du ferry qui, de toute façon, ne naviguait que l'été, et elle n'avait aucun contact sur les cargos. En somme, elle devrait se débrouiller seule. Comme d'habitude.

Elle jeta dans son panier du fromage blanc et des bananes pour le petit-déjeuner de Tómas, une pizza surgelée pour le dîner du lendemain ainsi qu'un paquet de café. En panne d'inspiration pour les repas du samedi, elle songea que Tómas et elle retourneraient faire des courses ensemble. Il adorait ça. À vrai dire, il répondait avec enthousiasme à toutes ses propositions. C'était un enfant tellement doux. Et il se montrait encore plus agréable depuis le divorce, n'exigeant ni ne réclamant jamais rien. Sonja savait qu'il pouvait avoir tout ce dont il rêvait chez son père ; elle se demandait parfois s'il n'essayait pas de la protéger en lui épargnant ses caprices. La pensée de Tómas lui nouait l'estomac, aussi essaya-t-elle de se changer les idées. Étrangement, il était plus aisé de réfléchir à la façon dont elle pourrait importer un sac de voyage rempli de cocaïne en Islande qu'aux véritables conséquences de son divorce sur son fils.

Lorsqu'elle fut arrivée à la caisse, ses maux d'estomac s'étaient dissipés, son cœur avait retrouvé un rythme normal et son esprit, une certaine sérénité. Si plusieurs kilos étaient plus difficiles à faire passer et augmentaient pour sûr le danger, il y avait quelque chose de sécurisant à être en charge de gros colis. Au moins, elle n'était pas un appât – ces derniers voyageaient avec des quantités dérisoires. Une livraison importante servait les intérêts de tous.

19

Tómas avait tellement hâte qu'il se sentait presque malade. On était jeudi. Le lendemain après-midi, maman viendrait le chercher et il passerait le week-end entier avec elle. Son empressement ne tenait cependant pas à la perspective d'un cadeau ou de quelque activité spéciale. Généralement, ils se contentaient de traîner à la maison, de se balader dans le quartier ou d'aller faire un tour en voiture, jouant à compter les véhicules jaunes. Il se trouvait juste que, les week-ends avec maman, tout était parfaitement à sa place. À sa façon, maman faisait toujours tout comme il faut. Le vendredi soir, elle mettait de la musique qui bougeait et ils dansaient dans le salon. Le bruit, le rythme leur permettaient de se défouler après l'attente de plus en plus pesante des derniers jours. Ensuite, maman préparait du pop-corn qu'ils grignotaient devant un film. Même pas un film que Tómas choisissait. Chez papa, il était libre de sélectionner les émissions qu'il voulait avec la VOD, tandis que maman lui passait des films bons pour lui. Des films pour grandir. Et même s'ils n'étaient pas toujours très marrants, c'était agréable de manger du pop-corn en regardant la télé avec maman sur le canapé.

Même chose pour le petit-déjeuner. Papa lui achetait des Cheerios ou des Lucky Charms. Il avait bien essayé de lui préparer du fromage blanc, mais ce n'était jamais vraiment bon. Le mélange ne prenait pas, quand bien même il s'efforçait de suivre les instructions de Tómas. Maman, elle, maîtrisait la situation à la perfection. D'abord, elle versait dans un ramequin le fromage blanc, qu'elle saupoudrait d'une quantité adéquate de sucre avant d'y couper des tranches de banane. Des tranches d'une taille idéale : pas trop épaisses pour qu'elles enlèvent le goût du fromage blanc, ni trop fines pour qu'elles finissent en purée. C'était toujours pile comme il fallait.

Il ne restait plus qu'une nuit et une journée d'école avant que maman vienne le chercher. Au début, il serait un peu timide dans la voiture pendant qu'elle lui demanderait des nouvelles de ses camarades et du football. Mais dès qu'ils auraient refermé la porte de son appartement, ils commenceraient à faire les fous, à mettre la musique à fond et à danser dans le salon.

20

Sonja frappa légèrement à la porte de sa voisine, espérant que personne ne lui répondrait et qu'elle pourrait se contenter de laisser l'ordinateur dans un sac accroché à la poignée. Un redémarrage avait suffi à lui redonner vie. Si cela continuait, elle finirait néanmoins par être obligée de payer les services d'un réparateur – elle ne pouvait se permettre d'avouer son incompétence.

– Merci, ma grande ! s'exclama la voisine en ouvrant.

– Il fonctionne pour le moment, indiqua Sonja. Cela dit, vous devriez peut-être songer à en acheter un nouveau.

– J'y pense depuis la dernière fois où tu m'en as parlé, mais je n'arrive pas à croire qu'il me lâche déjà.

– Il a tout de même trois ans. Ce genre d'appareil tient rarement le coup plus longtemps.

C'était de notoriété publique, et pourtant la voisine la regardait comme si elle avait affaire à une astronaute.

– Moi qui étais convaincue qu'il me durerait toute la vie !

– Les ordinateurs sont des outils, affirma Sonja, s'efforçant d'adopter un ton de connaisseuse. Et comme tous les outils, ils finissent par lâcher.

– Je n'avais jamais vu les choses sous cet angle, mais maintenant que tu le dis… C'est vrai qu'on exige beaucoup plus d'un ordinateur que d'une radio, par exemple.

– Oui, fit Sonja en reprenant doucement le chemin de son appartement. Une radio se contente d'émettre du son alors qu'un ordinateur doit…

Elle chercha ses mots et, ne trouvant rien de mieux, dit :

– Penser. Un ordinateur doit penser.

– Tu expliques si bien ces problèmes informatiques avec des mots de tous les jours, répliqua la voisine, apparemment satisfaite. Si seulement tous les spécialistes étaient comme toi.

Sonja sourit, hochant la tête en signe d'au revoir. Juste avant de refermer la porte, elle entendit la femme s'écrier quelque chose à propos de vermine. Elle s'immobilisa.

– Quoi ?

– J'ai parlé au propriétaire de remettre de l'insecticide contre les poissons d'argent. Ça fait un an, il ne faudrait pas que ces saletés de bestioles refassent leur apparition au sous-sol.

– De l'insecticide ?

Sonja fixa un instant la voisine, qui elle-même l'observait d'un air interrogateur.

– Oui. Contre les poissons d'argent. Tu n'es pas d'accord ?

– Si, si, bien sûr.

Un sourire contrit aux lèvres, Sonja referma la porte, la tête ailleurs. Elle savait comment faire passer la prochaine livraison.

21

C'était à croire que les appartements trop souvent délaissés finissaient par s'ennuyer. L'air lourd, les rideaux à demi tirés, un fin voile de poussière recouvrant tout. Agla pouvait presque palper cet ennui lorsqu'elle rentrait à la maison. Alors elle évitait soigneusement le salon, préférant rejoindre directement sa chambre avec son sac de fast-food et manger au lit devant la télévision. Depuis dix ans qu'elle vivait seule, elle se satisfaisait pleinement de retrouver son appartement tel qu'elle l'avait quitté – à part le vendredi, jour de visite de la femme de ménage. À l'exception des quelques rares fois où Sonja l'avait accompagnée, personne ne venait jamais ici. Il y avait dans cette solitude une forme de constance rassurante, et bien qu'une décennie eût passé depuis son divorce, elle ressentait toujours une certaine jouissance à jeter son pyjama par terre, à éparpiller ses produits dans la salle de bains ou à s'abstenir de faire le lit sans que quiconque ne lui reproche son manque de féminité.

Agla se fit couler un bain pendant qu'elle dînait. Elle avait hâte de se plonger dans l'eau brûlante, de s'y blottir comme dans une chaleureuse étreinte. C'était d'ailleurs surtout dans ces moments-là que sa solitude lui pesait. Ce qui était absurde, puisqu'elle était très satisfaite d'être seule. Non, elle était plutôt en proie à une sorte de désir teinté de mélancolie pour quelque chose qu'elle se sentait sur le point de découvrir mais ne parvenait pas à comprendre tout à fait. Flottant à la surface, elle voguait entre éveil et rêve, laissait son esprit s'égarer librement – et quand son esprit n'était pas entravé, il dirigeait ses pensées vers Sonja. Cette femme lui faisait un effet qu'elle n'arrivait pas à s'expliquer. Jamais elle n'avait ressenti un tel émoi. C'était comme une sorte d'enchantement, de sortilège qui la tenait prisonnière, et à vrai dire Agla aurait tout sacrifié pour s'en affranchir. Même si, tout bien réfléchi, elle n'avait plus rien à sacrifier dans sa vie – à part Sonja. Celle-ci était la seule à faire naître en elle une quelconque envie de continuer, une soif de vivre, une volonté. Malgré la honte persistante. Ces émotions n'étaient pas saines, cela ne faisait aucun doute. Probablement la conséquence d'une sorte de dérèglement hormonal, peut-être dû à la ménopause. À de nombreuses reprises elle avait essayé de couper court à sa relation avec Sonja, mais elle ne réussissait jamais. Elle était accro. Accro à son sourire, au souffle court contre sa peau, au goût salé des gouttes de sueur qui constellaient sa poitrine, accro à ses soupirs quand elle atteignait l'orgasme.

Le tintement agressif de la sonnette déchira le silence. Agla sursauta, se redressa sans toutefois sortir de la baignoire. Sûrement un démarcheur cherchant à lui vendre du poisson séché ou un billet de loterie – elle n'allait pas quitter son bain pour ça. Lorsque la sonnette retentit à nouveau, elle se leva, s'enroula dans son peignoir et alla ouvrir. Derrière la porte se trouvait Jóhann, accompagné de trois hommes. Elle en connaissait deux : ses avocats, dont un qui l'avait défendue par le passé.

– Vous tombez mal, lâcha-t-elle en resserrant son peignoir.

– On ne va pas rester très longtemps, répondit Jóhann en entrant, suivi des trois autres.

Agla leur emboîta le pas vers le salon et s'assit dans un fauteuil.

– Installez-vous, je vous en prie, dit-elle en désignant le canapé.

Jóhann secoua la tête.

– Je viens juste confirmer ce qui a été dit tout à l'heure, commença-t-il.

– Qu'est-ce qu'il y a à confirmer ? l'interrompit Agla. Et en présence de qui, si je puis me permettre ?

Ses yeux s'arrêtèrent sur le troisième homme, qui ne s'était toujours pas présenté.

– Excusez-moi, oui. Gudmundur, avocat, je représente Adam.

Machinalement, la main d'Agla glissa vers sa poitrine et elle tira le pan de son peignoir un peu plus haut sur son cou. Elle se sentait soudain si vulnérable, assise presque nue, les cheveux mouillés, face à l'avocat d'Adam.

– Je ne compte pas revenir sur ma parole, si c'est ce que vous craignez, dit-elle.

Jóhann eut un sourire gêné et regarda ses avocats l'un après l'autre. Le plus âgé des deux prit la parole.

– Étant donné qu'il s'agit d'une chaîne à trois maillons, je me dois d'insister sur la nécessité que chacun d'entre eux tienne.

Agla se releva, ne s'adressant à présent qu'à Jóhann.

– Adam et toi avez visiblement discuté ensemble, et je constate qu'il est d'accord avec nous, vu que son avocat est là. Mais pourquoi diable croyez-vous que ce serait moi, le maillon faible, dans cette affaire ?

Les trois juristes restèrent de marbre, tandis que Jóhann se mordillait la lèvre inférieure, le front humide d'une sueur naissante. De toute évidence, si la situation tournait au vinaigre, c'est Agla qui serait sacrifiée.

22

Absorbée par la lecture d'articles sur Internet à propos de divers poisons, Sonja ne regarda pas l'écran du téléphone lorsque celui-ci sonna et décrocha sans réfléchir. Elle regretta aussitôt son geste lorsqu'elle entendit la voix guillerette de Libbý, représentante attitrée de son vieux groupe d'amies d'Akureyri, abusivement surnommé "club de couture" – elles passaient leurs soirées à plaisanter et à grignoter plutôt qu'à broder.

– Salu-ut ! s'exclama Libbý, la seule personne au monde à prononcer ce mot en trois syllabes. Contente de réussir enfin à te joindre ! Alors, on a un emploi du temps de ministre, c'est ça ?

– En quelque sorte.

– J'ai croisé ta mère au centre commercial l'autre jour, elle m'a dit que tu bossais pour une petite boîte d'informatique.

Sonja grimaça à l'idée que sa mère et Libbý avaient bavardé ensemble. À son sujet.

– Oui, enfin, c'est ma boîte. Une toute petite entreprise. En fait, c'est presque de l'auto-entreprenariat.

– A-ah, fit Libbý, déterminée à doubler des syllabes qui n'avaient pas lieu de l'être. Ta maman m'a dit que tu passais ton temps à l'étranger pour le boulot, justement.

– Si on veut.

Sonja cherchait désespérément un autre sujet à aborder.

– Qui l'eût cru ? Toi, un gourou de l'informatique ! s'exclama Libbý avec un rire joyeux.

– Et de ton côté ? l'interrompit Sonja. Quoi de neuf ?

– Tout va bien. La routine, tu sais. Le mari, les enfants, la gym. Je travaille toujours à la banque. Je suis l'une des rares guichetières à n'avoir pas été licenciée.

Sonja s'apprêtait à la féliciter d'avoir réussi à conserver son emploi par les temps qui couraient, mais elle n'en eut pas l'occasion, car Libbý enchaîna tout de suite :

– C'était vraiment sympa de discuter avec ta mère, elle n'a pas changé, elle paraît si jeune, je ne l'avais pas vue depuis des années, ce qui est assez rare dans une petite ville comme la nôtre, mais bon, elle est cliente d'une autre banque, alors forcément je n'allais pas la croiser là, et puis elle me disait qu'elle faisait surtout ses courses dans le Village, et puis oh, c'était tellement adorable de sa part de m'inviter à prendre le café, elle m'a même proposé de faire des crêpes quand je lui ai dit que j'avais toujours trouvé les siennes délicieuses.

– Waouh, super, grogna Sonja en imaginant sa mère en train de cuisiner pour Libbý alors qu'elle refusait d'adresser la parole à sa propre fille.

L'ironie de la remarque sembla toutefois complètement échapper à son interlocutrice.

– Elle est tellement mignonne, ta maman, et c'est dingue ce qu'elle est bien conservée, un sacré canon encore, la petite dame, alors qu'elle a quoi… soixante, soixante-dix ans ?

– Soixante-trois, précisa Sonja, surprise de ne pas avoir eu à réfléchir.

Au fond, sa mère était toujours là, quelque part à l'intérieur, bien qu'elle ne l'eût pas revue depuis presque deux ans.

– Dis-moi… Elle m'a raconté qu'Adam avait la garde…

Libbý avait prononcé cette phrase d'un ton interrogateur, et Sonja comprit immédiatement de quoi il retournait : le "club de couture" se réunirait sûrement dans les prochains jours, et la jeune femme voulait y apporter son lot de ragots croustillants.

– Oui, c'est vrai.

Sonja entendit elle-même la morosité de sa réponse, mais cela devrait faire l'affaire. Libbý n'aurait qu'à raconter aux filles que leur vieille amie était devenue aigrie.

– Mais euh… il y a une raison particulière à cela ? Tómas et toi étiez si proches…

Sonja se radoucit en percevant l'hésitation dans sa voix. Sa curiosité était mêlée d'inquiétude.

– Ce n'est que temporaire. Adam et moi avons conclu un accord pour une période de deux ans qui va bientôt prendre fin, donc nous allons pouvoir renégocier.

– Je vois, oui. Et ça te convient ?

– Non, répondit aussitôt Sonja. Mais c'était… Je ne pouvais pas… Bref. C'était surtout pour des raisons financières. J'étais dans une mauvaise passe après le divorce.

C'était un euphémisme. La veille du jour où Sonja avait cédé ses droits parentaux à Adam, sur les conseils de Thorgeir, elle s'était trouvée dans la file d'attente de la banque alimentaire dans l'espoir de recevoir un sac de provisions pour pouvoir nourrir Tómas. Difficile de décrire l'ampleur de l'humiliation qui s'était abattue sur elle tandis qu'elle piétinait dans le vent glacial, en attendant son tour. Elle avait fini par abandonner, s'était précipitée au magasin Nóatún où elle avait volé un poulet surgelé, des biscuits et du lait. Un indicible effroi s'était emparé d'elle lorsqu'elle avait croisé son reflet dans le miroir, les yeux gonflés de larmes ; elle s'était alors demandé qui était cette femme qui préférait voler plutôt qu'appeler à l'aide. Incapable de mettre des mots sur les mois qui avaient suivi son divorce, elle se contenta de répéter :

– J'étais dans une mauvaise passe.

– Doux Jésus ! Il t'a fait tant de mal que ça ? se récria Libbý dans un souffle.

Un léger bien-être se diffusa dans le corps de Sonja. C'était bon de se plaindre d'Adam. De se plaindre et d'être entendue. Elle savoura l'instant, consciente malgré tout que le niveau d'empathie de Libbý chuterait vertigineusement si elle apprenait toute l'histoire.

– Oui, il m'a fait tant de mal que ça, dit-elle alors que son amie poussait de nouveaux soupirs.

– Écoute, maintenant que je peux te le dire, je ne l'ai jamais aimé, ce type. Ce n'était pas un mec pour toi, il était cassant, arrogant et irascible. Les filles et moi, on se demandait ce que tu lui trouvais, parce que même s'il était très séduisant et tout ça, on voyait bien que tu n'étais jamais vraiment toi-même avec lui. Je me trompe ?

– J'imagine que non, admit Sonja. Je croyais l'aimer, et peut-être que c'était le cas. Mais aujourd'hui je me dis finalement que cet amour n'était qu'un malentendu.

23

– On a un pari en cours, annonça Atli Thór en entrant dans la salle de repos.

En attendant plus d'explications, Bragi se dirigea sans un mot vers la machine à café pour se faire couler une demi-tasse dans laquelle il versa une goutte de lait.

– Équipe de jour contre équipe de nuit, au sujet de ta venue au pot annuel, précisa son collègue, avec dans le regard cette lueur d'imbécile heureux qui lui donnait un air gamin plutôt avenant.

– Eh bien.

Bragi s'assit à la table à côté d'un petit jeune tout droit sorti de l'école des douanes qui semblait intimidé par sa présence.

– Quels sont les pronostics ? demanda-t-il.

– Nous, on a parié que tu viendrais. La garde de nuit, que tu nous ferais faux bond.

– Je vois. Et qu'est-ce qu'il y a à la clé ?

– Accroche-toi bien, mon pote !

Atli Thór fit un roulement de tambour avec ses deux mains sur la table, comme s'il devait annoncer un numéro de cirque particulièrement éblouissant. Quoique incertain, Bragi soupçonnait son collègue d'avoir inventé cette histoire de pari pour l'inciter à venir à la soirée. C'était bien son genre. Toujours à manigancer un mauvais coup.

– L'équipe perdante devra payer une bouteille de Rémy Martin VSOP aux gagnants !

– Tu m'en diras tant.

– Eh ouais, mon pote. Un cognac supérieur. Vieux et riche en caractère. Comme toi.

Bragi sourit au commentaire. Percevant l'impatience sur le visage du jeune douanier, il soupira. Il allait bien devoir se présenter au pot annuel s'il voulait qu'Atli Thór gagne son pari. À vrai dire, il n'avait rien de mieux à faire, à part tenir compagnie à Valdís et rêver à un avenir loin des murs javellisés de sa maison de retraite. Un avenir où il pourrait s'assurer lui-même que chacune des minutes précieuses qu'il restait à son épouse s'écoule dans la sérénité et la sécurité. Passer la soirée assis auprès d'elle ne ferait néanmoins qu'accroître sa mélancolie, comme à chaque fois qu'il se laissait aller à ces chimères dans le silence de sa chambre. De plus, c'était toujours difficile de se dire au revoir le soir, et encore plus douloureux de se faire congédier à l'heure où les employés estimaient qu'il était temps de mettre les résidents au lit. Finalement, autant se rendre à ce dîner, même s'il n'en avait aucune envie.

– Je ne lâcherai rien, dit-il à ses collègues. Je garderai le suspense jusqu'au bout.

24

Jón Jónsson, le substitut du procureur, fixa une caméra au petit trépied installé sur la table. Comme il n'arrivait pas à l'allumer, il appela l'une de ses collègues à l'aide.

– L'autre est en panne, dit-il d'un ton désolé en pointant du doigt la caméra suspendue au mur dans un coin de la pièce.

Une jeune fille blonde à la frange droite vint lui prêter main forte ; elle fit les réglages nécessaires et dirigea l'objectif sur Agla.

– Je peux vous apporter une tasse de café, un verre d'eau ? demanda-t-elle d'un ton presque affectueux.

– Non, merci, répondit Agla en souriant, soucieuse de se montrer affable elle aussi.

Elle n'avait rien contre cette institution ni contre ses employés. Ils faisaient leur boulot, voilà tout, et Agla recevrait la peine qu'elle méritait. Voire un peu plus, pour la route – Jóhann et sa flopée d'avocats ne manqueraient pas de s'en assurer.

Le soleil d'hiver filtrait par la fenêtre, bleu, froid, rasant l'horizon. Il dessinait de longues ombres qui faisaient ressortir les éraflures à la surface de la table en pin, ainsi que la poussière qui recouvrait les stores vénitiens. Une lumière qui ne faisait pas de quartier. Sur la vidéo, la gueule de bois d'Agla serait encore plus manifeste. Ce n'était sans doute pas très malin d'être venue sans avocat, mais le substitut du procureur avait assuré qu'il ne s'agissait que d'une formalité, une précision à apporter au dernier entretien. Et Agla était déterminée à changer d'avocat après la visite de Jóhann la veille. Le sien avait été engagé avec l'armée de juristes de ce dernier, or elle avait désormais le sentiment qu'il serait plus sûr de faire cavalier seul.

– Bienvenue, dit Jón en s'asseyant à la table. Je tiens à vous remercier d'avoir à nouveau fait le déplacement.

Agla lui adressa un signe de tête et esquissa un sourire en regardant la caméra, puis Jón récita le numéro du dossier. Elle-même le connaissait par cœur, elle avait toujours eu de la facilité à retenir les nombres.

– Poursuite de l'entretien avec le témoin Agla Margeirsdóttir par Jón Jónsson. Je tiens à préciser pour mémoire qu'Agla n'a pas émis le souhait d'être représentée.

Elle secoua la tête.

– Je suis entre deux avocats, actuellement.

– Commençons. Il y a des problèmes bien précis concernant trois fonds d'investissement pour lesquels j'aimerais avoir vos explications.

– Je ferai de mon mieux.

Agla chaussa ses lunettes de lecture et l'homme fit glisser une pile de documents dans sa direction.

– Les éléments surlignés en jaune sont ceux qui ont attiré notre attention.

Agla aimait bien le substitut Jónsson – comme elle le surnommait. Il s'adressait toujours assez sèchement à ses interlocuteurs, ce qu'elle préférait aux faux amis qui se montraient d'abord bienveillants avant de se transformer en bêtes féroces au moment où on s'y attendait le moins. Par ailleurs, elle lui était reconnaissante de l'interroger seul, en tête à tête. D'ordinaire, elle devait faire face à deux agents. Mais, d'ordinaire, elle avait aussi son avocat avec elle.

Agla s'empara du dossier dont elle feuilleta quelques pages. Il s'agissait d'une part des relevés de placements effectués par la banque à l'étranger, d'autre part de l'historique des actions investies dans l'établissement. Le premier relevé datait de mars 2007, le dernier de février 2008. La plupart des entretiens se déroulaient de la même manière : elle lisait des documents vieux de plusieurs années et conjecturait ensuite sur ce qui s'était passé. Le substitut Jónsson pointa une ligne jaune sur l'un des relevés de placements.

– Pourriez-vous m'expliquer cette transaction ?

– Octobre, il y a trois ans, répondit Agla, employant à son tour un ton sec. Je dois avouer ne pas connaître tout notre historique par cœur. Nous prenions de grosses positions sur les marchés à cette époque.

– Celle-ci s'élève à huit cent mille dollars, insista-t-il, estimant visiblement qu'une telle somme aurait dû lui rafraîchir la mémoire.

– Ça ne me dit rien. Ce sont des montants assez courants.

– Peut-être que cela vous aiderait si je précisais qu'on retrouve un versement comparable toutes les semaines dans les mois qui suivent.

– Non, je ne vois pas.

– Ce n'est pas toujours cette somme précise, elle peut varier de sept à neuf cent mille dollars.

– J'étais en charge d'investissements à hauteur de trois millions de dollars par semaine en ce temps-là, ça n'a donc rien d'exceptionnel.

– Et si vous jetiez un œil au fonds qui a perçu ces huit cent mille dollars, puis aux bénéficiaires des deux semaines suivantes ?

Le substitut Jónsson pointa rigoureusement les lignes en jaune correspondantes tandis qu'Agla parcourait les documents.

– Iceland trading Ltd., ML holding, Avance Investment, énuméra celle-ci. Ce sont des organismes avec lesquels je faisais sans cesse affaire, le premier étant une institution de titrisation, les deux autres, des sociétés d'investissement.

– Si nous observons de plus près une tranche de plusieurs mois, on voit naître un schéma régulier. Des sommes similaires qui viennent alimenter ces trois fonds toutes les semaines.

– Je suis quelqu'un d'assez organisé, j'avais un rythme de travail plutôt constant. Il s'agissait de fonds dont je gardais une bonne expérience, de fait je les utilisais souvent.

– On va se contenter de ça, lâcha Jón.

Un frisson parcourut le corps d'Agla. Il prononçait toujours cette phrase quand il commençait à établir des corrélations entre les éléments.

– Ce qui est étonnant, reprit-il, c'est quand on met ces relevés en parallèle avec les autres.

Il tapota des doigts l'historique des actions.

– Je sais que vous rêvez de lier tout ça bien proprement, dit Agla, mais vous êtes bien conscients que je ne peux pas vraiment vous renseigner sur ce qui concerne les actions que nous émettions ; ce n'était pas de mon ressort. C'était le département d'Adam qui s'occupait de ça.

– Lorsqu'on compare les capitaux placés dans ces fonds à l'étranger et les actions investies dans votre banque à la même période, on retrouve les mêmes sommes aux mêmes intervalles.

– On peut donc en déduire qu'il faut équilibrer les comptes ?

Agla croisa les bras et s'appuya contre le dossier de sa chaise. Le moment du duel était venu.

– C'est la théorie que vous soutenez, en effet, dit Jón.

– "Vous" qui ?

– Jóhann, Adam, vous et toute votre clique.

– Peut-être parce que c'est vrai.

– Peut-être. Peut-être pas.

– Sur quoi vous basez-vous pour affirmer que c'est faux, à part ces relevés ?

– Un soupçon, et l'expérience, répondit le substitut Jónsson en s'appuyant à son tour contre son siège. – Ils faisaient à présent penser à deux convives repus après un somptueux dîner. – Nous suspectons que les virements d'un fonds de placement à un autre ont permis d'effacer les traces et de cacher que les capitaux étaient en fait revenus en Islande sous la forme d'actions investies dans la banque pour en faire grimper la valeur.

– Je ne peux ni confirmer ni infirmer vos soupçons, répliqua Agla. Pour ma part, j'étais en charge des investissements au nom de la banque et de gros clients à l'étranger. J'ignore si les capitaux ont fini par nous revenir, et si c'est le cas, par quel biais. C'est la pure vérité.

La meilleure défense était l'ignorance. On entendit un léger clic lorsque le substitut Jónsson éteignit la caméra.

En retournant à sa voiture, Agla ne put s'empêcher de se demander quel était le lien entre la visite de Jóhann et ce nouvel entretien. Était-ce une coïncidence que Jón soit allé fouiner dans ces vieux relevés ? Ou l'un de ses deux collègues avait-il fait fuiter des informations ? Quoi qu'il en soit, le terrain était devenu glissant pour tout le monde. Agla s'installa au volant et songea à passer par le magasin de vin en chemin vers la banque. Elle ne se rappelait plus s'il lui restait quelque chose dans le tiroir de son bureau, pourtant elle avait bien besoin d'un petit remontant à cet instant. Elle ne s'était toujours pas décidée lorsque, soudain, son téléphone sonna.

– Allô ?

– Putain, qu'est-ce que tu foutais chez le procureur sans avocat ?

La voix de Jóhann n'était plus qu'un couinement. Les nouvelles allaient vite.

25

Assise au bord du lit, Sonja regardait Tómas dormir. Elle aurait pu se retirer depuis longtemps déjà, car le petit s'était laissé gagner par le sommeil au milieu de l'histoire, mais elle ne parvenait pas à s'y résoudre. Elle se sentait bien, tout simplement, si près de son fils qu'elle percevait la chaleur qui émanait de lui à travers la couverture tandis qu'elle écoutait sa respiration apaisée. C'était fou ce que la séparation pouvait faire naître de gratitude. Elle ne se rappelait pas avoir passé autant de temps à le regarder dormir lorsqu'elle en avait l'occasion chaque soir. C'était pour lui qu'elle faisait tout ça. Dans l'attente d'une infinie suite de soirées comparables où il resterait chez elle, s'envolant sereinement vers le pays des rêves, sa petite main dans la sienne. Tous ces voyages où elle prenait le risque de le perdre à jamais lui offraient la perspective d'un avenir. Un avenir où elle pourrait enfin subvenir aux besoins de son enfant. Obtenir sa garde. Le flot d'argent qui nourrissait le compte de son entreprise factice constituait une base de plus en plus solide. Et puis, il y avait le coffre à la banque, qui abritait une liasse épaisse de billets de diverses devises qui continuait de grandir, ainsi qu'un coffret de pièces d'or dont Agla lui avait dit qu'il s'agissait d'un investissement sûr après la crise. Sans oublier le petit sac qu'elle avait rempli en subtilisant quelques grammes de poudre à chaque colis. À vrai dire, il n'était plus si petit et pesait désormais presque un kilo. Ce kilo dont elle avait besoin pour se libérer du piège.

La sonnette retentit. Sonja se pencha doucement sur Tómas et déposa un baiser sur son front. Le parfum de ses cheveux était céleste, et malgré sa croissance rapide et les changements qu'elle constatait sur son visage chaque fois qu'elle le retrouvait, son odeur n'avait pas changé.

Agla se tenait dans l'embrasure. À la façon dont elle s'appuyait contre le cadre de la porte, Sonja remarqua qu'elle avait bu.

– Tu sais que j'ai Tómas ce week-end, dit-elle.

Agla lui emboîta le pas en direction du salon et s'assit à côté d'elle sur le canapé.

– Il ne dort pas ? chuchota-t-elle, tendant la main vers le bouton du col de chemise de Sonja, qu'elle défit d'un geste expert.

– Si. Mais parfois il se réveille la nuit. Et, dans ce cas, tu devras le saluer et le regarder dans les yeux.

Agla s'enfonça dans le canapé avec un soupir.

– Bon, d'accord. Je m'en vais. Mais dis-moi quelque chose d'amusant, d'abord. Parle-moi.

– De quoi ? lâcha Sonja.

– De tout sauf de fonds d'investissement. Raconte-moi un secret de lesbienne.

– Comment ça ?

– Un truc que toutes les lesbiennes savent.

Sonja réfléchit une seconde, puis il lui vint une idée. Cela ne ferait pas de mal à Agla d'apprendre à mettre un nom sur sa propre réceptivité.

– Les lesbiennes ont une sorte de sixième sens qui leur permet de se reconnaître entre elles. Les hommes homos le possèdent aussi entre eux. On appelle ça un *gaydar*. Tu vois, comme un radar.

– Et comment ça marche ?

Intriguée, Agla se redressa et planta son regard dans celui de Sonja.

– Disons que, face à une autre lesbienne, on perçoit quelque chose. Quelque chose de fort. C'est comme si on lui portait davantage d'intérêt qu'à quelqu'un d'autre. Je ne dis pas qu'une alarme sonne dans notre tête, mais ça n'en est pas loin.

– On n'appelle pas ça la libido, tout simplement ? railla Agla avant de s'enfoncer à nouveau dans le canapé.

– Non, on peut tout à fait ne pas éprouver de désir pour elle. C'est une sorte de sens inné, on comprend qu'on est dans le même bateau. Peut-être que ça vient à la base du cri de rut des animaux, je ne sais pas. Une sorte d'instinct qui aide à trouver l'amour et la sécurité.

– Bizarre…

Agla avait l'air pensive.

– Oui, reprit Sonja. Parfois, j'ai l'impression que c'est presque surnaturel. Mais bon, on ne peut pas non plus avoir une confiance aveugle dans le *gaydar*. Il arrive qu'il s'active devant des femmes qui ne sont pas prêtes, ou pas conscientes des signaux qu'elles émettent. Sans parler de celles qui envoient des signaux contradictoires. Le corps, l'énergie disent une chose, les mots, une autre. Comme toi au début.

– Tu ne vas pas me dire que tu as reçu des signaux de ma part !

– Si, absolument. J'ai eu un pressentiment vraiment très fort lorsque je t'ai rencontrée.

– Dans ce cas, ton radar déconne un max, cracha Agla en se levant d'un bond. Je ne suis pas lesbienne.

26

– Tu m'as demandé de te raconter un secret de lesbienne, alors ne va pas me faire une crise quand je dis quelque chose comme ça.

– Je ne fais pas du tout de crise, siffla Agla en luttant pour garder son équilibre tandis qu'elle remettait ses chaussures.

– Je t'en prie, ne t'en va pas fâchée. Je voulais juste te faire rire ! Je suis loin d'être une spécialiste.

– Tu sembles pourtant en savoir long sur le sujet.

– Reviens t'asseoir et parle-moi. Allez, ne nous fâchons pas.

– Combien y en a-t-il eu avant moi ?

Agla avait posé la question sur un ton accusateur. Sonja comprit tout de suite que la tempête était imminente.

– Ne commence pas.

– Je ne commence rien du tout, je ne fais que demander.

– Je n'ai pas envie de me disputer pour un truc qui n'a aucune importance.

Sonja se retourna mais Agla l'attira de nouveau à elle.

– Dis-le-moi, supplia-t-elle. J'ai envie de savoir.

Sonja soupira. Elle avait parfois le sentiment qu'elles étaient toutes deux dans une impasse. Prisonnières d'un rocher encerclé par la mer, sans pouvoir reculer ni avancer.

– Il y a eu deux femmes avant Adam. Quand j'étais au lycée. Et quelques-unes quand tout est parti en vrille et que tu t'es enfuie.

– Quelques-unes ? Comment ça, quelques-unes ? Et je ne me suis pas enfuie. Je suis là, non ?

– Oh, Agla…

Sonja poussa un long soupir.

– Arrête, s'il te plaît.

– Combien de femmes ?

– Je ne m'en souviens plus !

Elle s'arracha à l'étreinte d'Agla et fulmina :

– Après qu'Adam nous a surprises, quand tout a tourné au vinaigre, j'étais seule et j'avais le cœur brisé parce que tu avais décidé que tu ne voulais plus me voir. Ma vie entière s'était effondrée, alors je suis sortie plusieurs week-ends et il m'est arrivé de rentrer avec quelqu'un, ok ?

– Le cœur brisé ? Pourquoi tu avais le cœur brisé ?

Agla arborait à présent un sourire satisfait, ce qui ne fit qu'amplifier la fureur de Sonja, qui se précipita dans la cuisine. Elle ouvrit le robinet et se servit un verre d'eau. Agla la suivit et l'entoura de ses bras.

– Raconte-moi pourquoi tu avais le cœur brisé, murmura-t-elle, soufflant son haleine chaude dans le cou de Sonja.

– Je me désespérais de ne pas voir Tómas, j'étais angoissée et je me sentais seule parce que tu refusais de m'adresser la parole. Maintenant, arrête de créer des disputes pour que je t'avoue que je suis amoureuse de toi. Dis-moi plutôt des mots doux, si tu veux que j'y réponde.

Elle se retourna, fixa Agla qui baissa aussitôt les yeux.

– Et elles étaient meilleures que moi ?

Sonja la repoussa.

– Tu as vraiment un problème. Meilleures que toi ? Putain, mais de quoi tu parles ?

– Au lit, elles étaient meilleures que moi ?

– J'abdique. Il vaut mieux que tu t'en ailles.

Sonja regagna le vestibule, décrocha le manteau d'Agla avant de le lui tendre.

– Je te demande pour savoir comment je me débrouille. En comparaison. Parce que je n'ai pas l'habitude, tu comprends ?

Agla avait la mine penaude. Elle devait bien s'être rendu compte qu'elle était allée trop loin, toutefois elle semblait ne pas pouvoir s'en empêcher. La fureur de Sonja s'évapora d'un coup. Elle fut prise d'une envie de rire, qu'elle refréna aussitôt. Cela ne pouvait plus durer. Il fallait fixer des limites au cirque d'Agla.

– À vrai dire, lâcha-t-elle le plus sérieusement du monde, tu es tout juste dans la moyenne.

Elle ouvrit la porte, Agla sortit sur le palier.

– C'est vrai ?

– Non, répondit Sonja.

– Tu te moques de moi ?

– Oui.

– Je peux revenir à l'intérieur ?

– Non. Va-t'en.

– Je peux au moins t'embrasser avant de partir ?

Sonja consentit à cette dernière requête, et Agla en profita pour lui caresser la poitrine.

– Ça suffit ! s'exclama Sonja en donnant une tape sur la main baladeuse, bien que son étreinte fût tentante.

Elle aurait tant aimé retourner avec Agla sur le canapé, la laisser promener ses mains partout sur son corps. Son manque de confiance en soi était insupportable, mais savoir qu'elle n'avait jamais couché avec une autre femme avait quelque chose d'excitant. Sonja ne pouvait être que parfaite à ses yeux, et le sentiment de perfection était comme l'euphorie après un rail de cocaïne : libérateur, exaltant et dangereusement addictif.

27

– Her, ba, mi… mis, bégaya Tómas en déchiffrant l'étiquette du flacon.

– Ça se dit Herbamix, corrigea sa maman. Rappelle-toi, *x* se dit comme un *k* suivi d'un *s*.

– Herbamix, répéta Tómas.

Il était assis dans le chariot de la jardinerie et, bien qu'il fût trop grand pour cela, maman ne disait jamais rien lorsqu'il enjambait le caddie et s'installait au fond. Il avait d'ailleurs tellement grandi qu'il occupait presque tout l'espace du panier. C'était toutefois sans importance, car maman n'avait pas beaucoup d'achats à faire : quelques bougies, un pot de fleurs et ce pulvérisateur.

– C'est quoi, ça, maman ?

– Du désherbant.

– Dés-herbant ?

– Oui, c'est pour tuer les mauvaises herbes. On vaporise ce produit sur le jardin, et il tue tout sauf le gazon.

– À quoi ça va te servir ?

Maman réfléchit un instant.

– C'est pour une amie qui habite à l'étranger et qui a un jardin.

– Il y a de l'herbe là-bas en ce moment ? s'enquit Tómas. À Akranes, toute l'herbe est morte. Nos entraînements de foot ont lieu dans le gymnase.

– Oui, oui, il y a de l'herbe tout au long de l'année en Angleterre. Et ils ne vendent pas ce genre de produits là-bas, donc elle m'a demandé de lui en acheter.

Maman avait sur le visage l'expression qu'elle arborait quand il lui posait des questions bêtes, aussi Tómas décida de ne pas insister et de garder pour lui son envie de tout savoir sur ce jardin en Angleterre. Il voulait aller là-bas avec elle, voir son amie vaporiser le désherbant sur sa jolie pelouse pour qu'elle soit encore plus jolie. Oui, il aurait voulu être en Angleterre avec maman, boire beaucoup de soda comme on le fait toujours à l'étranger et jouer au foot sur de l'herbe vert pomme.

De retour dans la voiture, maman avait retrouvé sa bonne humeur, et ils se mirent à chanter ensemble sur la route du magasin suivant. "Une poule sur un mur, qui picore du pain dur, picoti, picota !" Le magasin ne ressemblait pas à une boutique normale, mais plutôt à un atelier avec une porte de garage et une autre plus petite à côté.

– Tu veux bien m'attendre ici ? demanda maman.

Tómas secoua la tête. Il ne voulait jamais attendre dans la voiture. Il voulait profiter de chaque instant avec maman.

– Bon. D'accord.

Elle ouvrit la portière et il la suivit à l'intérieur de l'atelier-boutique.

– Bonjour, j'aurais besoin de raticide, dit maman au vieil homme assis à un bureau cerné d'énormes étagères contenant toutes sortes d'objets que Tómas n'avait jamais vus.

– Vous avez un problème de rats, ma petite dame ? lança le vieux.

Maman secoua la tête.

– C'est pour une amie qui vit à la campagne.

– Et vous êtes sûre que ce ne sont pas des souris ?

– Absolument sûre. Ce sont des rats, répondit maman d'un ton ferme.

L'homme haussa les épaules, se leva et alla farfouiller dans un rayonnage tout au fond du magasin. Il en rapporta un carton qu'il ouvrit d'une main avant de le poser sur le comptoir devant maman.

– Ça se présente sous la forme de cubes, à manier avec des gants et à bien conserver hors de la portée des enfants. Ou des autres animaux. Les instructions sont dans la boîte.

Maman sortit son portefeuille et régla la note, puis le vieux lui tendit une feuille de papier.

– Il me faut vos nom, prénom et signature.

– Je ne devrais pas plutôt mettre le nom de mon amie, vu que c'est pour elle ? demanda maman.

– Comme vous voulez, répondit le vieux. Normalement je suis censé réclamer une pièce d'identité, mais puisque c'est pour quelqu'un d'autre, ça fera l'affaire.

Maman se pencha sur la feuille de papier pour écrire. Une fois dehors, elle mit la boîte de raticide dans le coffre, puis ils remontèrent en voiture.

– Il y a des rats dans le jardin de ton amie en Angleterre ? demanda Tómas.

Maman se mit à rire.

– Oui, tu verrais dans quel état il se trouve ! Infesté de mauvaises herbes et de rats !

28

On pouvait parfois se sentir si seul au milieu de la foule. Accoudé au bar, Bragi sirotait sa bière en regardant les convives s'installer à table. Il était l'un des rares à s'être présenté sans cavalière et, l'écart générationnel s'étant creusé au sein des Douanes, seuls une poignée de ses collègues méritaient aujourd'hui pour lui le qualificatif d'amis. Quelques couples s'étaient mis à danser. L'apéritif avait délié les langues et la musique mêlée au brouhaha d'innombrables voix résonnait en un écho infernal dans sa tête. Il supportait de moins en moins le bruit. À une époque, il avait pourtant pris plaisir à se joindre à ces assemblées. Lors des bals, il jouait même à danser avec Valdís au plus près des haut-parleurs pour ne plus rien distinguer des conversations alentour ; dès lors leurs corps ne communiquaient plus que par mouvements et caresses, dans un rythme qui peu à peu s'unifiait. Après la naissance des enfants, ils n'étaient plus allés que rarement au bal. Bragi le regrettait à présent.

– On dirait que c'est la garde de jour qui a gagné le pari, lança Hrafn, le divisionnaire, en se postant à côté de lui au bar.

– Je n'allais quand même pas les laisser perdre, répondit Bragi.

– Non, ils n'auraient pas apprécié.

Hrafn s'éclaircit la gorge, l'air gêné.

– Dommage que Valdís ne soit pas là ce soir.

– Oui. Elle ne peut plus venir à ce genre de dîner.

– C'est la vie, soupira Hrafn avant de boire une gorgée.

– Oui, c'est la vie…

Bragi ne savait jamais trop comment réagir face aux gens qui tentaient de manifester leur compassion devant la maladie de Valdís.

– Je ne pense pas faire de vieux os ce soir ! s'exclama Hrafn d'un ton plus joyeux. C'est beaucoup trop bruyant pour moi. On ne rajeunit pas !

Il pouvait bien parler, avec ses vingt ans de moins que Bragi.

– Ça fait drôle de voir tous ces jeunes prendre peu à peu la relève.

Bragi acquiesça, n'en pensant pas moins. Il savait que ces bavardages sans intérêt cachaient un sous-entendu. Un message lui enjoignant d'arrêter d'insister, de prendre sa retraite et de laisser son poste à l'un de ses cadets. D'ailleurs, il comprenait bien ce point de vue. Chaque semaine, les médias annonçaient des dégraissages massifs, les entreprises fermaient les unes après les autres et les banques qui ramassaient celles qui tenaient encore debout imposaient leur lot de licenciements. Lorsqu'une foule de jeunes avec une famille à nourrir se retrouvaient sans emploi, son entêtement à conserver le sien pouvait paraître égoïste. Bien sûr qu'il devrait prendre tout ça en considération et céder la place à un gamin avec de nouvelles méthodes de travail qui, sans conteste, amélioreraient le rendement. En plus, un jeune coûterait moins cher aux Douanes. Et les Douanes, comme tout le monde, devaient faire des économies.

Bragi vit Atli Thór et les autres collègues de sa garde se mettre à table. Il fit un signe de tête à Hrafn en guise d'au revoir et se hâta de les rejoindre. Puisqu'il était là, autant profiter du dîner.

29

Tómas commença à pleurer dans le tunnel du Hvalfjördur. Il y avait du progrès : parfois, les larmes se mettaient à couler dès qu'il pénétrait dans la voiture. Mais cela n'empêcha pas Sonja d'avoir mal au cœur devant ces sanglots silencieux.

– Allons, allons, mon petit Tómas, murmura-t-elle en ajustant le rétroviseur pour distinguer son visage à l'arrière.

Pas la moindre expression de douleur, juste des torrents de larmes qui dévalaient ses joues tandis que ses lèvres tremblaient. Sonja avait envie d'arrêter la voiture, de rejoindre l'enfant sur la banquette arrière, de le serrer fort dans ses bras, de lui caresser les cheveux. Elle était incapable de trouver un seul mot pour le consoler, elle-même accablée de chagrin, à deux doigts d'éclater en sanglots à son tour.

– Pensons plutôt à nos prochaines retrouvailles !

– Mais c'est dans tellement longtemps, hoqueta le garçon.

– Ça paraît loin vu d'ici. Mais, avec le recul, ce n'est pas tant que ça. Ces deux semaines auront passé avant même que tu aies eu le temps de dire ouf, et nous aurons tout un week-end à nous deux. Le temps passe différemment selon le point de vue qu'on adopte.

– Pourquoi je ne peux pas vivre chez toi ?

– Ce n'est pas si simple, mon grand.

– Je pourrais habiter avec toi et ne loger chez papa que quand tu pars à l'étranger pour le travail.

– Mon chéri, tu sais bien que ce serait compliqué, avec l'école, le foot et tout le reste.

– Ou alors, une semaine chez toi et une semaine chez papa. Au moins, ça serait à égalité.

Sonja ne pouvait qu'approuver, un tel accord aurait le mérite d'être juste. Mais elle savait qu'Adam n'accepterait jamais.

– J'en discuterai avec ton père, dit-elle.

– Tu dis toujours ça mais tu ne le fais jamais !

Cette fois, Tómas était furieux ; à bien y réfléchir, c'était finalement plus supportable que sa tristesse. Il y avait une forme de défense dans la colère. Elle était une armure, une coquille pour les cœurs sensibles.

La voiture immobilisée devant la maison, l'enfant s'apprêtait à filer dehors lorsque Sonja l'empoigna par le bras.

– Je fais tout ce que je peux pour obtenir ta garde, mon chéri. Je ne désire rien de plus au monde que de t'avoir tout le temps avec moi. Mais il y a des règles à suivre, des règles d'adultes.

– Des règles stupides et caca-boudin !

Tómas s'accrochait à sa fureur pour ne pas éclater à nouveau en larmes.

– Je suis bien d'accord, des règles stupides et caca-boudin, répéta-t-elle dans un gloussement qui fit naître un sourire timide sur les lèvres de son fils. Je fais de mon mieux pour trouver un meilleur arrangement. Pour que nous soyons plus souvent ensemble.

– Toujours ensemble, dit Tómas.

– Oui. Toujours ensemble. Ce serait l'idéal.

– Et chez papa seulement un week-end sur deux.

– Oui, répondit Sonja en serrant le garçon dans ses bras. Mais en attendant, il faut qu'on soit forts. Qu'on tienne le coup et qu'on se donne du courage.

30

– Il faut que ça soit arrivé en début de semaine.

Sonja décelait dans la voix de Thorgeir une fébrilité qu'elle ne lui connaissait pas.

– Tu sais que je n'aime pas qu'on me mette la pression, répondit-elle.

Elle entendait l'homme haleter au bout du fil.

– Tu joues désormais dans la cour des grands, dit-il à voix basse, semblant lutter pour garder son calme. Les règles y sont différentes, tu vois. Radicalement différentes.

– Je vois.

Sonja raccrocha. Elle avait jusqu'ici toujours réussi à éviter que l'on se mêle de ses voyages, mais l'importance du nouveau colis engendrait une surveillance accrue. Thorgeir, ou Ríkhardur, ou quiconque supervisait la livraison, n'était pas prêt à prendre le moindre risque.

Il faisait complètement nuit lorsqu'elle ressortit du tunnel du Hvalfjördur – il lui faudrait mettre les bouchées doubles pour respecter le délai. Elle appuya sur le champignon et profita d'un espace vacant dans la circulation d'en face pour dépasser une voiture qui traînait devant elle. Le ciel noir lâchait sur les vitres une neige fondue poisseuse ; Sonja mit les essuie-glaces à la vitesse maximale. En se débrouillant bien, elle pourrait atteindre le magasin Nóatún du quartier de Grafarholt en dix minutes.

Dans la file d'attente du boucher, la faim la saisit soudain – à sa grande surprise, étant donné ce qu'elle s'apprêtait à faire. Elle aurait aimé déguster ces steaks elle-même. Les poêler, préparer une petite sauce et une salade pour Tómas et Agla, souriants, assis à la table recouverte d'une nappe à carreaux. Ensuite, Tómas regarderait la télévision pendant qu'Agla et elle feraient la vaisselle, et plus tard dans la soirée, vêtus de leur pyjama éponge tout doux, ils iraient ensemble se brosser les dents, riraient et s'aspergeraient de dentifrice, les joues roses après s'être débarbouillés au gant de toilette.

– Avec ceci ? demanda le boucher en lui tendant les steaks dans leur plat de polystyrène fermement emballé de film plastique.

– Deux beignets de poulet, dit Sonja, revenant à la réalité.

Pas de pyjama éponge rose au programme. La soirée s'annonçait bien plus lugubre : elle grignoterait ses beignets de poulet assise dans sa voiture devant chacune des deux maisons où l'on gardait les chiens des douanes, attendant le moment idéal pour passer à l'action.

31

Ce n'était pas la première fois qu'elle surveillait cette maison. À ses débuts, elle avait beaucoup observé les allées et venues depuis sa voiture, tentant de reconstituer dans sa tête le planning de l'animal et de son maître. L'été, lorsque les ferries circulaient, elle s'efforçait de faire coïncider ses voyages avec les dates d'arrivée des bateaux, de sorte qu'au moins un des deux chiens des douanes soit occupé dans l'est du pays ; mais à présent que l'hiver approchait, elle ne pouvait se permettre le moindre risque. Si la bête était désormais le plus souvent assignée au courrier, il arrivait que des changements de programme aient lieu, et les douanes avaient d'ailleurs tendance à les multiplier afin de ne pas être trop prévisibles.

Les fenêtres qui donnaient sur la rue diffusaient des lueurs bleutées, tandis que celle tournée vers le jardin répandait sur l'herbe une lumière claire et blanche. C'était celle de la cuisine. De temps à autre, on distinguait une ombre qui passait. Ils devaient être en train de cuisiner. L'heure du dîner approchait. Sonja mordit dans un de ses beignets au poulet, mais elle avait finalement perdu tout appétit. Autant préparer les steaks pour les avoir sous la main le moment venu. Le chien sortait dans le jardin systématiquement après le repas de ses maîtres, puis une dernière fois avant l'extinction des feux. Le mieux était de réussir lors de la première sortie. Elle ouvrit le coffre, sortit la boîte de Contrac et le flacon de Herbamix avant de prendre place sur la banquette arrière. Elle tira une paire de gants de sa poche et les enfila – de simples gants de laine, mais qui devraient faire l'affaire, car elle avait oublié d'en acheter des jetables. À l'aide de son couteau suisse, elle fit quelques trous dans la viande et glissa les petits cubes à l'intérieur, autant qu'elle pouvait en mettre par tranche. Elle remit ensuite les deux steaks dans leurs plateaux de polystyrène avant de les asperger de désherbant. Une marinade bien peu ragoûtante, mais qui devrait être efficace.

Presque une heure plus tard, la lumière de la cuisine s'éteignit enfin et le chien fila par la porte de derrière. La pauvre bête semblait toujours si heureuse de prendre l'air. Sonja sortit de la voiture, traversa la chaussée, puis longea tranquillement la grille, comme une simple riveraine en balade nocturne. Elle s'assura que personne n'était à la porte, jeta l'un des steaks dans le jardin et vit l'animal accourir. Elle retourna ensuite s'installer derrière son volant, scruta la pénombre et constata que le chien était bien parti pour ne pas en laisser une miette.

Devant la seconde maison, elle dut cette fois attendre presque deux heures. L'affaire était plus délicate, car l'agent qui habitait ici, prudent, accompagnait toujours son animal pour la sortie du soir. Lorsque le chien déboula sur le petit carré de pelouse, reniflant les alentours, tournant et retournant à la recherche de l'endroit idéal où lever la patte, le douanier prit appui contre le cadre de la porte et alluma une cigarette.

Sonja alla garer sa voiture un peu plus loin avant de revenir d'un pas rapide vers la maison, le paquet de viande entre les mains. Passant en courant devant la porte d'entrée, elle appuya sur la sonnette, et une salve d'aboiements retentit dans la nuit. Elle jeta un coup d'œil au carré de pelouse derrière la maisonnette, tout se passait comme prévu : retourné à l'intérieur pour s'enquérir du visiteur, l'homme avait laissé l'animal enfermé dehors. Sonja interpella la bête qui la rejoignit à la grille, puis elle lui donna le steak avec une caresse sur la truffe. C'était un petit chien à la robe bicolore, aux oreilles longues et qui avait bon appétit, puisqu'il avala son morceau de viande en une seule bouchée.

– Je suis désolée, mon beau, murmura Sonja en lui tapotant la gueule avant de s'enfuir à toutes jambes.

Elle allait faire le tour du pâté de maisons et retourner à sa voiture par la direction opposée. Son cœur battait à tout rompre, la culpabilité s'insinuait dans tout son corps. Elle venait d'apprendre bien des choses aux agents de la douane. Comme par exemple de ne jamais lâcher leur animal des yeux. Pas même dans leur propre jardin, pas même quand quelqu'un sonnait à la porte. De nouvelles règles de sécurité seraient probablement instaurées dans les semaines suivantes, à présent qu'elle avait tué les deux chiens détecteurs de drogue des Douanes islandaises.

Au premier feu rouge sur le chemin du retour, elle sortit son téléphone à carte et envoya un message au numéro de son contact, que Thorgeir lui avait fait parvenir. *Salut, c'est S. Merci de me donner l'adresse.* Tout le long de la route, elle réfléchit à son futur voyage et au vol que devrait emprunter l'appât pour faciliter les opérations. Arrivée dans le vestibule de son immeuble, elle fut tirée de ses pensées par une enveloppe blanche enfoncée dans sa boîte aux lettres. C'était dimanche, le facteur ne passait pas. Ses mains se mirent à trembler tandis qu'elle cherchait frénétiquement la clé de la boîte aux lettres sur son trousseau. Elle grimpa les marches de l'escalier, s'enferma à double tour dans son appartement, comme si une porte verrouillée pouvait la protéger de ce qu'elle s'apprêtait à découvrir. C'était ce qu'elle détestait le plus dans cet engrenage. Son cauchemar suprême. Dans l'enveloppe, une photographie des footballeurs poussins de l'association sportive d'Akranes, visiblement prise lors d'une rencontre importante. Au premier rang, agenouillé par terre, Tómas souriait à l'objectif. Derrière les joueurs se massait un grand groupe d'adultes, parmi lesquels Adam, son père. Et du côté opposé, au bout de la rangée, se tenait Ríkhardur, un rictus sardonique aux lèvres.

32

L'ambiance avait radicalement changé au cabinet du procureur. L'atmosphère était tendue et les employés, d'ordinaire assis tranquillement à leur bureau, s'agitaient en tous sens, faisaient des messes basses et lui jetaient des regards en coin tandis qu'elle attendait son nouvel avocat. Engagé juste avant le week-end, celui-ci avait à peine eu le temps de se familiariser avec le dossier. Agla l'avait appelé en catastrophe au moment de son arrestation à son arrivée au travail. Il lui avait enjoint de ne pas prononcer un mot pendant qu'il se mettait en route pour la retrouver chez le procureur spécial. Pour être honnête, elle aurait préféré qu'il accoure à la banque. Elle savait que c'était inutile, mais elle se serait sentie plus forte avec un allié, un ami à ses côtés alors qu'elle se faisait escorter hors de l'établissement, entre deux policiers et avec tout le contenu de son bureau sur une palette. Sentant les yeux de ses collègues peser sur elle, elle avait même cru discerner un "Il était temps !" lorsque les portes de l'ascenseur s'étaient refermées.

Elle savait depuis longtemps que ce jour viendrait – la question était simplement quand –, mais cela ne l'empêchait pas de se sentir oppressée. D'autant que le moment était mal choisi, puisqu'elle venait tout juste de changer d'avocat. Elle songea un instant à renvoyer le nouveau, à rappeler Jóhann pour faire revenir son ancienne équipe, puis elle renonça finalement. Il fallait tourner la page. En proie à une tension extrême, elle ne parvenait pas à rester assise sans bouger ; ses pieds se balançaient sous sa chaise, elle ne savait que faire de ses mains, roulait et déroulait sans cesse son foulard autour de ses doigts. Elle finirait par en abîmer le tissu, mais peu lui importait. Un pauvre voile de soie était bien le cadet de ses soucis à cet instant.

Lorsque son avocat arriva enfin, le substitut Jónsson et María, une experte en criminologie financière qu'elle avait déjà rencontrée au cours de plusieurs interrogatoires, les invitèrent à entrer dans la salle. Le procureur Ólafur lui-même leur emboîta le pas. Il s'installa dans un coin tandis que Jón et María prenaient place à la table. D'un ton compassé et solennel, Jón lut le procès-verbal annonçant qu'Agla était désormais mise en examen dans le cadre d'une enquête du procureur spécial pour manipulation de marché présumée par plusieurs salariés et dirigeants de la banque. Agla attendit la suite. Devant le silence de l'homme, elle soupira de soulagement. Ils n'étaient pas allés plus loin. Elle s'empara du procès-verbal statuant qu'elle comprenait sa position et ses droits avant de le tendre à son avocat, lequel inscrivit en lettres lisibles son nom : *Elvar Daggarson pour la défense*. Lorsque le procureur et ses agents furent ressortis, il ouvrit son attaché-case et en tira un téléphone.

– J'y ai enregistré mon numéro ainsi que celui de la banque. Appelle-les pour les informer de la situation. J'imagine qu'ils ne voudront pas que tu te présentes au travail ces prochaines semaines.

Hochant la tête, Agla prit l'appareil.

– Si tu veux, poursuivit Elvar, je peux leur redemander ton portable à l'accueil, le temps que tu fasses une copie de ton répertoire. Je ne sais pas combien de temps ils vont le garder.

– Non, merci, répondit Agla.

Elle connaissait le numéro de Sonja par cœur et ne voyait pas qui d'autre elle pourrait bien appeler.

33

Ce matin-là, Bragi avait la sensation que le brouillard ne s'était pas seulement abattu sur la ville, mais également sur ses collègues. C'était souvent le cas, les lundis suivant les dîners organisés par les Douanes : certains avaient encore l'air morose, sans doute d'avoir trop bu, dit quelque chose qu'ils n'auraient pas dû dire ou embrassé quelqu'un qu'ils n'auraient pas dû embrasser. Le tout mêlé à une certaine tristesse de voir cette soirée tant attendue appartenir désormais au passé et de se dire que la prochaine n'aurait pas lieu avant longtemps. Bragi, quant à lui, était rentré tôt et, tout fringant, avait retrouvé Valdís aux aurores le lendemain. À présent en pleine forme, il sirotait avidement son café en consultant les écrans de surveillance.

Il avait complètement oublié ses réflexions concernant la jolie femme qui suivait la mode des magazines et qu'il voyait si souvent ici, jusqu'au moment où son regard se posa sur elle dans le hall des départs. Comme toujours, elle était impeccablement vêtue, toutefois il ne parvenait à distinguer sur l'image floue si c'était le manteau marron ou le gris qu'elle avait soigneusement replié sur son bras. Elle attendait dans la file du comptoir d'enregistrement, une valise de taille moyenne auprès d'elle et un bagage à main élégant accroché à l'épaule. Bragi posa son gobelet, fila le long du couloir et se glissa dans l'ascenseur réservé aux membres du personnel.

– Pause-café, lança-t-il au gamin d'Isavia installé au contrôle des passeports avant le portique de sécurité.

Alors que celui-ci s'apprêtait à protester, Bragi leva la main et plissa les yeux, faisant se raviser le garçon qui disparut en un éclair. Un instant plus tard, la jolie jeune femme lui tendait son passeport avec sa carte d'embarquement glissée à la bonne page. Exactement comme il fallait. Tout était parfait chez elle. Bragi s'empara du passeport, lut son nom : Sonja Gunnarsdóttir. Se tournant vers l'écran, il cliqua sur le bouton "Islande" dans la rubrique "Nationalité", puis remit la carte d'embarquement à sa place avant de rendre sa pièce d'identité à la jeune femme. Elle eut un bref sourire, leurs yeux se croisèrent une fraction de seconde et Bragi se mit soudain à douter de ses soupçons. Elle avait le sourire timide, le regard bienveillant. Cette idée folle concernant ses tenues n'avait sans doute été que divagations d'un vieillard confus. Il n'avait d'ailleurs jamais vraiment été spécialiste de la mode féminine. Peut-être son instinct le trahissait-il. Peut-être qu'il était effectivement temps pour lui de prendre sa retraite.

34

La fine couche de plâtre qui recouvrait les marches s'effritait sous ses pieds et la cage d'escalier puait l'urine. Sonja était à deux doigts de faire demi-tour, d'appeler Thorgeir pour s'assurer que c'était bien ici qu'elle devait venir chercher le colis. Jusque-là, elle avait toujours réceptionné la marchandise sans un mot dans des halls d'hôtels. Cet endroit, c'était nouveau. Cependant, elle prit sur elle. Il était évident que les méthodes différaient pour les grosses livraisons.

L'appartement se trouvait au cinquième étage. Sur le point de frapper, elle entendit de la musique à un volume puissant filtrer à travers la cloison.

– *Welcome, my darling!* s'exclama l'homme d'une taille impressionnante qui lui ouvrit la porte en grand.

Depuis l'embrasure, elle aperçut une table chargée de dizaines de paquets de cocaïne.

– *I'm here for the delivery*, dit-elle. Je viens chercher la came.

– Bien sûr, bien sûr, lança l'homme avec un fort accent africain. Pour mon ami Rikki l'Islandais. Alors, pas d'éruption en ce moment ? Je te raconte pas le bordel pour nos envois au printemps, quand l'Eha-fattila-koku s'est mis à faire des siennes !

Sonja sourit poliment à sa prononciation du nom de l'Eyjafjallajökull. Elle se rappelait bien les difficultés qu'elle avait elle-même rencontrées à cause du volcan, qui avait retardé ses plans de plusieurs semaines.

– Je vais chercher le sac !

Il grinça des dents, contractant les muscles de sa mâchoire. L'écume blanche au coin de ses lèvres contrastait nettement avec le noir de sa peau. De toute évidence, il avait lui-même abondamment testé la marchandise.

Résistant à son désir de s'enfuir à toutes jambes, Sonja s'avança dans l'appartement d'un pas prudent. Elle jeta un bref regard aux individus présents dans le salon, prise d'une soudaine et terrible envie de se cacher le visage. Non seulement tous pouvaient la voir, mais en plus le type venait de déclarer haut et fort qu'elle était en route pour l'Islande. Traversant la pièce, celui-ci avait disparu dans la chambre à coucher. Sonja prit place sur une chaise, scrutant du coin de l'œil deux gamins à peine sortis de l'adolescence, un garçon et une fille, assis à la table, qui s'efforçaient d'avaler des petites balles de cocaïne que deux hommes à l'autre bout préparaient minutieusement. Sonja reconnaissait l'un d'eux, le plus âgé, aux cheveux gris et courts, qui lui avait un jour remis un kilo de came. Il pressait la poudre dans les doigts préalablement découpés de gants en latex, les pesait puis les transmettait à son comparse, un blondinet, qui en nouait l'extrémité avec du fil dentaire avant de les plonger dans un pot rempli de liquide transparent.

– C'est quoi, ça ? demanda Sonja, histoire de meubler le silence.

– De la cire, fit le blond. Pour que les acides de l'estomac n'endommagent pas le latex.

Alors que le grand Noir revenait, muni d'un sac de voyage tout chiffonné, la jeune fille à la table fut prise d'un haut-le-cœur. L'homme jeta le sac à terre et s'écria :

– Non, non, non !

Tous se précipitèrent vers elle et l'homme aux cheveux gris lui tira la tête en arrière pour lui dégager le cou.

– Respire à fond, répétait le blond. Respire à fond, ça va passer.

La jeune fille suivait tant bien que mal ses conseils, inspirant profondément, expirant puis inspirant encore, secouée de spasmes, tandis que les haut-le-cœur se multipliaient. Les joues baignées de larmes, elle gémit qu'elle n'en pouvait plus.

– Tout le monde doit prendre cinq cents grammes ! s'écria le noir. Tout le monde. Pas d'exception.

Sonja observait le corps dégingandé de la gamine, doutant qu'un demi-kilo de boulettes de cocaïne puisse tenir dans son estomac. Le Noir tira un flacon de sa poche et, avec l'ongle long de son auriculaire, réunit un peu de poudre qu'il porta aux narines de la jeune fille.

– Sniffe-moi ça, ça ira mieux après.

Elle obéit, et ses haut-le-cœur cessèrent presque sur-le-champ. L'homme aux cheveux gris lâcha prise. Se redressant, l'adolescente fit quelques allers-retours rapides dans la pièce.

– Eh ! Regarde-moi ça ! s'exclama le grand Noir avant de s'offrir lui-même une petite dose. Que de la pure, mes amis ! Pas de créatine, pas de caféine, pas de nausée ni de migraine. De la péruvienne haute qualité !

Il donna une joyeuse tape dans le dos de Sonja, ouvrit le sac de voyage et commença à y jeter les paquets empilés sur la table. Les briques d'un demi-kilo, chichement emballées dans des sacs plastique, se heurtaient bruyamment en tombant dans le sac. Sonja en compta quatre, puis cinq et enfin six.

– Ça suffit, dit-elle. On m'a demandé de rapporter trois kilos.

– Quatre, pesta l'autre en grinçant des dents. Rikki m'a dit quatre.

Il ajouta deux paquets.

– Tu ne veux quand même pas revenir en Islande avec moins que ce que je lui ai promis ? Il va croire que tu en as volé.

Sonja déglutit. Bien sûr qu'elle ne pouvait pas se le permettre, mais elle bouillait de fureur. C'était une tactique typique du piège. On disait une chose, on en faisait une autre.

– *Good girl, my darling !* s'exclama le type en lui assénant une nouvelle tape dans le dos avant de lui tendre le sac. Nous, on fait du business qu'avec des bons produits, tu vois… Il faut qu'on se serre les coudes contre les Chinois et leur miaou-miaou, leurs sels de bain et toute leur camelote low cost – je te raconte pas la redescente, et les saignements de nez, mec, genre mille fois pires ! On doit faire bloc, maintenir le niveau ! Faire connaître le Pérou. Le Pérou, y a que ça de vrai ! Il faut que les gens sachent qui est l'original et qui sont les copies. Nous avons une responsabilité envers l'avenir, n'oublie jamais ça !

Il poursuivit sa logorrhée tandis que Sonja regagnait la porte et, après un signe de la main, se précipitait dehors. Détalant le long de l'escalier crasseux, elle avait envie de hurler. Mais pour ça, mieux valait attendre d'avoir Thorgeir au téléphone. Une chose était sûre : elle ne se priverait pas de lui dire le fond de sa pensée pour l'avoir envoyée dans ce bouge.

35

– Je viens de voir les nouvelles. Pourquoi tu ne m'as rien dit quand je t'ai appelée hier soir ?

Sonja avançait sur la passerelle menant à l'avion, un exemplaire du *Journal du matin* sous le bras. À la une, le quotidien annonçait la mise en examen d'Agla.

– Bah… je voulais repousser le moment où tu l'apprendrais.

– Pourquoi, Agla ? C'est exactement ce genre de choses que nous devons partager.

À la porte de l'appareil, l'hôtesse de l'air fixait Sonja, cherchant à lui faire comprendre qu'il était temps de monter à bord.

– Je savais que tu finirais par en entendre parler tôt ou tard mais…

– Mais quoi ?

– Mais j'aurais aimé que ce ne soit jamais le cas.

Sonja jeta un nouveau coup d'œil à la une du journal, le cœur serré en voyant la photo d'Agla escortée par deux policiers devant le bureau du procureur spécial.

– Je sais que c'est du sérieux mais, crois-moi, je suis bien placée pour comprendre qu'on est parfois obligé de faire ce qu'il faut.

Agla ne répondit pas. Sonja lui dit au revoir et raccrocha. Elle pénétra dans l'avion et, au grand soulagement de l'hôtesse, gagna son siège rapidement avant d'attacher sa ceinture. Sur le point de couper son portable, elle remarqua un message non lu et l'ouvrit, espérant qu'il provenait d'Agla. Ce qui n'était pas le cas. *Réunion!* annonçait le premier mot, et Sonja devina immédiatement qu'il s'agissait de Libbý. Le club de couture projetait visiblement d'organiser une nouvelle soirée. Sonja éteignit son téléphone sans prendre la peine de lire la suite. Dans une autre vie, à une autre époque, il avait bien sûr été agréable de retrouver ses copines, de boire un coup et de rire à l'évocation de vieux souvenirs. Mais cette vie-là était à mille lieues de ce qui faisait désormais son quotidien.

36

– Vous devez pourtant commencer à me connaître, fit remarquer Agla.

La plaisanterie n'amusa pas le substitut Jónsson.

– C'est le protocole, rétorqua ce dernier. Nous ne voudrions pas risquer un vice de forme… Merci de décliner votre identité.

– Agla Margeirsdóttir, née le 18 janvier 1965, ancienne directrice de la banque d'investissement.

Dans la salle se trouvaient, comme la veille, le substitut Jónsson, María, ainsi que le procureur Ólafur, assis derrière eux. À côté d'Agla, son avocat Elvar tremblait en raison d'une consommation excessive de café. Il avait passé plusieurs nuits blanches à éplucher le dossier.

– Avant de commencer l'interrogatoire, je rappelle que vous êtes accusée de manipulation de marché, ainsi qu'il est stipulé dans le procès-verbal.

Le substitut Jónsson tendit une feuille à Agla qui y jeta un bref coup d'œil, hocha la tête et la passa à Elvar.

– Sachez également que vous n'êtes pas tenue de répondre aux questions ou d'apporter la moindre explication. Toutefois, si vous désiriez vous exprimer, nous vous saurions gré de bien vouloir vous en tenir à la plus stricte vérité.

Le substitut récitait la règle de mémoire – ce n'était visiblement pas la première fois qu'il avait à en rappeler les termes.

– Enfin, j'ai sous la main le montant des dommages et intérêts que réclame le comité de liquidation de la banque à ses anciens dirigeants et que nous prendrons en considération lorsque les éléments de l'enquête auront été éclaircis.

Un nouveau document suivit le même parcours pour atterrir dans les mains d'Elvar. Agla avait consulté ces papiers chez elle avant de venir, ce jeu incessant de va-et-vient n'était que pour la forme. L'atmosphère était plus tendue que jamais, et l'électricité dans l'air presque palpable.

– Entrons donc dans le vif du sujet, dit Jón en glissant un regard à María.

Celle-ci ouvrit un dossier d'une épaisseur impressionnante avant d'en tirer un feuillet.

– En collaborant avec Interpol et quelques organismes financiers à l'étranger, nous avons pu déterrer des informations concernant les actionnaires des fonds d'investissement bénéficiaires des transactions qui avaient attiré notre attention.

María se tut, fixa Agla qui, habituée à ses méthodes, soutint son regard sans prononcer un mot. Cette femme utilisait le silence pour tenter de faire parler les gens. Or, c'était justement quand les gens cherchaient à meubler le silence qu'ils se mettaient à raconter n'importe quoi.

– Commençons par l'un desdits fonds, Avance Investment, dont l'actionnaire majoritaire est la société AGK, enregistrée aux îles Caïmans. Société qui, après mille détours, se révèle en fait être la vôtre.

Nouveau silence. María ne la lâchait pas des yeux. Elvar feuilletait son dossier d'un geste nerveux dans l'espoir de trouver quelque chose qui n'y était pas. Agla ne l'avait évidemment pas mis au courant. Un éclat de voix tonitruant déchira soudain l'air, Jón tapa du poing sur la table et se leva d'un bond.

– Vous nous avez menti lors de votre dernier interrogatoire !

Agla sursauta. Désarçonnée par la fureur inattendue du substitut, elle eut un instant l'envie de battre en retraite, d'implorer sa grâce, de prendre la fuite.

– Garder une information pour soi n'est pas la même chose que mentir, rétorqua-t-elle. Vous m'interrogiez sur les flux de trésorerie lorsque vous avez mentionné le nom d'Avance. Vous n'avez rien demandé au sujet de ses actionnaires.

– Venons-en au fait, dit Jón en se rasseyant. D'octobre 2007 à février 2008, vous avez effectué un dépôt hebdomadaire d'un montant variant de sept à neuf cent mille dollars sur des fonds d'investissement à l'étranger, dont l'un se révèle vous appartenir.

– Dont je suis l'actionnaire principale, corrigea Agla. Tenons-nous-en à la plus stricte vérité.

Jón se releva, détourna la tête et se gratta le crâne, ébouriffant ses cheveux blonds.

– Vous croyez sincèrement que nous ne voyons pas clair dans votre jeu ?

– L'avis de ma cliente concernant les conjectures du procureur spécial n'a aucune pertinence dans notre affaire, elle ne répondra pas à cette question, asséna Elvar.

Jón feignit de ne pas l'avoir entendu.

– Des centaines de millions de couronnes ont emprunté ce même chemin à travers votre propre société de placement, qui a dû au passage en profiter pour se servir allègrement, et il ne vous vient pas à l'idée de nous en informer !

Jón fit quelques pas, autant que l'espace réduit le lui permettait, avant de se rasseoir.

– Ce que nous cherchons à démontrer, Agla, poursuivit María calmement, ce dont nous voulons confirmation de votre part et que nous savons déjà, en tout état de cause, c'est que ces sommes ont effectué un tour complet. Les capitaux investis par la banque dans votre société offshore étaient en fait un investissement dans la banque elle-même. L'argent a fait le tour du monde pour au final revenir en Islande gonfler artificiellement la valeur des actions d'une banque ruinée.

– Je ne peux confirmer quelque chose que j'ignore, répondit Agla.

– Nous, nous ne l'ignorons pas, Agla. Nous avons les preuves ici même, insista María en tapotant son épais dossier. Nous savons que vous êtes une criminelle.

L'injure était finalement encore pire, formulée sur un ton aussi posé. Et tous leurs soupçons étaient vrais. C'était exactement ce qui s'était passé. Mais aucune trace écrite ne reliait Agla à l'achat d'actions émises par la banque. Il leur aurait fallu un témoin qui puisse en attester, et c'était là la source de ses inquiétudes vis-à-vis de Jóhann et d'Adam. Sa seule consolation, c'était que, s'ils la faisaient tomber, ils tomberaient avec elle. Voilà l'unique raison pour laquelle elle laissait les sous-fifres du procureur la cuisiner ainsi sans céder à la panique, espérant néanmoins de tout son cœur qu'ils ne poseraient pas la bonne question. La question qu'ils n'avaient de toute façon pas le droit de poser.

37

Jamais Sonja n'avait autant ressenti l'envie de courir le long du couloir de l'aéroport international de Keflavík. Son cœur cognait contre sa poitrine, comme s'il exigeait de son corps qu'il se meuve au rythme du sang qu'il projetait dans ses veines. Mais il était hors de question de montrer la moindre précipitation, la moindre hâte, cela pourrait attirer l'attention sur elle. Il lui fallait garder son calme jusqu'à ce qu'elle ait récupéré sa valise sur le carrousel à bagages. Se rappelant la présence des caméras qui inspectaient chaque recoin du terminal, elle adopta une démarche sereine quoique décidée, regardant droit devant elle jusqu'à l'escalator, d'où elle descendit à la boutique duty free. Elle empoigna un sac de friandises pour faire une surprise à Tómas, une bouteille de cognac pour faire une surprise à Agla, puis alla rejoindre l'une des caisses. Lorsque son tour fut arrivé, elle vit le tapis à bagages du vol en provenance de Londres se mettre en marche, et son cœur s'emballa à nouveau.

En attendant sa valise, Sonja ressassait dans sa tête tous les éléments qui caractérisaient son alter ego : programmeuse chez S.G. Software, business woman, elle appartenait au monde des affaires et voyageait pour son travail. Lorsque la valise apparut enfin de l'autre côté du tapis roulant, Sonja dut se retenir pour ne pas s'y précipiter. Elle demeura immobile, patiente, les yeux rivés sur le bagage qui approchait avec une insupportable lenteur, se demandant si on l'arrêterait et si on l'emmènerait à l'écart lorsqu'elle traverserait la zone de douane. Mais non, bien sûr qu'on ne l'arrêterait pas. À Londres, elle avait acheté une machine à emballer sous vide et s'était échinée à empaqueter soigneusement chaque brique dans sa chambre d'hôtel. Elle avait appliqué une première couche de plastique, recouvert le paquet de café, appliqué une seconde couche, puis lavé le tout avec un puissant savon avant d'envelopper la brique d'un dernier sac sous vide. Cette méthode devait suffire à tromper les scanners, et il était presque certain qu'il n'y aurait pas de chien de détection à l'aéroport. Un agent pouvait toujours décider d'un contrôle aléatoire, mais ce serait un bien malheureux hasard. Avec un peu de chance, l'appât avait réussi à attirer tous les renforts des douanes islandaises à l'aéroport national de Reykjavík, comme elle en avait fait la demande à Thorgeir.

Sonja s'empara de la valise, s'efforçant de ne pas montrer combien elle était lourde. Elle tira la poignée, emprunta d'un pas soutenu le couloir des douanes, ses talons battant en rythme avec son cœur qui de temps à autre tressautait dans sa cage thoracique. Plus elle avançait, plus elle avait envie de courir, toutefois elle garda son sang-froid. Elle traversa le hall des arrivées, sortit sur le parking et s'autorisa enfin à accélérer la cadence, même à trotter, sa valise derrière elle, sur les derniers mètres qui la séparaient des emplacements longue durée où sa voiture l'attendait.

Le sang battait si fort à ses tempes qu'elle croyait presque l'entendre. La voiture filait le long de la nationale comme si les roues ne touchaient plus le macadam. Elle avait envie de hurler de joie. *On se calme, on se calme*, s'ordonna-t-elle. Ce n'était pas le moment de se faire arrêter pour excès de vitesse – pas après avoir réussi à introduire quatre kilos de cocaïne en Islande. À l'approche de la capitale, elle caressa l'idée d'appeler Agla, puis décida plutôt d'aller directement chez elle. La valise pouvait attendre dans la voiture. Son corps débordait d'énergie, elle avait besoin d'Agla. Sur-le-champ.

Celle-ci ouvrit la porte toute débraillée.

– Je crois que je me suis endormie sur le canapé, marmonna-t-elle en se frottant les yeux.

Sonja se jeta sur elle et l'embrassa fougueusement, indifférente à son odeur d'alcool – au contraire, cela l'excitait encore plus.

– Tu es en forme, on dirait, lâcha Agla, cette fois bien réveillée.

– Oui ! s'exclama Sonja. Viens au lit avec moi.

Dans la pénombre, elle jeta ses vêtements au sol, fit glisser le legging de sa partenaire dont la respiration était désormais aussi haletante que la sienne.

– Je veux le sentir, murmura Sonja en s'asseyant à califourchon sur elle. Je veux sentir ton sexe embrasser le mien.

38

Allongée sur le dos, Agla fixait le plafond de la chambre. La lueur faible d'un réverbère filtrait par la fenêtre et éclairait le plafonnier translucide, révélant les contours d'une mouche morte qui s'était débattue à l'intérieur pendant de nombreuses semaines. On ne distinguait pas l'insecte quand la lumière était allumée, Agla ne se rappelait sa présence que lorsqu'elle observait le plafonnier dans la pénombre atténuée et le timide rayon provenant de la rue. La mouche était en quelque sorte devenue un symbole de ses tourments, elle la contemplait toutes les nuits où elle ne parvenait pas à trouver le sommeil. L'interrogatoire de la matinée l'avait bousculée. Elle s'était bien doutée que les agents du procureur finiraient par passer aux choses sérieuses, mais leur virulence lui avait semblé excessive. Peut-être voulaient-ils profiter du fait que l'avocat d'Agla n'était pas encore au point, ou peut-être était-ce la tactique généralement adoptée une fois le suspect mis en examen. Il fallait changer de ton. Il était aussi possible que de nouvelles informations leur soient parvenues qui leur donnent, à leurs yeux, le droit de se montrer plus brusques avec elle. Et si Jóhann et Adam avaient révélé quelque chose la compromettant ?

Agla sentait la tête de Sonja peser sur son épaule, sa respiration de plus en plus paisible jusqu'à ce que son corps ne soit plus mû que par le rythme régulier du sommeil, pareil au mouvement des vagues. Leurs peaux étaient collées par la sueur, et chaque effleurement de ses doigts sur le dos de son amante lui envoyait un frisson de plaisir le long du bras vers le cœur. Doucement, elle traçait sur la nudité de Sonja des mots qui semblaient si maladroits lorsqu'elle tentait de les prononcer, ne serait-ce que dans un murmure. *Mon cœur, ma douce, mon amie, mon amour*. C'était si bon de laisser ses mains partager avec ce corps endormi des paroles qu'elle se savait incapable de lui dire à voix haute.

39

Bragi venait de se servir une tasse et de s'installer devant la vitre qui donnait sur le hall de réception des bagages lorsque Atli Thór entra et lui asséna une tape dans le dos. Quelques gouttes de café passèrent par-dessus bord et formèrent une tache gris-brun sur le linoléum.

– Figure-toi qu'on m'a demandé de te causer retraite ! s'exclama le jeune homme dans un gloussement.

– Laisse-moi deviner. C'est Hrafn qui t'a chargé de cette mission ?

– Oui. Je lui ai dit que j'essaierais, mais que c'était certainement perdu d'avance.

Atli Thór attrapa quelques essuie-mains dans le distributeur à côté du lavabo et épongea le sol.

– Dis-lui que je compte travailler jusqu'à quatre-vingt-dix ans. Et que j'irai devant un juge s'il le faut, répondit Bragi avec un sourire amusé.

– Avec plaisir ! répliqua l'autre, lui rendant son sourire, avant de lui donner une nouvelle tape dans le dos, plus légère cette fois pour éviter tout accident.

À la porte, il se retourna et ajouta sur un autre ton :

– Écoute ça. On en a arrêté un hier avec deux cents grammes de coke sur lui. À l'aéroport de Reykjavík.

– Ah bon ?

Le cœur de Bragi bondit, et il lui fallut un instant pour comprendre pourquoi. Une prise de deux cents grammes n'avait rien d'exceptionnel mais, de nos jours, ce pouvait être le signe que quelque chose se tramait.

– Il revenait de Copenhague en passant par les îles Féroé. Un paumé qui tremblait comme une feuille. Sans doute un junkie.

– Et il a parlé ?

Bragi posa sa tasse de café. Un soupçon de plus en plus net se formait dans son esprit.

– Mouais… il dit qu'un type de Copenhague l'a forcé à faire passer la coke. Il jure qu'il ne l'a jamais vu auparavant, qu'il ne connaît même pas son nom.

– Tu m'en diras tant, soupira Bragi, pensif, en regardant Atli Thór. Et je parie qu'il a été dénoncé par un coup de fil anonyme !

– Tout juste, répondit le jeune homme d'un ton interrogateur. Un appât, tu penses ?

– Ça me semble évident.

– Tu veux que j'en touche un mot au service d'analyse ?

– Attends un peu, dit Bragi en se dirigeant vers la porte.

Inutile de préciser qu'il régnait une concurrence pas tout à fait saine dans les services de douanes entre le département d'analyse et les contrôleurs, et souvent les experts récoltaient les lauriers pour des affaires que les agents de terrain leur avaient servies sur un plateau.

– Ça t'embête de prendre la vitre ?

Il n'attendit pas la réponse et se précipita dans le couloir, passant devant le comptoir d'accueil pour rejoindre le local technique. Il s'assit à l'ordinateur, les mains tremblantes d'excitation tandis qu'il entrait les codes pour accéder aux vidéos de surveillance de la veille.

40

Le pas léger, Sonja regagna le parking face à l'immeuble d'Agla. Sa voiture l'accueillit avec un petit bip lorsqu'elle la déverrouilla. Elle s'était montrée extrêmement imprudente en laissant traîner une valise avec quatre kilos de cocaïne toute une nuit dans son coffre, mais au fond d'elle quelque chose avait changé. Ces petites mesures de sécurité qu'elle s'était imposées pour faire passer un seul kilo lui paraissaient risibles à présent. D'ailleurs, elle avait encore du mal à croire combien il avait été facile de faire rentrer une telle quantité de drogue, et elle vibrait toujours de l'euphorie qui s'était emparée d'elle la veille au soir. Elle était forte, maligne, et même la perspective de devoir retrouver Ríkhardur ne pouvait atténuer sa joie.

S'asseyant derrière le volant, elle enclencha la ventilation à fond pour évacuer la buée accumulée au cours de la nuit, puis elle alluma son portable à carte et envoya un texto. La réponse ne tarda pas : Ríkhardur lui donnait rendez-vous sur la jetée de Grandi. Arrêtée à un feu rouge, elle renvoya : *Ok. Tout de suite.* Rien ne servait de le faire attendre, cette fois. La cocaïne se présentait sous forme de blocs solides, elle ne pourrait pas en subtiliser en toute discrétion. Et la chasse au trésor qu'elle avait pris pour habitude d'imposer à Ríkhardur ou à ses hommes lui paraissait à présent puérile. Elle jouait désormais dans la cour des grands, comme Thorgeir le lui avait fait remarquer. Elle devait garder son sang-froid, se convaincre qu'ils partageaient tous les mêmes intérêts.

Visiblement, Ríkhardur s'était attendu à être prévenu plus longtemps à l'avance, puisque son texto suivant comportait seulement un point d'interrogation. Sonja répéta qu'elle voulait le retrouver dès maintenant et fila droit vers Grandi.

Appuyée contre sa voiture à deux pas du port, elle inspirait l'air où se mêlaient effluves d'essence et odeurs d'algues putrides lorsque Ríkhardur apparut, accompagné d'un homme qu'elle n'avait jamais vu. Toujours le même genre : un jeune adepte de la gonflette trop bien habillé qui passait son temps à observer son maître, s'appliquant à imiter chacun de ses gestes. Sonja ouvrit son coffre et en retira la valise. Au lieu de la faire rouler derrière elle, elle rejoignit Ríkhardur en la portant à bout de bras.

– Tiens, cadeau, dit-elle, sans le lâcher des yeux.

Il saisit la valise par la poignée avec son seul index, comme si elle était aussi légère qu'une plume, puis il la passa à son sous-fifre, qui alla la poser sur la banquette arrière de sa voiture avant de prendre place sur le siège passager.

– Alors, on ne joue plus à cache-cache ? Que se passe-t-il ?

Ríkhardur fit un pas vers Sonja, laquelle résista à son envie de reculer d'autant.

– Je suis enfin sûre que vous n'allez pas chercher à me baiser, répondit-elle.

L'homme se rapprocha encore puis l'attrapa si rapidement qu'elle n'eut pas le temps de se dérober. Elle se sentit alors comme un asticot coincé dans un étau, maintenue entre ses bras qui ne semblaient pas de chair mais d'acier. Elle avait beau se débattre, cela n'avait pas le moindre effet sur lui. Glissant sa main dans sa culotte, il la pinça si fort qu'elle en eut les larmes aux yeux. Il appuya ensuite ses lèvres contre son oreille et murmura :

– Ne sois jamais sûre qu'on ne cherche pas à te baiser.

41

L'écran éclairait le local de lueurs bleutées. Bragi avait éteint la lumière pour mieux distinguer les détails sur l'image. Penché en avant, les yeux plissés, il était à la recherche de quelqu'un qui lui serait familier. Un habitué, un individu qui éveille ses soupçons. Il commença par faire défiler en avance rapide la vidéo prise à l'arrivée du premier avion de la journée. Le matin, il s'agissait majoritairement de vols en provenance d'Amérique. Le hall se remplissait de voyageurs portant de lourdes valises. Il passa en vitesse sur les charters de République tchèque et de Pologne dont aucun des passagers ne lui parut intéressant – tous avaient l'air de touristes respectables qui suivaient leurs guides. Enfin atterrirent les vols européens de midi, et il crut reconnaître parmi les voyageurs un homme qu'il avait déjà croisé par le passé. Il bascula sur les caméras de surveillance du couloir des douanes et zooma sur son visage. Ce n'était pas lui.

Bragi poursuivit sa recherche, faisant défiler en accéléré les vols de l'après-midi avant de repasser en vitesse normale pour ceux de la soirée : Amsterdam, Copenhague, un avion en provenance de Paris qui avait été ajouté au planning, et enfin celui de Londres. Bragi cliqua sur le bouton Pause et zooma sur le carrousel des bagages. Elle était là. La jolie femme avec son manteau sur le bras. Sonja Gunnarsdóttir.

Il rembobina et reprit la lecture à l'instant où la femme descendait l'escalator. Elle se déplaçait si parfaitement en cadence avec les autres passagers qu'il n'avait même pas remarqué sa présence. Elle semblait flotter au cœur de la foule, sans qu'aucun mouvement ne la détache du cortège. Les yeux de Bragi ne la quittèrent pas tandis qu'elle pénétrait dans la boutique de duty free avant d'en ressortir un sac en plastique à la main, puis il zooma sur elle lorsqu'elle se posta auprès du carrousel. Immobile, elle suivait le défilé des bagages jusqu'à ce que son corps soit soudain parcouru d'un tressaillement léger, quasi indistinct – Bragi ne l'aurait pas vu s'il n'avait pas eu les yeux rivés sur elle. Ensuite, elle se pencha pour attraper une valise.

Il rembobina encore et l'observa qui se tenait là, impassible, jusqu'au tressaillement : tout concordait, elle avait sursauté malgré elle au moment où sa valise était tombée sur le tapis. Une deuxième fois, Bragi la vit se pencher pour soulever le bagage, visiblement lourd même si la jeune femme s'efforçait de n'en rien laisser paraître. Elle tira alors la poignée télescopique et, d'un pas tranquille et régulier, quitta le hall.

Bragi bascula sur la caméra du couloir des douanes au même instant. Rien à signaler, les passagers défilaient comme l'eau d'un ruisseau prisonnier d'un lit étroit. Pas un contrôleur à l'horizon. Il lança ensuite la caméra du parking. Agacé par les autobus au premier plan qui gênaient l'angle de vue, il patienta quelques secondes et la femme réapparut, marchant du même pas cadencé avant d'accélérer tout à coup, courant presque sur les derniers mètres qui la séparaient des emplacements de longue durée. Il repassa la scène : la femme marchait à un rythme soutenu, rapide, puis se mettait d'un coup à courir comme si elle avait contenu un trop-plein d'énergie qu'elle pouvait enfin laisser échapper à l'air libre.

Il s'apprêtait à éteindre l'écran lorsqu'il remarqua un homme qui suivait la dénommée Sonja à la trace, avant de s'arrêter en chemin pour monter dans une jeep Benz de couleur sombre. De taille moyenne, l'individu avait les jambes arquées à cause de l'épaisseur de ses cuisses. Bragi enclencha la caméra au-dessus de l'entrée du terminal, d'où il pouvait voir le trottoir entre le bâtiment et le parking des autobus. Démarrant la lecture à l'instant où la femme sortait du hall des arrivées, il vit l'homme, appuyé contre un mur, passer un coup de téléphone puis lui emboîter le pas. Pas de doute : c'était Ríkhardur Rúnarsson, une brute bien connue de ses services. Ce type avait souvent été lié à des affaires de trafic de stupéfiants mais jamais inculpé, les petits passeurs ayant trop peur pour parler. Bragi rembobina à nouveau, s'apprêtant à zoomer sur son visage pour s'assurer que c'était bien lui lorsque la porte du local technique s'ouvrit. Atli Thór passa la tête dans l'entrebâillement.

– Cuba Libre est mort ! s'exclama-t-il d'une voix tremblante. On dirait qu'il a été empoisonné.

Bragi s'enfonça dans son siège et tenta de rassembler les pièces du puzzle. Un coup de fil anonyme annonce aux douanes une livraison de marchandise à l'aéroport de Reykjavík. Au même moment, Ríkhardur Rúnarsson se trouve à Keflavík en train de surveiller une femme mystérieuse qui revient de Londres. Et maintenant il apprenait qu'un de leurs chiens détecteurs était mort.

Il se repassa la séquence où la femme se mettait à courir sur le parking, désormais certain que ses soupçons étaient fondés. Ses mains ne tremblaient plus et une vague de satisfaction parcourut tout son corps. Sonja Gunnarsdóttir était loin d'être du menu fretin. Non, c'était même une sacrée belle prise.

42

– Et celles-ci ? demanda María en désignant les relevés imprimés sur une série de feuillets. Il s'agissait de transactions régulières ?

Agla rajusta ses lunettes et balaya du regard les opérations en question.

– Non, non. C'était juste une position contre la Grèce.

Le silence envahit la pièce un instant, puis le substitut Jónsson demanda calmement :

– Vous voulez bien nous expliquer ?

– Bien sûr.

Agla se redressa sur sa chaise et tendit le bras vers l'ordinateur. Elle ouvrit le dossier correspondant au marché grec, listant les obligations qui y étaient rattachées.

– Celles qui sont marquées en vert bénéficient d'une garantie gouvernementale. Mieux vaut les éviter, leur valeur ne baissera pas, dit-elle en actionnant un filtre qui les fit disparaître de l'écran. Il nous reste donc les obligations dont la valeur peut chuter avec la note financière du pays émetteur. Ce sont elles qui nous intéressent, elles que nous devons acheter en grande quantité. Comme vous le voyez, nous avons procédé ici à leur acquisition en partenariat avec Brummer et GAM, car nous voulions être en position dominante.

– Et ?

María ne la lâchait pas des yeux, fébrile, tandis que Jón pianotait négligemment sur la table. Nerveux, Elvar se tortillait sur son siège. Agla savait néanmoins qu'il n'y avait rien à craindre. Ils pouvaient poser autant de questions qu'ils voulaient à ce sujet.

– C'est tout simple, poursuivit-elle. Nous achetions à 30 %, si je me souviens bien, ensuite il suffisait d'attendre. Lorsque le gouvernement grec a voulu négocier, nous avons exigé 100 % de la valeur des obligations. Si les fonds spéculatifs sont en position dominante, l'État est obligé de payer.

– Et vous avez pris part à tout ce cirque ?

La question paraissait un peu bête, étant donné qu'Agla venait justement de décrire l'implication de la banque ; mais, au ton de sa voix, on pouvait deviner que María cherchait surtout à faire partager son indignation.

– Tout le monde y participait, répliqua Agla. Nous, nous y avons un peu pris part ; les banques allemandes, elles, s'en sont donné à cœur joie. C'est un modèle d'échange assez classique.

– Un modèle d'échange qui a pour but de couler toute une nation ?

La peau autour de sa mâchoire se tendit alors qu'elle serrait les dents.

– C'est comme ça, c'est la vie, dit Agla. On n'y changera rien. Les plus grands mangent les plus petits. C'est la loi de la jungle.

– Charmante vision ! siffla María en se levant.

– C'est la vision de l'homme qui ne dit jamais non au gigot d'un gentil petit agneau. Je suis sûre que vous-même, vous ne crachez pas dessus. Nous sommes tous des prédateurs, quoi que nous en disions.

Agla avait à peine terminé sa phrase que María se mit à hurler :

– Comment est-ce que, de la crise grecque, nous sommes passés à cette histoire de gigot d'agneau ? Je ne…

Comment pouvez-vous rester de marbre en nous racontant tout ça ? Vous n'avez donc pas du tout honte ?!

– Cela n'avait rien d'illégal, rétorqua Agla. Vous pouvez toujours continuer à chercher, vous ne trouverez rien là-dedans pour nous faire condamner.

– Rien d'illégal, peut-être… mais…

María demeura immobile un instant, la bouche ouverte comme si elle espérait que les mots y viendraient d'eux-mêmes. Elle serra les mâchoires, grinça des dents et sortit en furie. La porte avait à peine claqué derrière elle qu'elle refit aussitôt son apparition et se laissa tomber sur sa chaise face à Agla.

– Qui sont les prochains ? cracha-t-elle. Quelle sera la victime ? Le Danemark ? Les Pays-Bas ? Qui donc ?

– Non, répondit Agla d'un ton neutre. Le Portugal. La France, et ensuite toute la zone euro.

Elle s'apprêtait à expliquer pourquoi – à décrire la façon dont on multipliait les emprunts d'État pour faire chuter la note financière d'un pays, puis dont on achetait ensuite les obligations émises dans ledit pays lorsque leur valeur commençait à décliner, toutefois avant que son économie ne s'effondre totalement –, mais elle n'en eut pas l'occasion. Elvar lui flanqua un grand coup de coude pour lui indiquer de se taire. De nouveau, María quitta la pièce en coup de vent.

43

– C'est un sujet sensible, voilà tout, lâcha Elvar en piétinant le verglas du trottoir.

Agla ne comprenait pas ce que cela changeait. La situation avec la Grèce ne concernait en rien l'affaire de manipulation de marché. Ces transactions n'étaient pas illégales, et cela ne faisait pas de mal de gagner un peu de temps, d'avoir la main sur les agents du procureur en les laissant se fourvoyer sur de fausses pistes.

– Ne t'inquiète pas pour ça, mon petit Elvar, dit-elle en lui tapotant l'épaule.

– Ce n'est peut-être… euh…

Il avait visiblement du mal à exprimer le fond de sa pensée.

– Ce n'est peut-être pas une bonne idée de s'étendre sur… oui… quelque chose comme… comment dire… quelque chose qui puisse influencer leur jugement à ton égard.

– Et en quoi le cas de la Grèce influencerait-il leur opinion sur moi ? gloussa Agla. Il y a quelques mois de ça, tout le monde y participait, et les banques allemandes continuent encore aujourd'hui !

– Comme je le disais, c'est un sujet sensible, répondit Elvar, d'un ton calme et patient. Vous avez joué à ce jeu contre la Grèce et maintenant c'est nous qui nous retrouvons dans leur position. Les fonds spéculatifs font la même chose avec l'Islande.

Agla le regarda dans les yeux et, un instant, elle s'étonna de la lueur de sensibilité qu'elle y décelait.

– C'est comme ça que ça se passe, Elvar. Les pays en crise constituent une proie parfaite pour les fonds spéculatifs. Les vautours sont toujours en quête d'une nouvelle carcasse.

– Certes. Mais peut-être que nos concitoyens ne s'attendaient pas à ce qu'ils soient si nombreux à s'allier pour faire couler le pays.

– Ces organismes ont du flair pour détecter les problèmes à venir. Après, ils parient juste sur l'importance que ceux-ci vont prendre.

– C'est sacrément cynique, pour parler de toute une nation. De tout un pays. Et quand je pense que personne n'est venu à la rescousse.

– L'Islande est un petit pois, Elvar. À l'échelle du monde, c'est Lilliput. Tu serais prêt à sacrifier combien pour sauver Lilliput, toi ?

Elvar resta pensif un moment, puis il haussa les épaules et tourna les talons.

– Tout dépend de si je vis à Lilliput ou pas, répondit-il en s'éloignant.

Agla n'aimait pas cette conclusion. Elle lui en toucherait un mot plus tard. Ces sensibleries sur la position contre la couronne et l'État islandais avaient quelque chose de puéril. En parler comme s'il s'agissait d'un crime de lèse-majesté, c'était simplifier la situation. Pas besoin d'être devin pour imaginer l'avenir de ce pays nain qui, pendant quelques décennies, avait voulu jouer à être libre et autonome. On pouvait bien s'en émouvoir, pérorer sur la culture, l'histoire ou la langue de cette nation ; dans un siècle, l'Islande ne serait plus qu'un petit port de pêche.

44

En arrivant devant le cabinet de Thorgeir, Sonja porta un chewing-gum à sa bouche. Elle avait vomi sur la jetée à la minute où la voiture de Ríkhardur avait disparu de son champ de vision. La même terreur qui l'avait accablée après leur première rencontre avait resserré ses griffes sur elle. Cet homme était dangereux, elle le percevait dans chacune des cellules de son corps. Si être confrontée à lui avait toujours provoqué en elle un profond dégoût et fait couler le long de son dos une sueur glaciale, cela faisait longtemps qu'elle n'avait pas eu l'estomac aussi retourné.

Elle était en train de gravir les marches menant au cabinet lorsqu'un homme les dévalant en sens inverse manqua de lui rentrer dedans.

– Excusez-moi, bafouilla-t-il sans lui accorder un regard.

Sonja ne remit un nom sur son visage que lorsqu'il eut claqué la porte de l'immeuble derrière lui : Húni Thór Gunnarsson, député et ami d'Adam. Ils s'étaient croisés au cours de réceptions et de dîners divers, et s'il avait pris le temps de lever la tête, il l'aurait sans doute reconnue. Ou peut-être pas. Elle était assez ordinaire pour qu'on l'oublie rapidement, tandis que lui figurait chaque semaine dans les journaux. Quiconque suivait un peu l'actualité pouvait dire son nom.

– Tu connais Húni Thór ?

Ce fut la première question que Sonja posa à Thorgeir en pénétrant dans son bureau.

– Si on veut. J'ai supervisé le financement de sa campagne, répondit l'avocat avant de se mettre aussitôt à fouiller dans le coffre-fort derrière son bureau, sachant que Sonja n'aimait pas s'attarder.

– Si jamais j'avais été tentée de voter pour lui, voilà qui y aurait mis un terme.

Thorgeir se redressa dans son fauteuil et se tourna vers elle.

– Qu'est-ce que tu veux dire ? lança-t-il d'un ton étonnamment cinglant.

– Exactement ce que je viens de dire.

Surprise par sa réaction, Sonja décida de ne pas jeter d'huile sur le feu. Elle avait visiblement touché un point sensible.

– J'ai aussi un vrai métier et des activités légales, tu sais, répliqua-t-il avant de tirer trois liasses de billets du coffre.

Celles-ci étaient bien plus épaisses que d'habitude. Sonja les rangea dans son sac pendant que Thorgeir, tapant de ses doigts maigres sur le clavier de l'ordinateur, virait un montant important sur le compte en banque de S.G. Software. La jeune femme remplit ensuite une facture dans le carnet de l'entreprise et la lui tendit.

– Les bons comptes font les bons amis, ironisa-t-elle, et Thorgeir hocha la tête.

Elle avait à présent réuni une coquette somme d'argent propre sur son compte, assez pour constituer un apport pour l'achat d'un petit appartement, tandis que le contenu de son coffre-fort pourrait servir à payer ses mensualités. Mais avant de songer à redéfinir les termes de la garde avec Adam, il lui fallait sortir du piège. Elle devait être débarrassée de tous ses ennuis pour pouvoir accueillir Tómas. Et cette échéance approchait à grands pas.

– Je ne veux plus avoir à rencontrer Ríkhardur, dit-elle.

Thorgeir leva les yeux de son écran.

– Ce n'est pas à toi d'en décider. Nous fonctionnons comme ça, pas autrement.

– Dans ce cas, je vais devoir engager les services d'un garde du corps. Cela ne fera que multiplier les risques de fuite, et ça, je suis sûre que personne ne le veut. Mais j'y serai obligée si je dois à nouveau lui remettre la marchandise. Il passe son temps à me menacer.

– Je lui dirai de se calmer, répliqua Thorgeir, un demi-sourire aux lèvres, comme s'il s'agissait d'une plaisanterie.

– Ça ne suffira pas. Je ne vous ai jamais causé aucun problème, je n'ai jamais exigé quoi que ce soit, et pourtant il ne peut pas s'empêcher de m'envoyer des photos de lui avec mon fils et de faire son cinéma quand je livre. Il me faut un autre intermédiaire. Si vous voulez que je fasse de nouveaux allers-retours.

– Tu feras le nombre d'allers-retours qu'on te dira de faire, ma vieille, rétorqua Thorgeir d'un ton brusque, le regard glacial.

Sonja soupira mais ne dit rien. Il avait raison, elle n'était pas en position de négocier. Elle était prise dans l'engrenage. Il semblait également vain à présent de se plaindre du lieu de réception de la marchandise à Londres.

– On va trouver une solution, ajouta Thorgeir d'une voix plus douce. Nous voulons satisfaire nos employés, bien sûr.

Alors qu'elle s'apprêtait à sortir du bureau, Sonja répliqua :

– Tu viens pourtant de me rappeler que je ne suis pas une employée. Je suis une esclave.

45

Minuit passé. Son équipe avait depuis longtemps quitté le poste, la garde de nuit ayant pris le relais, mais Bragi restait assis à parcourir les enregistrements des caméras de surveillance. Il avait sous les yeux son planning des quatre dernières semaines et tentait de se remémorer les jours où la femme au manteau était revenue d'un voyage à l'étranger. Il l'avait vue au moins deux ou trois fois ce mois-ci, et d'aussi loin qu'il s'en souvienne toujours à l'arrivée d'un vol européen – Londres, Paris… Comme il connaissait désormais son nom, il aurait pu obtenir la liste des passagers auprès du service d'analyse, mais pour cela il aurait fallu donner des explications. Et, avec ces explications, risquer qu'on lui retire le dossier.

Il faisait défiler les fichiers en avance rapide sur deux écrans à la fois. Après une observation intensive, il tomba enfin sur la jeune femme. Notant la date et l'heure de l'enregistrement, il retrouva les vidéos correspondantes de toutes les caméras de surveillance du terminal afin de pouvoir la suivre sans aucune interruption depuis la passerelle de l'avion jusqu'au parking. Ce soir-là, Sonja Gunnarsdóttir figurait parmi les passagers en provenance de Copenhague. À sa démarche un rien solennelle, on aurait pu la croire en route pour un colloque ou un meeting d'affaires plutôt que de retour à la maison après un déplacement. D'ordinaire, les gens qui voyageaient pour leur travail avaient une attitude plus décontractée en posant le pied sur le sol islandais. En dehors d'une certaine rigidité dans son maintien, la jeune femme ne dégageait toutefois rien de suspect. Bragi la suivit des yeux sur l'écran tandis qu'elle quittait le bâtiment. Ne la repérant pas sur le parking, il bascula sur la caméra extérieure qui visait les portes situées de part et d'autre du hall des arrivées. Il la vit alors emprunter la sortie de gauche, jeter un coup d'œil circulaire, puis se hâter vers celle de droite pour rattraper un couple qui s'apprêtait à traverser la chaussée. Tous trois discutèrent un instant, enfin les deux femmes échangèrent leurs valises parfaitement identiques. Bragi relança la vidéo prise dans le hall de réception des bagages quelques instants plus tôt. Impossible de distinguer quoi que ce soit : Sonja était isolée dans le coin opposé à la caméra et une foule de voyageurs gênait la vue.

Ce pouvait être une coïncidence, bien sûr. Que les femmes aient confondu leurs bagages et qu'elles s'en soient rendu compte à temps. Mais Bragi ne croyait pas aux coïncidences. Et il était évident que la dénommée Sonja savait précisément ce qu'elle faisait.

46

Agla avait eu l'intention de s'asseoir un moment sur son balcon, mais la vieille chaise de jardin qu'elle gardait là était recouverte de cendres. Préférant rester debout, elle inspira l'air glacial. Elle n'aurait pas été contre une cigarette à cet instant. De plus en plus, elle avait le sentiment que cette île était un bateau en plein naufrage et que tout ce qu'il restait à faire, c'était sauver sa peau. Les pouvoirs publics luttaient, tentaient de négocier, de se maintenir à flot, ignorant la véritable nature des ennemis à qui ils avaient affaire. Ignorant que le pouvoir n'était pas entre leurs mains. Le pays tout entier était sur le déclin. Les Rothschild et leurs amis se présenteraient bientôt dans le sillage du FMI pour racheter tout ce qui avait un semblant de valeur. Agla sursauta lorsque la sonnette retentit, comme si elle venait vraiment d'être surprise en train de fumer. Il lui fallut un instant avant de se rappeler qu'il devait s'agir de son frère Elías, qui avait appelé un peu plus tôt pour annoncer sa visite. Il avait semblé soucieux au téléphone. De fait, ni lui ni ses trois autres frères ne la contactaient jamais sans une raison importante.

– Salut, toi, dit-il en l'embrassant froidement.

Agla prit sa veste et l'invita à s'asseoir dans la cuisine. S'il était un des plus jeunes de la fratrie, il avait été le premier à grisonner et on ne distinguait désormais plus un seul cheveu noir sur son crâne.

– Tu veux une bière ? proposa-t-elle, puis, comme il secouait la tête : – Un café ?

– Non, non, surtout pas. Ne te dérange pas pour moi.

Cela signifiait donc qu'il n'était que de passage et que ce n'était pas une visite de courtoisie.

– Comment vont les enfants ? demanda Agla en s'asseyant en face de lui.

Elías en avait trois, ses autres frères deux chacun, si bien qu'elle avait une belle palanquée de neveux et nièces. Elle voyait la plupart d'entre eux tous les ans au dîner de Noël et avait des nouvelles lorsqu'ils l'appelaient pour la remercier du virement qu'elle leur faisait aux anniversaires. Elle se souvenait toujours des dates d'anniversaire.

– Ça va, ça va. Ils se portent bien. Magnús se débrouille plutôt pas mal dans sa classe de seconde, et tu recevras sans doute bientôt une invitation pour la remise de diplôme de Katrín au printemps.

– Eh bien. Le temps passe vite.

– Ne m'en parle pas.

– Oui.

Agla demeura silencieuse, les yeux rivés sur son frère qui se massait les poings. Probablement de retour d'Espagne, il avait la peau couleur café au lait qui faisait ressortir la cicatrice blanche sur le dos de sa main, trace de la fourchette qu'elle y avait plantée quand elle avait dix ans.

– Les nouvelles sont bien tristes, dit-il.

Il ne parlait bien sûr pas de la baisse de la note financière de l'Islande, ni des licenciements massifs ou des files d'attente dans les banques alimentaires. Il parlait d'elle. De ses nouvelles à elle.

– Dis, je m'interrogeais… reprit-il, hésitant. C'est que… les gars et moi, on se demandait s'il fallait qu'on s'inquiète de la maison en Espagne.

Agla soupira. Voilà l'anguille. La maison en Espagne qu'elle avait achetée pour leurs parents quelques années avant leur mort, dont toute la fratrie avait ensuite hérité et que ses frères utilisaient tout le temps depuis.

– Elle a été payée comptant, comme vous le savez, répondit-elle.

– Oui… c'était surtout à cause de ce qu'ils racontaient dans le journal, comme quoi le comité de liquidation pourrait réclamer des dommages et intérêts…

– Et vous avez peur qu'ils découvrent que j'ai le cinquième d'une maison en Espagne ? conclut-elle pour lui. Une maison que j'ai donnée à papa et à maman…

Elías ne dit rien, un sourire gêné aux lèvres. Agla se leva pour lui signaler qu'il était temps de partir.

– Je m'assurerai que la maison soit mise à vos noms à vous, lâcha-t-elle en lui tendant son manteau.

– Oui, enfin, ce n'est pas ce que je voulais dire…

– Je m'en fiche. Vous pouvez la garder. De toute façon, je ne m'en suis jamais servie.

– Tu pourras l'utiliser même si elle est à nos noms, bien entendu…

– Si j'ai besoin d'un château en Espagne, je m'en achèterai un, répondit sèchement Agla. Salue les enfants pour moi.

Elle ferma la porte derrière lui. Un instant, elle avait été à nouveau tentée de lui planter une fourchette dans la main.

47

– Ne leur montre pas que tu as pleuré, avait dit sa mère en enfonçant des boules de coton dans ses narines pour stopper les saignements. Si, dès le début, tu laisses les garçons t'arrêter et te dire que tu ne sais pas faire, tu n'en verras jamais le bout. Ça durera jusqu'à la fin de tes jours.

Et Agla s'était aussitôt précipitée sur le terrain gravillonné, reprenant sa place dans l'équipe de football sans se laisser abattre, quand bien même elle ne parvenait jamais à conserver le ballon très longtemps. Elle n'était qu'une petite fille malingre alors que les garçons et leurs amis étaient désormais des adolescents débordant d'énergie. Néanmoins, même si un œil au beurre noir était venu s'ajouter aux saignements de nez avant la fin de la semaine, elle avait eu la sensation qu'ils ne la tourmentaient plus autant, qu'ils ne l'attaquaient plus aussi brutalement. Et ce n'était pas parce qu'ils voulaient la protéger. Non : ils la craignaient un peu.

– Tu es une petite souris sadique ! s'était exclamé Jói, l'aîné, dans un éclat de rire après une énième bagarre.

Agla avait pris la remarque comme un compliment. Les souris savaient courir, et mordre, et la plupart des gens en avaient une peur bleue. Cette semaine-là, elle avait vaincu sa phobie de la douleur. Cela allait lui être d'une grande utilité. Elle avait déjà rayé de son esprit l'idée que les garçons devaient se comporter différemment envers elle simplement parce qu'elle était la benjamine et qu'elle était une fille. Au lieu de quoi, elle s'efforçait d'apprendre d'eux, d'agir comme eux. Et tandis que la fourchette se tenait toute droite, enfoncée dans la main d'Elías qui avait tenté de piquer une boulette de viande dans son assiette, la culpabilité qu'elle éprouvait se teinta d'une forme de fierté qui ne fit qu'amplifier lorsque maman lui adressa un clin d'œil, une lueur approbatrice dans le regard, en appuyant un torchon sur la main ensanglantée du petit garçon qui hurlait comme un porcelet qu'on mène à l'abattoir.

48

Tómas se réveilla en entendant des voix de l'autre côté de la porte. Demeurant quelques instants immobile dans la pénombre, il tenta de distinguer à qui elles appartenaient. Il y avait celle de papa, grave et profonde, le rire éclatant de Dísa, sa petite amie, et une dernière qu'il n'arrivait pas à reconnaître. Il devait y avoir un invité. Lorsqu'il recevait du monde, papa n'aimait pas que Tómas vienne les embêter, mais il pouvait toujours prétendre avoir soif et en profiter pour jeter un coup d'œil au salon. Le petit garçon se faufila le long du couloir et entra timidement. Quelques bougies étaient disséminées sur la table basse. Papa et Dísa étaient installés sur le canapé. L'invité, c'était Bob l'éponge, le copain de papa. Enfoncé dans le fauteuil en cuir avec une jambe sur l'un des accoudoirs, il réchauffait une bouteille de bière entre ses cuisses.

– Eh, salut, p'tit mec ! Check ! s'exclama Bob en l'apercevant, tendant son poing vers lui.

En général, il y avait quelque chose d'assez ridicule chez les adultes qui se comportaient ainsi face aux enfants, mais Bob était plutôt cool. Et puis faire un check à un mec comme ça, c'était du sérieux. Tómas ferma le poing et le tapa contre le sien.

– Salut, Bob.

– Qu'est-ce que tu veux, mon petit Tómas ? demanda papa. Tu devrais être endormi depuis longtemps.

– Je l'étais, répondit-il. Je me suis réveillé parce que j'avais soif.

– Prends donc du lait. Tu dormiras mieux.

Tómas alla ouvrir le réfrigérateur et se servit un verre qu'il vida d'un trait.

– Tu as une moustache, mon chéri, remarqua Dísa lorsqu'il revint dans le salon.

– Tu feras des crêpes demain ? lui demanda-t-il après s'être essuyé la bouche avec la manche de son pyjama.

– Bien sûr, mon chéri. Tout ce que tu voudras.

Dísa lui fit un clin d'œil, qu'il tenta de lui rendre sans grand succès. Elle se mettait toujours à rire dans ces moments-là, et Tómas savait bien que c'était à cause de la grimace qui résultait de ses tentatives infructueuses.

– Bonne nuit, mon grand ! lui lança papa tandis qu'il retournait dans sa chambre.

– Bonne nuit papa, bonne nuit Dísa, bonne nuit Bob.

49

Je peux t'inviter à t'envoler avec moi loin d'ici et à vivre la belle vie jusqu'à la fin de nos jours? C'était la véritable question qu'Agla avait envie de poser à Sonja lorsque celle-ci appela dans la soirée. Au lieu de quoi, elle demeura pour le moins laconique.

– Tu tiens le coup? demanda Sonja.

Pour être honnête, Agla ne le savait pas. Elle était incapable d'évaluer son humeur, incapable de la décrire avec des mots, de l'expliquer. Alors elle se contenta de répondre:

– Ça va.

Sonja continua de l'interroger, se proposa de venir, de la prendre dans ses bras, de passer la nuit avec elle. Mais Agla avait trop honte pour accepter. Il ne s'agissait pas de la honte habituelle face aux pensées immorales et aux désirs qui peuplaient son esprit, mais plutôt de la conviction d'être devenue une moins-que-rien aux yeux de son amante, à présent qu'elle était publiquement reconnue comme criminelle. Elle préféra donc garder le silence et laisser la parole à Sonja. C'était bon, de l'entendre raconter les événements de sa journée. Elle avait recroisé un sale type qui l'avait un jour tripotée, s'était disputée avec son supérieur, avait reçu le paiement d'une facture importante et s'était offert une nouvelle robe pour fêter ça. L'idée de Sonja dans sa robe flambant neuve éveilla un flot de fantasmes dans la tête d'Agla, et elle regretta d'avoir décliné sa proposition de venir passer la nuit. Puis elle se rappela qu'une longue journée l'attendait chez le procureur le lendemain ; mieux valait garder ses forces. Être dure et froide, et non sentimentale et gênée comme après chaque nuit avec Sonja.

– Raconte-moi un secret de lesbienne, dit-elle, provoquant l'hilarité de la jeune femme à l'autre bout du fil.

– C'est quoi cette obsession pour les secrets de lesbienne ?

– C'est rien, je suis juste un peu curieuse de ce monde-là, répondit Agla. Dis-moi quelque chose que j'ignore.

– Ce monde-là ? s'exclama Sonja en riant de plus belle. *Ce monde-là* est le même monde que celui où nous vivons tous. Tu sais bien que je ne fais que raconter des bêtises pour t'amuser !

– Oui, je sais. Alors, raconte-moi des bêtises pour m'amuser.

– Bon, d'accord, concéda Sonja avant de réfléchir une seconde. Tiens, en voilà une : tu sais que Dolly en est ?

– Dolly Parton ? La chanteuse country ?

– Tout à fait. Elle est notre porte-parole au pays des cow-boys.

Sonja eut un petit rire.

– J'ai du mal à y croire.

– Pourquoi ? demanda-t-elle, une pointe d'ironie moqueuse dans la voix.

– C'est pas le genre, c'est tout.

– Pas le genre ? Tu veux dire qu'elle est trop féminine ?

– Oui, par exemple. Je trouve simplement que ça ne colle pas, quoi.

– Bien, ma chère. Je vais te laisser réfléchir à l'étendue de tes préjugés. Qu'est-ce qui exclut absolument l'idée que Dolly Parton soit gay ?

Agla comprit qu'elle avait mordu à l'hameçon et donné encore une nouvelle raison à Sonja de se moquer d'elle. Quelque part, elle se sentait néanmoins plus légère. Cette conversation détournait son esprit de la honte, du procureur, des réflexions sur le temps que mettraient les enquêteurs à retrouver les traces qu'elle avait pu laisser derrière elle, de la peur que l'ensemble de l'affaire finisse par sortir au grand jour de la pire des façons.

– Vous, toi et tes semblables ! s'exclama-t-elle. Vous passez votre temps à imposer vos idées aux autres. Le monde entier n'est pas gay, même si vous semblez en être convaincus !

– Bonne nuit, Agla, répondit Sonja, se retenant visiblement d'éclater de rire.

50

Bragi déposa un tendre baiser sur la joue de Valdís. Un instant, elle se pencha vers lui et posa sa tête sur son épaule. Il inspira profondément, se laissa emporter par le moment présent, réminiscence de vieux souvenirs d'intimité et d'amour. Il était arrivé à la maison de retraite de suffisamment bonne heure pour aider son épouse à se lever, comme souvent lorsqu'il avait une journée de congé. D'une part parce qu'il ne voulait pas qu'elle oublie qu'il était là pour l'aider, s'occuper d'elle ; d'autre part il voulait voir si elle avait de nouvelles ecchymoses. Elle résidait ici depuis presque un an lorsqu'il avait remarqué pour la première fois une tache noire sur son bras. En la déshabillant, il avait noté toute une constellation de traces dans son dos également. La directrice s'en était enquise auprès du personnel, mais nul n'avait eu vent d'une chute ou d'une intervention qui aurait pu avoir ce résultat. Valdís s'était ainsi retrouvée couverte de bleus à deux autres reprises. Malheureusement elle avait été incapable de raconter ce qui s'était passé.

Bragi la soutint jusqu'au réfectoire où elle s'installa à sa place habituelle. Il se dirigea vers le buffet du petit-déjeuner, simplement pourvu de muesli et de lait caillé.

– Le porridge va bientôt être servi, non ? demanda-t-il à la jeune fille qui revenait de la cuisine avec un saladier de corn-flakes.

– Y a pas de porridge aujourd'hui, répondit-elle. Juste du muesli et des céréales.

– Pourriez-vous en préparer un peu pour ma Valdís ? Elle a du mal à avaler les aliments trop secs.

– Y a du lait caillé, répliqua la jeune fille d'un ton cassant en désignant la brique.

Bragi se demanda si elle pouvait être du genre à se montrer brusque avec une vieille dame. Brusque au point de lui faire des ecchymoses.

– Elle ne digère pas bien le lait caillé.

– Ok, je vais demander.

L'employée disparut dans la cuisine et Bragi retourna s'asseoir auprès de Valdís. Elle le regarda. Il la regarda. Tous deux passaient parfois de longs moments à se fixer ainsi dans le blanc des yeux. La notion du temps qui passe avait perdu toute signification pour Valdís, et Bragi avait quelque part la sensation que cela les rapprochait.

– Tenez, c'est du porridge instantané, dit la jeune fille en lâchant sur leur table un sachet contenant une espèce de poudre. Vous n'avez qu'à faire chauffer de l'eau dans la bouilloire et la verser dessus.

Mélangé à l'eau chaude, le contenu du sachet commença effectivement bientôt à ressembler à une sorte de bouillie d'avoine. La mixture n'était guère appétissante, toutefois Valdís ne s'en plaindrait pas. Bragi jeta un regard alentour et tendit le bras vers le sucrier qu'il secoua généreusement au-dessus du bol. Le personnel, soucieux de nourrir sainement les pensionnaires, n'aimait pas trop ça, mais Bragi avait du mal à comprendre pourquoi on ne laissait pas ces pauvres vieux qui n'avaient plus guère de temps devant eux profiter pleinement des derniers plaisirs dont ils pouvaient bénéficier. Or, Valdís avait développé un certain goût pour les sucreries depuis qu'elle était tombée malade.

Elle mangea le porridge avec appétit, Bragi lui essuyant la bouche avec le bavoir aujourd'hui décoré d'un motif de canetons.

– À bientôt, ma chérie, murmura-t-il en guise d'au revoir, caressant ses cheveux aussi doux que de la soie.

Une journée chargée l'attendait, qui débutait par une visite au commissariat de police. Arrivé sur place, il se laissa tomber dans le fauteuil élimé du bureau de Hallgrímur, l'officier de garde.

– Ça te dit de rendre service à un vieux pote ? Trouve-moi donc ce que manigance un certain Ríkhardur Rúnarsson ces jours-ci.

Les deux hommes se connaissaient bien et avaient l'habitude d'aller droit au but, sans bonjour ni au revoir, sans formuler la moindre politesse ni demander des nouvelles l'un de l'autre.

– Rikki le riche ? demanda Hallgrímur, surpris. Qu'est-ce que tu lui veux ?

– Les types comme lui n'habitent jamais à leur adresse officielle. Je le sais d'expérience.

– Qu'est-ce que tu lui veux ? répéta Hallgrímur, le regard fixé sur Bragi par-dessus ses lunettes en demi-lune.

– Disons juste que ce sont les caprices d'un vieillard. Un pressentiment, tu vois, un soupçon à vérifier.

Bragi le scruta, il pouvait presque voir les rouages de son cerveau se mettre en route.

– Ce ne serait pas plutôt du ressort du département d'analyse ?

Le douanier haussa les épaules.

– Bah, il faut bien rester dans le feu de l'action de temps en temps. Je transmettrai au département d'analyse si mes soupçons se confirment. Rends-moi juste ce petit service, mon pote.

– À deux conditions, dit Hallgrímur en décrochant son téléphone. Que tu me tiennes au courant à la minute où tu apprends quelque chose, et que tu ne t'approches pas de ce type.

– Promis.

– Croix de bois, croix de fer ? insista Hallgrímur. Tu ne lui adresses pas la parole, tu ne lui poses pas de questions et tu fais profil bas ! Il en a envoyé aux urgences pour moins que ça.

Le regard sévère par-dessus ses lunettes, Hallgrímur continuait de fixer Bragi, qui leva les mains en signe de bonne foi. Cinq minutes plus tard, ce dernier quittait le commissariat de police avec l'adresse deRíkhardur inscrite sur un petit morceau de papier jaune.

51

Assise dans la salle d'interrogatoire, Agla traînait sur Internet pendant que les agents du procureur spécial déjeunaient. Elle venait d'acheter un ordinateur pour remplacer l'ancien, désormais considéré comme pièce à conviction, et déjà il lui tapait sur les nerfs. C'était à croire que, rien que pour agacer leurs clients, les fabricants se sentaient obligés de transformer radicalement leur système d'exploitation à chaque nouvelle édition. Elvar s'était proposé de lui rapporter de la soupe, de la salade ou même un hamburger du fast-food d'à côté ; Agla lui avait répondu préférer une vodka bien tassée – un verre ou deux, cela allégerait l'ambiance. Bien sûr, c'était une plaisanterie, mais visiblement elle avait complètement échappé à l'avocat.

Jusque-là, cela avait été encore une journée de silence. Elvar lui avait fait promettre de rester muette, de ne répondre aux questions que si lui-même les répétait. Or, ce matin, il n'avait pas répété une seule question. Il demeurait assis à les noter sur une feuille de papier, précisant après chaque interrogation qu'Agla apporterait une réponse plus tard. À l'approche de midi, l'échange entre son avocat et l'équipe du procureur était devenu si monotone qu'elle avait cessé d'y prêter attention, laissant vaguer son esprit – et, comme toujours, celui-ci avait vogué vers Sonja. Sonja la petite diablesse. Qui prenait toujours un malin plaisir à la provoquer, à la taquiner jusqu'à ce qu'elle s'énerve, l'accable de reproches, ce qui ne diminuait toutefois en rien son désir pour elle, ne faisait au contraire qu'accroître sa flamme. Peut-être était-ce l'un de ses pouvoirs magiques. Un effet du sortilège dont Agla était prisonnière. Elle tira son téléphone de sa poche et envoya un texto à Sonja : *Tu penses à moi ?* La réponse ne tarda pas : *Oui, mon amour. Toujours.* Agla sourit et effaça aussitôt les messages, comme elle en avait pris l'habitude – ce dont elle se félicitait depuis que le procureur avait confisqué son ancien téléphone.

Mon amour. Sonja l'appelait parfois ainsi. Cette formule avait quelque chose de si grandiloquent et à la fois de si délicieusement doux et familier. Agla perdait tous ses moyens face à ces mots, heureuse et néanmoins convaincue qu'il était puéril de croire que ces déclarations avaient la moindre signification dans une relation vouée à l'échec.

Ayant ignoré ses instructions, Elvar revint de son déjeuner avec une salade dans une boîte en plastique et une canette de Coca à son intention. Le substitut Jónsson et María ne tardèrent pas à réapparaître. Agla rabattit l'écran de son ordinateur, cachant ses dernières recherches Google sur Dolly Parton.

52

Ríkhardur Rúnarsson, Rikki le riche comme l'appelait le policier, traînait ses guêtres dans l'une des barres d'immeubles de la rue Krummahólar. D'après l'informateur de Hallgrímur, il vivait dans l'appartement de sa petite amie, condamnée pour trafic deux ans auparavant – sans doute l'une des passeuses à son service. Elle bénéficiait d'un logement social où Ríkhardur passait le plus clair de son temps, probablement en attendant que le couple commence à battre de l'aile et qu'il doive aller chercher refuge chez une autre naïve.

Bragi se gara sur le parking face à l'immeuble, d'où il pouvait voir l'entrée du bâtiment et suivre les allées et venues. Il avait tout prévu : les tartines de pain de seigle dans un sac en papier et le thermos de café. Il alluma l'autoradio, écouta les informations du jour en regardant les riverains quitter un à un leur domicile pour se rendre au travail. Les chanceux qui bénéficiaient d'une place dans le parking couvert partaient au volant de voitures bien chauffées. D'autres s'échinaient à balayer le fin voile de neige fondue recouvrant leur pare-brise, la plupart à mains nues, sans avoir eu le courage de sortir leur grattoir. Les intempéries devaient reprendre dans la matinée. Ce serait un hiver humide. Bragi commençait à lorgner le pain de seigle lorsque Ríkhardur sortit de l'immeuble, un sac à dos sur l'épaule. Il se dirigea vers le parking couvert dont il ressortit un instant plus tard en fonçant au volant de la même jeep Benz aperçue sur la vidéo de surveillance de l'aéroport. Bragi démarra et se mit à le suivre le long des avenues de Breidholt. Arrivé dans la zone commerciale de Mjódd, il ralentit la cadence et laissa passer une ou deux voitures entre eux.

Ríkhardur arrêta son véhicule devant la salle de sport de Laugardalur. Bragi était surpris. Il s'était attendu à ce qu'un homme comme lui aille faire ses exercices dans un club de boxe douteux où des seringues bourrées de stéroïdes passaient de main en main, et non dans une salle tout ce qu'il y avait de plus moderne et luxueuse. Ses tatouages devaient attirer l'attention, là-dedans. Bragi attendit patiemment que Ríkhardur ait disparu à l'intérieur pour le suivre dans le vestibule du club de gym. Il demanda s'il pouvait utiliser les toilettes, dont la jeune fille de l'accueil lui montra le chemin. En ressortant, il se glissa à travers les portes de verre et balaya la salle du regard. Ríkhardur était en train de s'installer sur un banc pendant que deux de ses amis alignaient des poids sur la barre. Il fit signe à ses acolytes d'en rajouter, et ceux-ci se mirent à rire, s'extasiant sur son audace. Étrange, songea Bragi, que les types comme Ríkhardur se sentent toujours obligés de s'entourer de jeunes courtisans.

53

Bragi s'apprêtait à faire couler la dernière bouchée de pain de seigle avec une gorgée de café lorsque Ríkhardur ressortit de la salle de sport. Le visage rougi, il semblait avoir encore gagné en stature. Il s'installa derrière le volant de sa voiture et démarra. Quelques centaines de mètres plus loin à peine, il s'arrêta sur le parking du restaurant bio de la Maison des arts. L'ayant suivi à bonne distance, Bragi se gara de sorte à avoir vue sur l'entrée de l'établissement et, au bout d'un instant, il vit Ríkhardur s'asseoir une assiette à la main à une table contre la vitre.

Bragi versa le reste de son café dans le gobelet de son thermos et le sirota tranquillement pendant que l'autre terminait son petit-déjeuner. De l'exercice et de la nourriture saine. Un optimiste aurait pu croire que ce type avait tourné la page, retrouvé le droit chemin. Mais Bragi avait suffisamment d'expérience pour savoir que les hommes comme lui ne changeaient pas. Il vida le gobelet d'un trait, songeant avec amertume à l'ironie du fait qu'un homme qui gagnait sa vie en détruisant la santé des autres prenne tant soin de la sienne.

Quand Ríkhardur eut fini de manger, il reprit sa voiture pour une nouvelle course rue Lágmúli où il pénétra dans un immeuble de bureaux à côté de la pharmacie. Faute de place, Bragi se gara sur le parking voisin et marcha jusqu'au bâtiment, classique des années 70 avec son vestibule vitré, son vieil ascenseur qui ne respectait sans doute pas les règles de sécurité en vigueur aujourd'hui, et son escalier recouvert de linoléum. Sur le mur en face de l'ascenseur, un tableau d'affichage listait les entreprises présentes dans l'immeuble : une agence de voyages, un cabinet dentaire et trois cabinets d'avocats. Bragi s'arrêta sur le nom d'un d'entre eux. Thorgeir Als. Un nom de famille atypique qu'il était certain de connaître, pourtant il n'arrivait pas à se rappeler où il l'avait entendu. En ressortant, il tira son téléphone de sa poche, composa le numéro du commissariat et demanda Hallgrímur.

– Thorgeir Als, ça te dit rien ? dit-il une fois mis en relation.

– L'avocat des passeurs, répondit son interlocuteur sur-le-champ. Pourquoi ?

– Pour rien, lâcha Bragi avant de raccrocher.

Il n'avait aucune preuve à apporter à Hallgrímur, et n'en cherchait d'ailleurs pas. Cette fois, tout ce qu'il voulait, c'était savoir. Et il n'était plus très loin de découvrir ce dont il avait besoin.

54

Debout devant le miroir, Sonja contemplait sa nouvelle robe, se demandant si elle ne ferait pas mieux de la rapporter à la boutique. Jusque-là, l'argent de ses voyages avait exclusivement servi à ses besoins vitaux : la nourriture, le loyer, les tailleurs de femme d'affaires pour sa couverture, les cadeaux à Tómas et enfin le petit magot réuni dans son coffre-fort à la banque, qui lui serait nécessaire pour reprendre le contrôle de son existence. Dans l'absolu, elle n'avait pas besoin d'une nouvelle robe, elle en avait juste eu envie. Et à présent, elle culpabilisait d'avoir dépensé cet argent si durement gagné dans un petit luxe.

La sonnerie du téléphone la tira de ses pensées. Elle jeta un coup d'œil à l'écran, surprise. Adam et elle ne s'étaient pas adressé la parole depuis des mois, les textos leur suffisant pour organiser les visites de Tómas. Elle se mit alors à paniquer, songeant qu'il était peut-être arrivé quelque chose à son fils.

– Allô ?

– Salut, c'est Adam.

Sonja fut tout de suite rassurée par la rigidité de sa voix : il n'y avait aucune urgence.

– Salut, répondit-elle simplement, à deux doigts d'ajouter quelque formule amicale, comme "Contente d'avoir de tes nouvelles" ou "Comment vas-tu ?".

– Je n'apprécie pas beaucoup que tu fasses croire à Tómas qu'il va passer Noël chez toi.

Il avait au moins le mérite d'aller droit au but.

– C'est vrai, nous n'en avons pas discuté, concéda Sonja, nourrissant le faible espoir qu'Adam mordrait à l'hameçon, que Noël avec l'enfant était une perspective envisageable.

– Il n'y a rien à discuter, lâcha Adam, tuant dans l'œuf toute espérance. Il était avec toi l'année dernière, il sera avec moi cette année. C'est écrit clairement dans le contrat.

– Le contrat n'a pas à nous engager plus que nous le souhaitons, tenta Sonja, toutefois peu optimiste.

– Tu sais quoi ? Ça ne me plaît pas que tu aies ne serait-ce qu'un droit de visite, mais j'ai bien dû me faire à l'idée, justement à cause de ce contrat. Si tu ne veux plus en respecter les termes, il va falloir que ça marche dans les deux sens.

– Calme-toi, Adam, murmura Sonja de cette voix suppliante à laquelle elle avait tant de fois eu recours lorsqu'ils vivaient ensemble. Essayons de nous rappeler qu'il s'agit de Tómas et de son bien-être…

Elle ne put terminer sa phrase.

– Le bien-être de Tómas, ouais ! s'exclama Adam d'un ton ironique. Clairement, passer du temps avec toi n'est pas bon pour lui. Je le ramasse à la petite cuillère après chaque week-end chez toi.

Sonja avait à peine raccroché que le téléphone se remit à sonner. C'était Agla. Pour l'informer que ces histoires sur Dolly Parton étaient de pures foutaises. Elle avait fait des recherches sur Google. D'accord, le mari de Dolly vivait dans un autre État que son épouse, pas la peine pour autant d'inventer des rumeurs et de raconter des craques à d'honnêtes gens. La femme avec qui Dolly habitait n'était que son assistante, et si elles partageaient la même chambre lors des tournées, c'était juste parce que la chanteuse avait toujours besoin d'aide. Avec ses costumes. Et ses cheveux.

DÉCEMBRE 2010 – JANVIER 2011

55

Les décorations de Noël sur Regent Street clignotaient en rythme avec celles qui ornaient la façade de la maison. Sonja avait pris un taxi jusqu'à Sloane Square et parcouru le reste du chemin à pied dans le froid. C'était sa troisième grosse livraison. La dernière s'était déroulée sans encombre : elle avait retrouvé un homme grisonnant dans une gare où ils avaient échangé leurs sacs de voyage et, de retour en Islande, elle avait indiqué à Ríkhardur la position d'une voiture en centre-ville dans laquelle la marchandise l'attendait. Sonja avait suivi le bon déroulement des opérations à distance, abritée derrière la vitre d'un café. Si Thorgeir et son gorille ne s'étaient pas montrés très emballés par ce nouvel arrangement, tout s'était passé comme prévu.

À présent, Sonja devait se rendre dans une demeure pour le moins différente de l'immeuble rongé de moisissure où elle était allée en novembre. Elle grimpa les marches du perron et se mit à fouiller parmi les branchages qui encadraient la porte à la recherche de la sonnette, dissimulée quelque part derrière les boules de Noël et les petits anges. Elle abandonna finalement l'idée et se contenta de frapper. C'était une lourde porte d'acajou dont les gonds grincèrent lorsque le maître d'hôtel diaphane ouvrit et, sans un mot, lui fit signe d'entrer. Elle se mit à transpirer à peine le pied posé dans le hall, ne sachant trop si c'était dû au choc thermique après le froid extérieur ou si la maison était véritablement chauffée à l'excès.

Le domestique la précéda dans un grand vestibule ouvert sur une mezzanine avec un escalier circulaire, semblable à ceux que l'on voyait dans les vieux films. On aurait pu imaginer une star hollywoodienne glisser le long de ces marches, vêtue d'une élégante robe de soirée. L'homme qui franchit l'une des deux portes de la coursive n'avait cependant rien d'une vedette de cinéma tandis qu'il descendait rejoindre Sonja sans la lâcher du regard. C'était un Indien d'Amérique corpulent, au visage rond et hâlé, la quarantaine bien tassée. Son crâne rasé laissait à peine apparaître la racine noire de ses cheveux. Son bermuda et son maillot de corps révélaient une peau richement décorée de têtes de mort, d'icônes et de fleurs de toutes sortes.

– M. José, annonça le domestique derrière Sonja, sur le même ton qu'il aurait annoncé un convive à une reine.

– *Señora*, dit l'Indien en tendant la main.

Alors que Sonja s'apprêtait à la lui serrer, il se pencha et baisa la sienne comme à une grande aristocrate. Son visage luisait de sueur.

– José, à votre service.

Tout ce cérémonial surprit tellement Sonja que, dans un geste réflexe, elle plia le genou et s'inclina à son tour.

– Entrez, poursuivit son hôte en lui indiquant la salle sur sa gauche. Le dîner est servi.

Un rugissement sourd éclata lorsqu'elle pénétra à l'intérieur. Sursautant, elle fit un pas en arrière et trébucha dans les bras de José, qui la tint fermement contre son corps transpirant. Un énorme tigre tournait en rond dans une impressionnante cage au milieu de la pièce. Sonja était pétrifiée, le regard fixé sur l'animal fébrile dans sa prison d'acier. Ce n'est qu'après que José l'eut menée à la table et assise sur une chaise qu'elle remarqua l'homme gémissant ligoté à un fauteuil de bureau dans un coin. Elle ouvrit la bouche pour demander ce qui se passait, mais les mots demeurèrent bloqués dans sa gorge. Ses cordes vocales ne purent émettre qu'un simple "Qu'est-ce que… ?"

– Je ne peux accorder ma confiance qu'à ceux avec qui j'ai partagé un repas, déclara José en prenant place à l'autre bout de la table.

Sonja remarqua que le service avait été dressé pour deux personnes. Chaque assiette contenait une portion généreuse de viande en sauce, avec en accompagnement une salade dans un petit bol à côté.

– Et mon tigre mange toujours avec moi, ajouta-t-il avant de claquer des doigts.

Aussitôt, le maître d'hôtel fit rouler la chaise de bureau jusqu'à la cage du tigre qui tendait la patte. À chaque fois qu'elle approchait de l'homme, ce dernier se mettait à hurler :

– Non ! Non ! Je vous en prie !

– Nul besoin de vous présenter, je crois que vous vous connaissez, dit José.

Sonja examina le visage du prisonnier. Il lui fallut un peu de temps pour le remettre : sa joie de vivre avait cédé la place à la terreur, il n'assénait plus de tapes dans le dos, ne butait plus sur le nom de l'Eyjafjallajökull. Il pleurait et implorait tour à tour, sa peau brillante de sueur, ses dents s'entrechoquant d'une manière incontrôlée. C'était le grand Noir de l'immeuble miteux, celui où elle était allée chercher sa première grosse livraison.

– Vous voyez, poursuivit José la bouche pleine de viande, je suis venu en Europe pour voir quelles possibilités s'offraient à moi. Ils ont gelé mes comptes aux États-Unis, plus moyen d'y faire quoi que ce soit pour le moment. En Europe, le ciel est dégagé et les gens ont bon appétit. C'est le nouveau "Nouveau Monde", la nouvelle terre des opportunités !

Il engouffra un autre morceau de viande dans sa bouche, prenant cette fois le soin de mâcher et d'avaler, l'air pensif, avant de continuer :

– Alors, où est le problème, me direz-vous ? Pas chez les douanes, pas chez les Européens, et ces putains de Colombiens tiennent toujours parole, ça oui. Non. C'est l'Afrique. Le problème, c'est l'Afrique.

José éloigna son assiette pour en rapprocher une autre, chargée de cocaïne. Il tira une cigarette du paquet attaché à sa ceinture, la vida en la roulant entre ses doigts, puis réunit à l'aide de son couteau un petit tas de poudre qu'il glissa dans le tube avant de le compléter de quelques brins de tabac.

– Je peux vous offrir un dessert ? proposa-t-il poliment en poussant l'assiette de coke en direction de Sonja.

Celle-ci secoua la tête, le cerveau comme anesthésié, incapable de songer ne serait-ce qu'à se lever et à s'enfuir. Elle demeura immobile, paralysée, observant l'homme qui allumait sa cigarette et inspirait profondément la fumée.

– C'est marrant, on a toujours une perte de vingt pour cent entre Lagos et Londres. Tout ça parce que notre ami Amadou ici présent ne peut pas s'empêcher d'entuber ceux qui ont la peau plus claire que lui.

José se leva, s'approcha de l'homme en pleurs et s'accroupit devant lui.

– Jusqu'ici, tu as entubé des Blancs, Amadou, et ça a marché parce qu'ils sont stupides. Mais là, tu as fait une grosse erreur. Je ne suis pas blanc, moi. Je suis mexicain. Et pour être sûr que tu te souviennes bien qu'on ne roule pas un Mexicain, mon tigre va avoir droit à un beau morceau pour son dîner.

Agité de spasmes, l'homme perdit le contrôle de sa vessie. L'urine se répandit par terre. José feignit de n'avoir rien remarqué, ignorant également ses supplications.

– Un bras ou une jambe, Amadou ? dit-il. Un bras ou une jambe ?

56

– Maintenant que nous avons partagé notre table, je n'ai plus aucune inquiétude à me faire à votre sujet, n'est-ce pas ?

Sonja fit non de la tête. L'esprit embrumé, elle entendait José parler comme à distance, tandis qu'au premier plan résonnait encore et encore dans ses oreilles l'effroyable bruit du tigre arrachant le bras de l'homme et de ses crocs mâchant la chair humaine. Un craquement si puissant qu'il avait couvert les hurlements d'Amadou lorsque le maître d'hôtel l'avait tiré hors de la pièce, laissant derrière lui une mare de sang. Sonja s'efforçait de ne pas diriger son regard vers les traces rouges au sol, fixant José qui glissait une cuillère à café de cocaïne dans un billet de cinquante livres avant de le replier soigneusement en forme d'enveloppe.

– Un petit pourboire, dit-il en le tendant à Sonja. Tu trouveras le sac près de la porte en sortant.

Celle-ci hocha la tête et s'éloigna à reculons de l'homme et du tigre désormais couché, occupé à lécher sa gueule sanguinolente. Elle attrapa le sac de sport rouge à la porte d'entrée et y jeta un coup d'œil : il était rempli de sachets de poudre qu'elle ne compta pas pour ne pas rester une minute de plus dans cette maison de cauchemar où retentissait déjà un nouveau rugissement.

Elle était presque arrivée à la pointe sud de Hyde Park lorsqu'elle remarqua qu'elle était en train de courir et décida de ralentir le pas. À bout de souffle, elle essuyait les larmes qui inondaient ses joues, néanmoins celles-ci semblaient ne jamais vouloir s'arrêter de couler. Ce serait sa dernière livraison. Elle n'en pouvait plus.

57

Elvar, l'avocat, se présenta avec une pizza qu'il déposa sur la table devant eux. Il tendit à Agla une serviette en papier en guise d'assiette.

– Il faut que tu manges. Personne ne peut garder la tête claire sans reprendre des forces.

Agla obtempéra et mordit dans sa part, songeant qu'il lui manquait un petit remontant pour faire glisser le repas. Elle alla chercher deux bières dans le réfrigérateur.

C'était elle qui lui avait proposé de venir chez elle pour leur réunion de préparation. L'environnement d'un cabinet d'avocats était trop oppressant après ces journées d'interrogatoires. Ils finirent leur dîner en silence, puis Elvar débarrassa la table avant de tirer de sa sacoche un dossier et deux grosses piles de documents qu'il étala sous les yeux d'Agla.

– Bon, on va commencer par voir ce qui peut nous attendre, dit-il sur un ton paternel qui laissait transparaître son inquiétude.

Agla se demanda comment un homme si jeune avait pu acquérir un tel sens des responsabilités.

– Tu as des enfants, Elvar ?

– Non. Et toi ?

Elle secoua la tête puis, songeant qu'il valait mieux se mettre au travail, tapota l'une des deux piles.

– Tu poses les questions et je donne les réponses ?

Elvar posa sur elle un regard fatigué.

– Dans ce cas, il faut que tu me donnes les bonnes réponses. Je suis tenu au secret professionnel, tu sais. Tu dois tout me dire, si tu veux que je te défende. Je ne peux pas sans cesse me laisser surprendre par le procureur.

– D'accord. Je ferai mon possible.

Elle le fixa des yeux, un sourire hésitant aux lèvres pour tenter de dissimuler son mensonge. Bien sûr que non, elle ne lui dirait pas tout. Elle ne lui confierait que ce qu'il avait besoin de savoir. Si elle lui racontait toute la vérité, il prendrait la porte à la minute.

– Je reprends avec le rapport au tribunal de grande instance concernant la demande d'indemnisation du comité de liquidation. Il faut nous y préparer autant qu'au reste.

Agla acquiesça. C'était à vrai dire sur ce terrain qu'elle comptait sur les services d'Elvar. Si une condamnation en justice était inévitable, elle pourrait peut-être échapper au versement de dommages et intérêts.

– Tu as raison, concentrons-nous là-dessus, répondit-elle. De toute façon, je suis à peu près certaine d'être déclarée coupable de manipulation de marché.

– Écoute, je veux juste être préparé à toutes les éventualités. Pas besoin de se montrer pessimiste.

Agla sourit. Il n'y avait pas le moindre pessimisme dans sa phrase. Bien au contraire, il s'agissait plutôt d'optimisme. Elle aurait de la chance si elle s'en sortait avec une simple condamnation pour manipulation de marché.

58

Il était minuit passé lorsque Agla sortit de la salle de bains et trouva Elvar endormi sur le canapé. Ils avaient vidé quelques bières en parcourant les documents de l'enquête et, comme à chaque fois qu'elle buvait, Agla s'était sentie mélancolique et avait pensé à Sonja. Elle s'était rendue dans la salle de bains et s'était assise sur le rebord de la baignoire pour tenter de l'appeler, encore et encore, sans succès. Elle avait laissé un message sur son répondeur – plusieurs messages, en fait –, lui demandant de la recontacter au plus vite. De jour comme de nuit.

Agla retira ses lunettes à Elvar, les posa sur la table basse d'un geste prudent pour ne pas le réveiller, puis elle étendit une couverture sur lui. Elle lui était sincèrement reconnaissante de tout ce qu'il faisait pour elle. Certes, elle le rémunérait généreusement, toutefois la sollicitude qu'il manifestait à son égard était loin d'être une obligation. Elvar était jeune, ambitieux, avide de faire ses preuves – normal qu'il veuille donner le meilleur de lui-même –, mais c'était aussi quelqu'un de bien, tout simplement, et Agla espérait qu'elle ne l'entraînerait pas dans sa chute si les choses tournaient mal.

Une fois au lit, elle tenta à nouveau d'appeler Sonja. Le fait que celle-ci ne décroche pas la contrariait, de sombres pensées commencèrent à envahir son esprit. Elle devait être en train de travailler, voilà tout, probablement encore à l'étranger pour sa boîte d'informatique, quoi qu'elle puisse bien y faire. Agla fut prise d'une soudaine culpabilité. En fait, Sonja n'avait pas à travailler. Agla aurait pu lui fournir tout ce dont elle avait besoin – si seulement elle voulait bien accepter quelque chose de sa part. À plusieurs reprises, elle avait voulu lui offrir un petit rien, histoire de la soulager. Elle avait même proposé de lui trouver un meilleur logement. Seulement, Sonja ne se contentait pas de refuser : elle se mettait dans une fureur noire. Affirmait être assez grande pour se débrouiller toute seule. Disait ne pas être à vendre.

Peut-être que Sonja ne répondait pas au téléphone parce qu'elle avait trouvé une nouvelle femme à aimer. C'était une tendance commune à beaucoup de lesbiennes : elles papillonnaient. Et il n'y avait aucun doute sur le fait que Sonja était une véritable lesbienne. Elle avait eu de nombreuses amantes. Agla, elle, n'avait jamais auparavant fait l'expérience d'un sentiment pareil. Sonja était l'exception de toute son existence, et c'était ce qui la rendait si insupportablement précieuse à ses yeux. Agla ferma les paupières, s'imagina son parfum, la chaleur de son corps sous les couvertures. En esprit, ses doigts caressèrent sa peau, enveloppèrent sa poitrine, glissèrent dans ses cheveux sombres. Et soudain Adam lui apparut, plus vrai que nature, tenant la main de son petit garçon, tous deux figés dans une expression d'horreur. Agla sentit une rougeur incontrôlée colorer son visage dans l'obscurité. Elle posa son téléphone sur la table de chevet, poussa un long soupir et scruta la mouche morte du plafonnier qui semblait la fixer elle aussi. Encore une nuit blanche en perspective.

59

Bragi s'empara de la lettre, la chiffonna et la jeta à la poubelle. Entretien de fin de carrière. Il n'avait jamais entendu parler de ça. Jamais on n'avait convoqué des agents à un entretien pour les pousser à prendre leur retraite. Il devait y avoir un petit jeune affamé sur le seuil de la porte à qui l'on devait un poste de chef d'équipe. Il leur en faudrait plus pour se débarrasser de lui. Il n'avait aucune envie de partir, et les lettres de menace ne lui faisaient pas peur.

– J'avais bien dit à Hrafn que ça finirait à la poubelle ! s'exclama Atli Thór dans un éclat de rire.

– Ça, quoi ? demanda Bragi avec un faux air innocent. Oh, c'était une lettre à mon intention ? Moi qui croyais que c'était de la pub !

– Trop tard pour s'en inquiéter, c'est parti aux ordures, soupira Atli Thór.

Joignant le geste à la parole, celui-ci laissa tomber le filtre usagé de la cafetière sur la lettre qui s'imbiba de taches brunes. Bragi sourit ; c'était une chance d'avoir un collègue comme lui.

Il enfila sa veste et inspecta son reflet dans le miroir. Voilà encore une chose qui lui ferait regretter son travail : l'uniforme. Les deux lignes et l'étoile qui ornaient ses épaulettes étaient le symbole du temps et des efforts qu'il avait mis au service des Douanes islandaises. En plus, Valdís avait toujours trouvé que ce costume lui allait bien. "Tu es beau en uniforme", disait-elle.

– La liste des passagers de la part du service d'analyse, lança Atli Thór en la tendant à Bragi.

Ce dernier fit glisser ses doigts le long de chaque page. Il consultait toujours le précieux document en début et en fin de garde. C'était un arrangement entre les gars de l'analyse et lui : ils annotaient les voyageurs qu'ils voulaient voir contrôlés, et Bragi y ajoutait souvent quelques brebis égarées. Il s'agissait d'un outil essentiel, notamment pour l'autre équipe, dirigée par un jeune cadre qui n'avait pas encore créé de liens étroits avec les différents départements des douanes.

Depuis l'explosion du tourisme, ces listes étaient devenues interminables, aussi Bragi se contentait-il de les parcourir rapidement, ne s'arrêtant que sur les noms islandais. Aucun ne l'interpellait parmi les voyageurs des vols de nuit mais, dans la liste du lendemain, son doigt s'arrêta net sur le nom d'une passagère censée atterrir en début de soirée. Il serait alors de retour au travail pour l'accueillir. Sonja Gunnarsdóttir.

60

Sonja avait mal au dos après avoir porté la machine à emballer sous vide depuis sa consigne jusqu'à l'hôtel. Elle se consolait en se disant que c'était la dernière fois, qu'il n'y aurait plus de nouvelle mission après celle-ci. Chaque voyage avait gagné en folie, et le claquement de la mâchoire du tigre ne quittait plus ses pensées. Elle n'avait pas la force de continuer. Sa décision était prise : lorsqu'elle rentrerait en Islande, elle mettrait en marche le stratagème qu'elle avait élaboré depuis plusieurs mois. Le stratagème pour se libérer du piège.

Son portable annonçait huit appels manqués d'Agla, ce qui ne l'inquiéta pas plus que ça. Elle avait l'habitude. Cela signifiait simplement qu'elle avait bu un verre de trop, qu'elle voulait savoir ce que Sonja faisait, avec qui elle était, à quoi elle songeait. Ensuite, elle demanderait à entendre un nouveau secret de lesbienne qui inévitablement la fâcherait. Elle réagissait toujours au quart de tour, pourtant Sonja savait que cela lui faisait du bien de penser à autre chose qu'à la menace de ses poursuites judiciaires. Elle la rappellerait dès qu'elle aurait atterri en Islande. Pour le moment, elle devait se concentrer sur la marchandise.

Elle commença par emballer chacun des dix sachets dans une première couche de plastique avant de les passer dans la machine sous vide. Ainsi aplatis, ils prendraient moins de place dans la valise. Elle les emporta ensuite dans la salle de bains, les aligna dans la baignoire, fit couler un jet d'eau froide et les aspergea d'une demi-bouteille d'huile de paraffine. Les laissant tremper, elle retourna dans la chambre, nettoya la machine à emballer sous vide avec des serviettes en papier imbibées d'alcool, puis elle se déshabilla et enfonça ses vêtements dans le sac de sport rouge qui avait contenu la drogue. Elle le plaça à son tour dans un sac en plastique qu'elle noua fermement et déposa bien en évidence dans le couloir afin que le veilleur de nuit le jette à la poubelle. Enfin, elle alla vider la baignoire, disposa les paquets sur une serviette étalée par terre et se glissa à son tour sous la douche. Après s'être essuyée, elle regagna la chambre chargée de la marchandise pour entamer la deuxième étape du processus.

Réchauffée par ses allées et venues, elle ne prit pas la peine de s'habiller et, totalement nue, enveloppa les paquets dans des sacs individuels qu'elle fit de nouveau passer dans la machine sous vide. Elle les rinça alors sous l'eau du robinet, les sécha avec une serviette propre et, pour terminer, les emballa un par un dans des sacs plastique qu'elle remplit de café jusqu'à ce que la drogue soit entièrement recouverte. Le tout avant un dernier passage dans la machine sous vide, évidemment. Le café empêcherait autant que possible l'odeur de cocaïne de filtrer.

Sonja se lava les mains, nettoya chaque paquet avec de l'alcool, puis les disposa sur le lit, où elle passa l'heure suivante à les recouvrir de papier cadeau orné de pères Noël dodus. À la fin des opérations, elle approcha sa valise bleue flambant neuve, en découpa proprement la doublure avec son couteau suisse et plaça la marchandise à l'intérieur. Elle imbiba pour finir un coin de serviette d'huile de paraffine et le passa légèrement à la surface du bagage.

Peu de gens le savaient, mais avec la bonne méthode, il était possible de tromper les scanners aussi bien que les chiens renifleurs.

61

L'expression mauvaise, le substitut Jónsson s'appuya contre le dossier de son siège. Assise à côté de lui, María avait un sourire bienveillant aux lèvres, néanmoins Agla avait fini par comprendre que cela pouvait vouloir dire tout et son contraire. La jeune femme avait le don de lâcher des commentaires assassins au moment le plus inattendu, souvent d'une voix si douce que leur véritable signification mettait un certain temps à s'insinuer dans l'esprit de ses interlocuteurs. C'était fou à quel point la lecture que l'on faisait des autres dépendait de leur gestuelle. Et María était passée maître dans l'art de dire une chose avec son corps, une autre avec ses mots.

– Ce que vous êtes en train de nous raconter, Agla, c'est un tas de conneries, cracha Jón. Vous avez sciemment brouillé les pistes.

– Difficile de définir le rôle de chaque couronne lorsque c'est un service qu'on vend, répondit l'intéressée.

– Tout simplement parce que son coût réel n'est pas quantifiable, dit María, toujours armée de son indéchiffrable sourire. En somme, c'est une bonne couverture pour du blanchiment d'argent.

Agla fut prise de court.

– Moi qui croyais qu'il s'agissait d'une enquête pour manipulation de marché.

Elle se força à sourire à son tour, appuyant fermement sur le pied d'Elvar qui réagit aussitôt en réclamant une pause-café. Agla se précipita dehors dans la tempête, courant jusqu'à la station-service la plus proche où elle acheta un paquet de Winston et un briquet. Sur le chemin du retour, elle composa le numéro de Jóhann sur son portable et, lorsqu'il décrocha, lui annonça sans préambule :

– Ça se gâte. Il faut qu'on se voie.

Elle entendit l'homme haleter au bout du fil.

– Ok, bafouilla-t-il enfin. Je préviens Adam.

À l'entrée du siège du procureur spécial, Agla sortit une cigarette et l'alluma. Cela faisait une éternité qu'elle n'avait pas fumé. Elle fut prise d'un vertige à la première bouffée – ce n'était pas aussi bon que dans son souvenir.

Remontant le perron, elle croisa Elvar qui lui murmura :

– Tu devrais faire attention avec ton portable.

– Quoi ?

– Je t'ai vue passer un coup de fil. Fais attention à ce que tu dis au téléphone. À moi comme aux autres.

D'un mouvement de tête, Elvar désigna le bâtiment derrière lui.

– Tu crois que ma nouvelle ligne est sur écoute ?

– Je n'en sais rien. Disons juste que c'est une intuition.

Agla sentit son cœur s'emballer tandis qu'elle tentait de se remémorer tous les appels passés à Jóhann et à l'avocat de ce dernier, sans oublier Elvar. Elle était presque sûre que rien de ce qu'elle avait dit ne pouvait être utilisé contre elle. Ses joues se colorèrent alors de rouge et elle fut submergée par l'humiliation au moment où lui revinrent des appels d'un tout autre genre. Des appels qu'elle n'avait pas franchement envie de partager avec de parfaits inconnus.

María glissa la tête dans l'entrebâillement de la porte.

– Vous êtes prêts à reprendre ?

– Oui, dit Agla en remontant les dernières marches. J'ai eu une subite envie de fumer.

– Je vous en prie, fit María, toujours le même sourire mystérieux aux lèvres.

62

Assise dans sa voiture près de l'Église libre, Agla contemplait l'étang dont la surface reflétait le gris du ciel, ondulant et striant les lourds nuages de vaguelettes régulières. La tempête s'était calmée au fil de la journée, mais un vent glacial continuait de souffler sur la ville. On attendait la gelée pour la nuit. Agla avait passé le reste de l'interrogatoire du matin à tenter de lire sur les visages de María et de Jón s'ils avaient pu écouter ses conversations avec Sonja. Elle espérait que non. Elle détestait l'idée que l'on puisse la regarder avec ces lunettes déformantes que sont les préjugés, les opinions personnelles envers "ces gens-là". Elle ne voulait pas être de "ces gens-là". Elle voulait se contenter d'être celle qu'elle avait toujours été.

Elle sortit de sa voiture en voyant Jóhann traverser le pont de la mairie. Vu de loin, il avait encore fière allure, la stature d'un grand banquier. Il était emmitouflé dans un manteau de laine et une écharpe, un choix de vêtements plus judicieux pour une réunion extérieure que la jupe et les bas que portait Agla – elle était venue directement depuis le bureau du procureur spécial, sans prendre le temps de se changer. Ils se rejoignirent devant le théâtre Idnó ; aussitôt une armée d'oies, de cygnes et de canards se hissèrent sur la rive de l'étang dans l'espoir de recevoir des morceaux de pain.

– Adam ne vient pas ?

Agla avait à peine lâché ces mots que l'intéressé apparut au coin de la salle de théâtre, en costume, manteau et bonnet de laine.

– Que se passe-t-il ? lança-t-il sans un bonjour.

– Ils sont sur quelque chose. Par le plus grand des hasards, je crois.

Agla évitait de croiser le regard d'Adam, préférant se concentrer sur Jóhann, comme s'il était une sorte de médiateur. Ce n'était pas la première fois qu'elle revoyait l'ex-mari de Sonja depuis le jour où il les avait surprises au lit, mais elle se sentait toujours aussi mal à l'aise face à lui.

– Hasard ou pas, ça ne change rien, dit Jóhann. C'est une enquête pour manipulation de marché. S'ils veulent partir dans une autre direction, il va falloir qu'ils reprennent à zéro. Qu'ils obtiennent des autorisations, qu'ils modifient des statuts, qu'ils réunissent des documents. Je doute qu'ils s'emballent, si on leur offre un meilleur os à ronger.

Les yeux de Jóhann se fixèrent sur Agla.

– Tu veux dire que s'ils avancent bien dans l'affaire de manipulation de marché, ils n'iront pas perdre de temps ailleurs ? demanda celle-ci.

Elle voyait très bien ce que Jóhann avait en tête. Elle ne voulait simplement pas être la première à le dire tout haut.

– Il faut qu'on mette tout en œuvre, et je dis bien tout, pour éviter qu'ils découvrent le pot aux roses, intervint alors Adam. On ne peut pas se permettre de perdre davantage. Ces types ne se contenteront pas des miettes réunies par le comité de liquidation. Ils voudront récupérer chaque couronne. Et on était d'accord pour dire que c'était à moi de me charger de cette mission.

Le message était clair.

– Donc, tu es intouchable, remarqua Agla, le regardant cette fois droit dans les yeux. Sachant qu'ils ont déjà mis la main sur Jóhann, il ne reste plus que moi.

– Tu me dois bien ça, lâcha Adam.

Et tous deux savaient très bien que ce n'était pas d'argent qu'il parlait.

63

À son propre étonnement, Sonja ressentit un choc immense lorsque l'inévitable arriva enfin. Silencieuse, elle laissa l'agent des douanes grisonnant, qui semblait tombé du ciel près du carrousel à bagages, lui prendre sa valise des mains.

– C'est à vous ? demanda-t-il.

Incapable de prononcer le moindre mot, elle se contenta d'acquiescer.

– Il n'y a pas d'étiquette. Vous êtes sûre qu'elle est bien à vous ?

– Oui, oui, tout à fait sûre, répondit Sonja.

Il lui enjoignit de le suivre hors du hall de réception des bagages dans un couloir adjacent, puis déposa la valise sur le tapis roulant d'un scanner avant d'enclencher l'appareil.

– Il semblerait qu'elle contienne des agents biologiques, dit-il.

Il arrêta la machine, observa sur l'écran l'image aux contours bleu-vert et roses qui dévoilait le contenu du bagage. Il pria ensuite Sonja de déposer son sac à main sur le tapis. Elle s'exécuta, l'esprit embrumé et le cœur battant si fort qu'elle avait l'impression que le douanier pouvait l'entendre. Elle avait beau s'être préparée un nombre incalculable de fois à cette éventualité, avoir répété ses gestes dans sa tête, c'était comme si son corps se contrôlait tout seul, comme si son cerveau avait été vidé de toute son énergie dans le seul but d'alimenter son cœur qui tambourinait contre sa poitrine. L'agent des douanes s'empara de la valise, la mit de côté et l'ouvrit.

– Pouvez-vous énumérer quelques-uns des objets que vous transportez ? demanda-t-il avant d'ajouter, face à l'expression perplexe de Sonja : – Pour que je puisse m'assurer que c'est bien votre bagage.

Elle ravala un juron : il avait sans doute découvert sa tactique d'échanger ses valises avec celles d'autres passagers.

– Bien sûr que c'est le mien, lâcha-t-elle, feignant la surprise. Il ne contient rien de spécial : des vêtements, une trousse de toilette, quelques cadeaux de Noël.

– Vous voulez bien être plus précise ? insista le douanier en examinant le contenu de la valise.

Sonja tenta de se concentrer, de se rappeler exactement ce qu'elle avait emporté avec elle, mais son esprit était entièrement habité du souvenir du tigre, comme un présage, le symbole incarné de la mauvaise fortune qui caractérisait ce voyage dans son ensemble.

– Il y a une boîte à maquillage en plastique noir qui contient du parfum, du fard à joues, du mascara et d'autres produits de beauté. Une trousse de toilette en velours rouge avec un coupe-ongle, une lime, une petite bouteille de shampooing, une autre d'après-shampooing, une brosse à cheveux et du dentifrice. Ah, oui, et une brosse à dents. Une brosse à dents rose.

L'agent ouvrit la boîte puis la trousse en hochant la tête. Il semblait enfin convaincu.

– Je m'appelle Bragi, je suis inspecteur des douanes à l'aéroport de Keflavík. Je vous prie de bien vouloir me suivre dans la salle de contrôle.

Il referma la valise et la souleva comme si elle était aussi légère qu'une plume.

Dans la salle, Sonja se sentit toute petite face aux autorités. L'homme aux cheveux gris, paternel et sévère dans son uniforme noir, lui fit signe de s'asseoir à la table qui se trouvait au centre de la pièce. Lui resta debout et vida consciencieusement le contenu du bagage sous ses yeux. Sonja tenta de garder son calme, de ne pas se laisser déstabiliser par le fait que l'agent manipulait ses sous-vêtements et ses produits d'hygiène intime.

– Je peux aller aux toilettes ? demanda-t-elle, prise d'une envie aussi soudaine qu'irrépressible.

Elle repensa à ses années de lycée où le stress des examens se manifestait le plus souvent par ces besoins fulgurants. Cela faisait bien longtemps qu'elle n'avait pas ressenti une telle angoisse.

– Bien sûr, répondit le douanier.

Il empoigna le talkie-walkie accroché à sa ceinture et s'écria :

– Il me faut une escorte féminine pour les W-C !

Sans ses battements cardiaques assourdissants et la douleur qui s'étendait progressivement de sa mâchoire à toute sa boîte crânienne, Sonja aurait presque pu rire. Il y avait quelque chose de comique dans la façon dont il avait calmement appuyé sur le bouton de son talkie-walkie avant de hurler dans l'appareil, comme s'il n'avait pas la moindre confiance dans la technologie.

La porte de la salle de contrôle s'ouvrit sur une jeune femme en uniforme qui invita Sonja à la suivre.

– Vous voulez vraiment que je fasse là-dedans ? demanda cette dernière, arrivée dans la petite pièce équipée, au lieu de toilettes, d'une chaise dont le siège troué surmontait une sorte de bassine.

– Oui, répondit la jeune femme avec un sourire, comme s'il n'y avait rien de plus évident.

Sonja l'observa, incrédule, attendant qu'elle s'éloigne. Constatant que l'agent ne bougeait pas, elle dit :

– Je n'en ai que pour une minute.

– Je ne dois pas vous quitter, répondit l'autre, l'expression contrite. Mais je vais me retourner.

Elle se plaça dans un coin, droite comme un scout dans une garde d'honneur. Sonja contempla cette affreuse chaise doublée d'un pot de chambre et soupira.

– Je crois que l'envie m'est passée.

64

Bragi n'était pas seulement surpris, il était sous le choc. Il avait minutieusement inspecté tout le contenu de la valise : rien. Passé celle-ci à deux reprises au scanner, sans succès. Il en avait déchiré la doublure, arraché le fond de sorte que tout ce qu'il en restait était le tissu des parois extérieures et l'armature, dans laquelle il avait en outre percé un trou. Impossible qu'on y ait dissimulé quoi que ce soit. Il profita de l'absence de la femme, toujours aux toilettes, pour ouvrir les trois paquets de Noël, mais là encore ce fut la déception : le premier était un iPad, dernier gadget à la mode chez les gamins, le deuxième, un livre d'idées Lego et le troisième, l'une de ces figurines monstrueuses au corps humain et à la gueule de prédateur avec lesquelles les petits garçons d'aujourd'hui adoraient jouer. Lorsque la passagère refit son apparition, il ne lui restait plus à examiner que les deux paquets de café, probablement l'agent biologique qui avait affolé le scanner.

– Je dois les ouvrir, annonça-t-il.

Reprenant place sur sa chaise, elle acquiesça. Elle semblait calme, toutefois il avait du mal à déchiffrer l'expression de son visage, car elle évitait continuellement son regard. Il sortit son canif, découpa le paquet et en vida le contenu dans un sachet en plastique. Du café. Rien d'autre que du café exhalant la même odeur que les grains fraîchement torréfiés que, petit, il passait dans le moulin de sa grand-mère, celui avec lequel il aimait tant jouer. Il n'eut pas plus de chance avec le second paquet.

– Vous emportez du café avec vous en voyage ?

– Oui. J'adore le café bien corsé pour démarrer le matin, alors il m'arrive d'en acheter lorsque je suis à l'étranger avant de rentrer en Islande.

Elle eut un sourire sincère et, soudain, Bragi fut envahi du même sentiment qui l'avait étreint quelques jours auparavant, lorsqu'il avait croisé son regard après avoir consulté son passeport au contrôle de sûreté. Le sentiment qu'il faisait fausse route, qu'elle n'avait rien à se reprocher, qu'il était en train de perdre la tête. Par sécurité, il alla chercher le spectromètre portable dont il glissa la sonde dans le sachet contenant le café ; il le remua dans tous les sens, mais l'appareil ne détecta rien d'anormal. Il le passa ensuite sur l'intérieur de la valise, au-dessus des vêtements et des produits de beauté. Rien.

Cela ne tenait pas. Il ne pouvait pas s'être trompé aussi spectaculairement. Il ne pouvait pas avoir parié sur le mauvais cheval pour la première fois en trente ans de carrière. Elle devait transporter la marchandise sur elle. Ou en elle.

– Bien, soupira-t-il. Je vais vous demander de me suivre au centre hospitalier de Keflavík. Soit c'est moi qui vous accompagne, auquel cas je vous arrête juste pour la forme, soit j'appelle la police qui vous escortera, mais cela signifie davantage de paperasse.

– Faisons au plus simple, répondit la femme avec un calme olympien.

65

Sonja avait tout son temps pour réfléchir, assise dans le couloir du centre hospitalier de Keflavík, un ruban des douanes noué autour des jambes. On avait appelé un médecin pour procéder à une fouille corporelle, et elle devait encore passer une radiographie. Installé à côté d'elle, le douanier grisonnant respirait bruyamment par le nez.

– Vous étiez à Copenhague, c'est bien ça ? Pas à Londres ?

C'était la troisième fois qu'il lui posait la question.

– Comme je vous l'ai déjà dit : Londres, Copenhague, Islande. Des réunions d'affaires dans les deux villes. Vous aurez beau me le demander tant que vous voudrez, ça ne changera pas.

Sonja regagnait peu à peu confiance en elle. La migraine qui l'avait si soudainement assaillie était en train de se dissiper. Elle n'aurait pas le moindre ennui. Ils pouvaient la scanner sous tous les angles si ça leur chantait. Elle n'était pas inquiète. Sa seule source de tourment, c'était ces questions incessantes sur ses allées et venues qui suggéraient qu'on la surveillait depuis un moment. Ce qui était mauvais signe. Mieux valait éviter de figurer sur la liste noire des douanes.

– Pourquoi m'avez-vous arrêtée ? demanda-t-elle à l'agent qui haussa les épaules.

– Simple contrôle de routine.

Sonja n'en croyait pas un mot. Les contrôles de routine ne se terminaient pas au rayon X. Heureusement que c'était son dernier voyage.

Son portable bipa. Elle consulta le texto de Libbý, qui lui rappelait qu'elle était invitée à la prochaine "grande réunion", insistant sur le fait que toutes les membres du "club couture" comptaient sur sa présence, au moins cette fois. Les retrouvailles auraient lieu la première semaine de janvier. Elle pouvait bien faire un petit détour par le Nord, ajoutait Libbý en fin de message. Et, soudain, Sonja fut submergée par la sensation que tout ceci n'était qu'un rêve, que ces deux dernières années avaient été une illusion, une manifestation de son inconscient qui l'avait conduite jusque-là, dans le couloir de ce centre hospitalier ; qu'elle allait se réveiller bientôt et que tout serait redevenu comme avant.

Peut-être que le message de Libbý était symbolique de la nouvelle direction que prendrait son existence. Lorsqu'elle se serait libérée du piège, elle pourrait revenir à son ancienne vie, voire "faire un petit détour par le Nord". Juste après le divorce, elle avait inventé des excuses pour ne pas se joindre aux réunions couture : elle était trop occupée, Tómas était malade… La vérité, c'était que les week-ends où son fils logeait chez elle, ils allaient manger à Ikea, car les enfants y déjeunaient gratuitement dans les semaines qui avaient suivi la crise. Jamais elle n'aurait eu de quoi se payer un billet d'avion à destination d'Akureyri, tout ça pour aller jacasser autour d'une tasse de thé.

Cette sensation d'irréalité la gagna à nouveau tandis qu'elle repensait à ses vieilles amies du Nord. À bien y réfléchir, c'était finalement son ancienne vie qui ressemblait à un rêve, une sorte de flottement brumeux où elle s'était laissé porter par le courant. Et deux ans auparavant elle s'était réveillée. En sursaut.

Une porte s'ouvrit dans le couloir sur une femme en blouse blanche.

– Sonja Gunnarsdóttir ? C'est à vous.

66

Tómas s'impatientait en regardant son père beurrer le pain avec une extrême lenteur. C'était comme s'il avait choisi son jour – la veille des vacances de Noël, et pile le matin où Tómas était en retard – pour s'appliquer tout spécialement à tartiner chaque tranche jusque dans les coins.

– Dépêche-toi, papa ! L'école commence à 8 h 10 !

Et, après l'école, il y avait maman. Il rentrerait d'abord à la maison, prendrait une douche, se changerait et, ensuite, il n'aurait plus qu'à attendre qu'elle vienne le chercher. Elle avait promis qu'ils se feraient un petit nid douillet dans l'ambiance de Noël. Son sac était prêt, rangé sous le lit avec son contenu habituel : un jeu de société dont il apprendrait les règles à sa mère, des vêtements de rechange, et puis son passeport sous le double fond, comme maman le voulait. Il avait également prévu un cadeau fabriqué à l'école pour elle : une planche à découper qu'il avait lui-même sciée puis poncée avant de graver leurs initiales à tous les deux à sa surface.

– Comment ça se passe chez maman ? Tu manges bien ? demanda papa en coupant une tranche de fromage d'un geste excessivement mesuré, comme s'il fallait qu'il se montre particulièrement prudent.

– Oui. De très bons petits plats, répondit Tómas en hochant la tête.

– Quel genre de plats ?

– Ben… un peu de tout. Des boulettes de viande. Des spaghettis. Et de la salade, aussi. Tu sais, comme elle le fait toujours.

– Et elle invite beaucoup de monde, ta maman ?

– De monde ?

– À manger. Elle reçoit souvent des invités pour le dîner ?

– Non, pas vraiment. De temps en temps. Juste quelques-uns.

C'était faux. Tómas n'avait jamais croisé le moindre convive chez sa mère, mais il ne voulait pas que son père sache qu'elle n'avait aucun ami. C'était si injuste : lui recevait souvent des gens à la maison.

– Et *elle* ? Est-ce qu'elle vient lui rendre visite, parfois ?

Tómas secoua vivement la tête. Il savait très bien de qui papa parlait. De l'amoureuse de maman.

– Non. Elle n'est jamais venue. Je vais être en retard, papa.

– Tu es sûr ? insista-t-il en refermant enfin son sandwich. Elle n'est jamais passée, même pas une minute ?

– Non.

Cette fois, Tómas ne mentait pas. Et de toute façon, même s'il l'avait vue, il ne l'aurait pas avoué. Il savait que papa ne l'aimait pas, et il comprenait pourquoi malgré son jeune âge. Mais papa ne pouvait s'en prendre qu'à lui-même si maman s'était trouvé une amoureuse : il n'avait jamais été vraiment sympa avec elle.

– Si tu la vois un jour chez maman, reprit papa en enveloppant le sandwich de papier aluminium, tu me le diras, d'accord ?

– D'accord, répondit Tómas en lui arrachant le sandwich des mains avant de l'enfourner dans son cartable.

67

La mouche morte du plafonnier ne l'inspira pas plus que les nuits précédentes. Au contraire, elle était devenue le centre des pensées qui tournaient en boucle dans sa tête et se resserraient progressivement comme une spirale. Adam avait raison, il n'y avait pas d'autre moyen. Il fallait qu'elle se sacrifie. L'enjeu était trop important pour courir le moindre risque. Ils ne pouvaient pas laisser le procureur creuser ainsi au hasard. Ils devaient agir. Elle devait agir. Faire prendre une direction plus favorable à l'enquête.

Agla se leva, épuisée. Son corps et son esprit réclamaient du repos, et en même temps elle se sentait soulagée d'échapper à l'étreinte poisseuse du lit. Sous la douche, elle se rappela que quelques gars de la banque lui avaient proposé leur aide. Elle se souvenait de trois d'entre eux en particulier, tous des directeurs adjoints de quelque obscur service – des gamins criblés de dettes depuis la crise, prêts à payer les pots cassés en échange d'une belle somme. De ces trois-là, deux paraissaient tout indiqués, ayant travaillé pour Adam au sein du département financier. En se brossant les dents puis en se maquillant, elle énuméra les qualités et les défauts de chacun avant de choisir finalement celui qu'elle aimait le moins. David. Ce balourd dégoulinant de suffisance qui avait léché les bottes de Jóhann et des autres dirigeants tout en s'évertuant à l'ignorer, elle. C'était un de ces hommes qui ne supportaient pas de voir une femme jouer dans la cour des grands. Il était loin d'être un cas isolé dans la banque avant la crise. Si elle s'agaçait à l'époque de n'être jamais invitée aux petites fêtes de ces messieurs à Amsterdam ou en Floride, cela avait eu un avantage indéniable : elle était aujourd'hui l'une des seules dont Jóhann n'avait pas un enregistrement vidéo en situation compromettante. La seule qui avait véritablement eu le choix de dire oui ou non aux exigences de la direction les jours précédant la faillite.

– Salut, c'est Agla. Café Paris ? proposa-t-elle dès que David eut décroché.

Celui-ci accepta aussitôt le rendez-vous. Il attendait sans doute cet appel depuis longtemps. Agla enfila son tailleur gris avec un tee-shirt noir, aspergea ses cheveux d'une bonne dose de spray et prit son sac sur la table de la cuisine. Les dernières brumes de sa nuit blanche se dissipèrent alors qu'elle descendait les marches du perron. Elle cligna des paupières à plusieurs reprises, les yeux desséchés par le nuage de cendres volcaniques qui était tombé sur la ville. Au moins, elle avait une bonne excuse pour utiliser du collyre, les circonstances le justifiaient et il n'était plus aussi flagrant qu'elle avait passé plusieurs nuits sans dormir, à observer la mouche du plafonnier.

C'était un vrai merdier. Elle aurait tout donné pour être débarrassée de ces affaires, libre de s'évanouir dans la nature. Mais puisqu'il en était ainsi, il ne restait plus qu'une solution : faire le nécessaire.

68

Quand Agla entra dans le café, David se leva et lui fit un signe. Il était égal à lui-même, son visage rougeaud toujours encadré d'indomptables boucles blondes ; si elle avait ignoré à qui elle avait affaire, elle aurait presque pu le comparer à un ange. Un ange un peu trop grand, au sourire un peu trop doucereux. Il paraissait néanmoins avoir perdu de sa superbe. Lorsqu'elle arriva à sa hauteur, il tendit la main, serra la sienne un long moment et souffla :

– Content de te voir.

Il semblait sincère, ne la lâchait pas des yeux. Évidemment, elle était sa bouée de sauvetage. Il traînait un lourd bagage derrière lui, et elle savait à quel point il était important pour lui de trouver une issue de secours. Mais, en plus, un bon nombre de ces jeunes conquérants avaient pris un rude coup lorsque la crise avait frappé. Leur unique raison de vivre avait soudain été réduite en poussière, et ils étaient prêts à se battre bec et ongles pour le dernier morceau de viande. Le krach les avait sans doute tous transformés.

Ils commandèrent deux cafés et restèrent un instant silencieux, à contempler par la fenêtre les lumières de Noël qui éclairaient les rues du vieux centre. La ville s'éveillait : les magasins avaient ouvert et les citadins commençaient à s'agiter. Après le passage du serveur, Agla se redressa sur sa chaise.

– Nous devons soulager Adam de quelques dossiers épineux. Tu es partant ?

David reposa sa tasse un peu trop brusquement et la mousse de son cappuccino lui arrosa la main. Il prit une serviette en papier dans un geste nerveux, acquiesçant frénétiquement tandis qu'il s'essuyait les doigts.

– Carrément! Comme je vous l'avais promis. Dites-moi ce qu'il vous faut.

Agla sourit. Elle s'était doutée qu'il sauterait immédiatement sur l'occasion, mais elle ne pouvait s'empêcher de savourer de le voir ainsi à genoux. La situation avait bien changé depuis l'époque où il ne lui accordait pas un regard ou se mettait à glousser dès qu'elle prenait la parole au cours des réunions du comité de direction, comme si ce qu'elle avait à dire était ridicule.

– Ça peut signifier jusqu'à deux ans à l'ombre, précisa-t-elle.

David continuait de hocher la tête.

– C'est une offre en or pour moi. Deux ans, ce n'est rien par rapport à la perpétuité que je risque actuellement.

– Ok, dit Agla. On va se démerder pour transférer tes dettes vers une holding offshore et les laisser tourner en boucle. Toi, tu rentres chez toi et tu calcules ce que tu veux recevoir en liquide. Ne sois pas timide. Nous voulons que tu saches à quel point nous te sommes reconnaissants.

– Agla… tu n'as pas idée de ce que cela signifie pour moi. Tu ne peux pas t'imaginer à quel point tu me sauves la mise.

– Bien, s'empressa-t-elle d'ajouter.

Elle avait autre chose à faire que d'écouter les remerciements de cet ange au bord des larmes. Il ne s'agissait pas d'une bonne action. C'était du sale business de A à Z.

– Ce dont nous avons besoin, poursuivit-elle, c'est que tu avoues avoir reçu de l'argent provenant de comptes à l'étranger pour acheter des actions émises par la banque, à la demande de Jóhann. Précise bien que j'étais aussi au courant.

– Ok, répondit David en hochant toujours la tête et en faisant danser les boucles sur son crâne.

– Il faut que tu insistes sur le fait que nous avons travaillé tous les trois à l'insu d'Adam. Tu devras peut-être prétendre avoir falsifié sa signature à plusieurs reprises.

– D'accord, d'accord. Pas de problème, lâcha David comme s'il n'y avait rien de plus naturel.

Son visage prit alors une expression interrogative.

– Tout le monde sait que Jóhann va tomber quoi qu'il arrive. Mais toi, pourquoi veux-tu que je t'implique ?

– Disons juste qu'il s'agit de savoir de quelle hauteur on veut tomber. C'est la solution la plus sûre qu'on ait trouvée pour attirer l'attention du procureur dans la bonne direction.

– Parce qu'il ne faut pas qu'il aille fouiller ailleurs, répliqua David d'un air entendu.

– Exactement.

Agla se leva.

– Mon avocat te fournira tous les papiers nécessaires et t'indiquera la marche à suivre.

David bondit à son tour sur ses pieds et lui serra énergiquement la main.

– Joyeux Noël, dit Agla avant de tourner les talons.

Sur le trottoir, elle prit son portable et coupa le magnétophone. Si elle avait appris quelque chose de Jóhann, c'était que les enregistrements de toutes sortes pouvaient valoir de l'or. Elle s'apprêtait à composer le numéro d'Elvar, mais préféra finalement s'abstenir. Il valait mieux discuter de cette affaire face à face.

69

– Sois gentil, mon chéri, dit Sonja en se retournant, fixant Tómas d'un regard sévère.

– Mais j'aime pas attendre dans la voiture, geignit-il.

Cette fois, elle ne céderait pas ; il était plus sûr que le petit garçon reste ici.

– J'en ai pour deux minutes, je ne traînerai pas.

– C'est qui, ces gens ?

– C'est un couple de jeunes très sympathiques qui ont eu l'amabilité d'emporter la valise de maman avec eux au retour d'un week-end à Londres. J'étais surchargée, et comme eux n'avaient qu'un bagage à main et qu'ils devaient également passer par Copenhague…

– Mais pourquoi je n'ai pas le droit de les rencontrer ?

– Allez, mon petit Tómas, arrête ton cinéma ! Je file juste récupérer mon bagage. N'oublie pas que tes cadeaux de Noël sont à l'intérieur.

– Oui-bon-d'accord-alors, répliqua l'enfant sans conviction.

– Je fais vite l'aller-retour.

Sonja se précipita vers l'immeuble. À mi-chemin, elle jeta un coup d'œil à Tómas et lui fit un signe. La porte d'entrée se trouvait sur le côté, en haut de quelques marches, et son fils pouvait la voir depuis la voiture. Il ne restait plus qu'à espérer qu'il se tiendrait à carreau. La lumière extérieure étant éteinte, Sonja dut plisser les yeux pour trouver la bonne sonnette. Elle appuya sur le bouton, sursauta en entendant l'écho puissant à l'intérieur. Elle fut tentée de redescendre le perron et d'aller se cacher à l'angle du bâtiment, soudain persuadée que quelque chose ne tournait pas rond, que ces inconnus avaient ouvert la valise, découvert son contenu et qu'elle se jetait à présent dans les bras de la police qui l'attendait patiemment. Mais il était trop tard pour faire machine arrière : des pas se rapprochaient et une ombre se dessina sur le verre dépoli de la porte.

– Bonsoir ! s'exclama le jeune homme en lui ouvrant. Comment s'est passé votre vol ?

Sonja sourit, hochant la tête.

– Sans encombre, merci. J'ai fini par réussir à emporter tous mes bagages avec moi. Grâce à vous.

– Pas de souci. Heureux d'avoir pu nous rendre utiles.

– Vous êtes adorables, dit-elle en empoignant la valise qu'il lui tendait.

– Vous voulez vous arrêter deux minutes, prendre un café ou un verre ?

– Non merci, mon fils m'attend.

Sonja le remercia une nouvelle fois et tourna les talons. Elle sentit le regard de l'homme peser sur sa nuque tandis qu'elle descendait l'escalier. Lorsqu'elle fut arrivée en bas, ce dernier lui lança un "Joyeux Noël !", auquel elle répondit par un signe de la main.

Elle ouvrit le coffre de sa voiture à distance à l'aide de la télécommande, rangea la valise puis prit place derrière le volant.

– Alors, je n'ai pas fait vite ? dit-elle en faisant un clin d'œil à Tómas dans le rétroviseur.

Celui-ci acquiesça, puis demanda :

– Tu peux m'emmener au cinéma maintenant ? Jói et sa mère voulaient arriver de bonne heure pour pouvoir acheter du pop-corn avant la pub.

70

– Bientôt, mon amour, murmura-t-il à l'oreille de Valdís.

Comme toujours lorsqu'il lui adressait ces mots, elle le regarda dans les yeux, un sourire insondable aux lèvres. Bragi était certain qu'elle le comprenait. C'était leur secret à tous les deux. Il lui avait fait la lecture des journaux – les coupes dans le budget de la santé publique, avec leur lot de licenciements, les files d'attente toujours plus longues dans les banques alimentaires, la note financière de l'Islande en baisse, un tas de neige qui s'était effondré sur une enfant à Akureyri. Cette dernière nouvelle semblait avoir attisé l'intérêt de Valdís, peut-être parce qu'elle avait une fin. Une fin heureuse. Un voisin avait vu la neige glisser d'un toit sur la fillette et s'était précipité pour la sauver. L'enfant n'avait souffert d'aucune blessure. Valdís n'avait pas lâché Bragi du regard pendant que celui-ci lisait l'article, et il décida de chercher d'autres faits divers de ce genre à lui raconter. Des événements qui pourraient peut-être éveiller quelque souvenir, des histoires de gamins dans des paysages hivernaux. Elle avait toujours aimé la neige. Lorsque leurs enfants étaient petits, il leur arrivait de jouer dehors avec eux des heures durant. Valdís faisait partie de ces rares femmes capables de tout lâcher pour enfiler des bas de laine et sortir faire une bataille de boules de neige.

Bragi s'empara de la brosse de son épouse sur la table de chevet et se mit à peigner doucement sa chevelure grise qui ondulait le long de son dos. Lorsque celle-ci fut aussi douce que de la soie, il la sépara en deux mèches parfaitement égales. Il fallait impérativement qu'elles le soient, c'était Valdís qui le lui avait appris à l'époque, quand ils étaient encore jeunes. Elle avait été touchée de le voir ainsi fasciné par ses cheveux. La première fois qu'il lui avait demandé s'il pouvait la coiffer, ils se trouvaient en Italie, à l'occasion d'un voyage de noces tardif. Un rayon de soleil filtrait par la fenêtre, illuminant sa chevelure qui ressemblait à une cascade d'or tandis qu'il dénouait ses tresses. Depuis, l'or s'était changé en argent, mais il s'émerveillait toujours autant de ces longues vagues qui lui tombaient dans le dos une fois ses cheveux détachés, et de leur douceur après quelques lents passages de la brosse. Il avait presque terminé la première tresse lorsqu'un employé de la maison de repos pénétra dans la chambre.

– Pas la peine de la coiffer, c'est l'heure du bain.

Il était évident qu'il ne connaissait pas Valdís. Ou qu'il s'en fichait. Bragi se tourna vers sa femme. Comme il s'en doutait, elle s'était mise à sangloter.

– Pas le bain, gémit-elle.

Il essuya les larmes qui coulaient sur ses joues.

– Je croyais que ce n'était pas avant demain, dit-il à l'employé.

Celui-ci haussa les épaules et marmonna quelque chose au sujet des changements de planning durant les fêtes. L'homme était brusque et désagréable. Ou tout simplement indifférent. Les soupçons fusèrent dans la tête de Bragi. Peut-être était-ce lui la cause des ecchymoses sur le corps de son épouse.

– Pas le bain, répéta Valdís.

L'homme la prit par le bras et l'entraîna avec lui dans le couloir.

– Doucement ! s'exclama Bragi d'un ton réprobateur en attrapant son autre bras. Il faut y aller doucement avec elle.

– Vous devriez partir, rétorqua l'employé en désignant la porte du menton. Ça se passe beaucoup mieux quand vous n'êtes pas là.

Conscient qu'il était vain de protester, Bragi ravala la boule dans sa gorge. Il n'avait aucune envie d'un nouvel entretien avec une assistante sociale compatissante sur l'importance de lâcher prise quand l'être aimé est atteint d'une maladie incurable. Il desserra délicatement son étreinte, se pencha sur Valdís et murmura encore une fois :

– Bientôt, mon amour. Bientôt, tout ça sera fini.

71

Si on lui avait laissé le choix, c'est ici que Sonja aurait vécu. Dans le quartier de Fossvogur. Une zone bien protégée à la végétation luxuriante avec, en contrebas, un espace ouvert où les riverains faisaient de la course à pied et du vélo l'été, ou tiraient leurs enfants sur des luges l'hiver. Habiter dans l'un de ces pavillons au fond du val semblait être la recette du bonheur.

Sauf si l'on avait pour voisin quelqu'un comme Thorgeir.

Le vacarme était parvenu aux oreilles de Sonja depuis le bout de la rue où, faute de place plus proche, elle avait garé sa voiture. La maison était couverte de guirlandes électriques et, sur le carré d'herbe adjacent, deux rennes clignotaient en rythme avec la musique qui filtrait par la porte ouverte. *"Le père Noël va passer ce soir !"* chantait une chorale fournie.

Après avoir sonné à plusieurs reprises sans succès, Sonja se décida d'un pas hésitant à pénétrer à l'intérieur. Il y avait du monde partout. Elle observa les environs à la recherche de Thorgeir, la main fermement serrée sur la poignée de la valise bleue. Deux femmes se faisaient des confidences dans la cuisine et, dans le couloir, un homme était pendu au téléphone, forçant l'admiration de Sonja qui avait du mal à s'entendre penser dans ce capharnaüm.

C'est au salon que l'ambiance battait son plein. Il s'agissait d'une grande pièce dont l'un des murs n'était en fait qu'une immense baie vitrée donnant sur le parc. Les convives ne prêtaient toutefois aucune attention à la vue, l'air complètement accaparés par un homme coiffé d'un bonnet de Noël qui se déhanchait torse nu sur la table basse, sous les acclamations de l'assemblée. *"Le père Noël va passer ce soir!"*

Ríkhardur était affalé sur le canapé, flanqué de deux gamines accrochées à chacun de ses bras. Sonja ne put résister à la tentation de lui tirer la langue lorsque leurs yeux se croisèrent. Ríkhardur lui rendit sa grimace avant d'embrasser sauvagement l'une des deux jeunes filles.

– Eh, Sonja! s'exclama Thorgeir en se détachant du reste du groupe pour la prendre dans ses bras, comme si c'était une vieille amie. Qu'est-ce que tu penses de notre cher député?

Il éclata de rire et pointa du doigt le danseur au bonnet de Noël qui leur fit soudain face. En voyant son visage, Sonja s'aperçut qu'il s'agissait de Húni Thór Gunnarsson et, bien qu'il se trouvât dans une position beaucoup plus compromettante qu'elle, elle eut le réflexe de se retourner, craignant d'être reconnue en ces lieux. Elle attira Thorgeir dans le couloir et lui tendit la valise.

– Je ne me suis pas risquée à importer toute cette came pour te la livrer devant je ne sais combien de témoins! siffla-t-elle.

L'autre demeura stoïque.

– Relax, ma vieille! C'est bientôt Noël!

Il ouvrit la valise, en arracha le fond et prit l'un des paquets-cadeaux avant de se rendre dans la cuisine dont il revint muni d'un couteau et d'une petite cuillère. Sonja le suivit dans le salon, le regarda découper le paquet. Il plongea la cuillère dans l'ouverture, jeta la drogue sur le canapé dans un nuage de poudre blanche et s'écria:

– Le buffet de Noël est servi! Bon appétit!

Sonja tourna les talons et fila discrètement à l'étage où elle fit le tour du propriétaire. Elle inspecta chaque pièce, tentant d'enregistrer l'ensemble du décor. Dans la salle de bains, le couvercle du réservoir des toilettes était facile à soulever ; dans l'une des chambres, il y avait de hauts placards qui atteignaient le plafond ; dans une autre, elle eut tout juste le temps d'apercevoir une grille d'aération avant de se retirer rapidement pour ne pas interrompre le couple fort occupé au lit. Dans le couloir, une ouverture au plafond munie d'une ficelle suggérait qu'il était possible de tirer une échelle pour accéder à un grenier. Tandis qu'elle redescendait, elle nota dans la cage d'escalier la présence d'un lustre composé d'une coupole creuse et richement décorée. Cela suffirait. Elle savait ce qu'elle avait à savoir.

De retour dans la rue, elle soupira de soulagement. L'air vif et chargé de cendres semblait agréablement frais comparé à l'atmosphère viciée de la maison. Elle jeta un coup d'œil à sa montre. Il était l'heure d'aller chercher Tómas au cinéma.

72

Bragi versa une bonne quantité de café dans la machine avant de la remplir d'eau. Il n'y en aurait jamais trop, sa sœur était une véritable accro à la caféine.

– Je n'ai rien à te proposer pour aller avec, s'excusa-t-il.

Elle secoua la tête en tapotant son ventre, qui s'était légèrement arrondi au fil des années.

– Dieu merci ! Ça fait du bien de venir dans un endroit où il n'y a pas de gâteaux. Dès que j'ai des sucreries à portée de main, je ne sais pas m'arrêter. Et avec Noël qui approche…

– Eh bien, tant mieux, fit Bragi, soulagé – il n'achetait plus de friandises depuis la maladie de sa femme.

Il tendit la main vers les paquets soigneusement emballés et empilés sur le rebord de la fenêtre. Lorsque Valdís avait commencé à perdre la tête, il avait pris l'habitude de se rendre à la librairie à Noël, muni d'une liste de titres, et de laisser les employés du magasin se charger de trouver les livres, de les emballer et de les étiqueter pour lui. Sa sœur lui prit les cadeaux des mains et lui tendit à son tour un sac en plastique.

– On ne savait pas trop quoi lui offrir, précisa-t-elle. J'essayais de me rappeler ce qui lui faisait plaisir ces temps-ci, et tout ce qui m'a traversé l'esprit, c'est une bouteille de cognac et des chocolats.

Bragi sourit.

– C'est une excellente idée. Je me débrouillerai pour lui faire passer ça discrètement.

– Ils sont si sévères que ça, là-bas ? demanda sa sœur en se levant pour prendre la cafetière, bien consciente que son frère n'était pas du genre à faire le service.

– Oui, ils veulent tout contrôler. Je ne le leur reproche pas, cela dit, ça part d'une bonne intention. Mais je ne vois pas pourquoi on n'autoriserait pas quelques menus plaisirs à des mourants.

– Oui, c'est ridicule… commenta sa sœur avant de boire une gorgée de café. Et en ce qui concerne les ecchymoses de Valdís ?

– Je n'en sais pas plus, soupira Bragi. Partout où je me tourne, je me retrouve face à un mur. Ils prétendent que sa peau marque facilement à cause des anticoagulants. Je n'en crois pas un mot.

La femme ajouta un nuage de lait dans sa tasse.

– Mon Dieu, que c'est triste chez toi, frérot ! s'exclama-t-elle en jetant un regard circulaire.

– Oui, oui. Ça va bientôt s'arranger.

Il se leva, se servit du café à son tour. Il aimait bien recevoir la visite de sa sœur. Tous deux avaient toujours été proches et Bragi était certain qu'il pourrait compter sur son soutien, quoi qu'il advienne. Et puis, ce n'était pas désagréable de s'installer pour bavarder dans ce petit coin cuisine. Comme à l'époque où Valdís vivait encore à la maison.

– Et comment vont les enfants ?

– Ça va, ça va. Ils m'ont invité, bien sûr, mais je crois que je n'ai pas la force de faire un nouveau voyage en Australie. En plus, je n'aime pas être loin de Valdís pendant les fêtes.

– Aucun des deux ne veut passer Noël ici ?

– Non. Ils ne s'intéressent plus trop à l'Islande à présent. Ils sont établis là-bas.

– La vie y est plus facile.

– Oui, dit Bragi. C'est certain.

73

– Mais, maman, c'est beaucoup trop cher !

Tómas était assis au pied du sapin, manipulant sa tablette d'un air soucieux.

– Je l'ai achetée à l'étranger, mon chéri. C'est bien moins cher qu'ici. C'est le dernier cri en informatique, tout le monde se les arrache !

– Je sais.

Il fit tourner l'objet entre ses mains, comme s'il ne savait pas vraiment ce qu'il était censé en faire.

– Tómas, mes problèmes d'argent sont en train de se régler. Les choses vont s'arranger. J'ai enfin de quoi te faire de vrais cadeaux.

– Il ne vaut pas mieux économiser ? Tu sais, pour avoir une meilleure maison, ou pour que je puisse vivre avec toi ?

– Je m'en occupe aussi.

Sonja quitta le canapé pour aller s'asseoir par terre auprès de lui. Lui caressant les cheveux, elle reprit :

– Faire de jolis cadeaux, c'est aussi un moyen de prouver qu'on peut prendre un enfant à sa charge. Les cadeaux montrent aux autres que j'ai assez d'argent pour t'élever. Donc, tu vois, c'est bien que je t'offre de belles choses.

– Pour de vrai ?

– Pour de vrai.

Elle l'embrassa sur le haut du crâne, respirant son parfum.

Ils avaient décidé de fêter Noël le 23 décembre, avec une matinée pyjama. Sonja s'était levée tôt, avait mis un

CD de jolis chants de Noël et allumé des bougies çà et là avant d'aller réveiller son fils avec une tasse de chocolat chaud. L'ouverture des cadeaux avait été un grand moment de bonheur, Tómas aux anges face aux cris de joie poussés par sa mère en déballant la planche à pain qu'il lui avait fabriquée. Ils avaient passé les heures suivantes à rire et à faire la fête, jusqu'à la découverte de l'iPad. À cet instant, l'inquiétude avait semblé submerger l'enfant. Sonja aurait donné n'importe quoi, absolument n'importe quoi, pour ôter ce poids de ses épaules. Un garçon de son âge n'avait pas à subir une telle angoisse de l'avenir.

– Tu ne veux pas l'essayer pendant que je prépare le déjeuner ?

Tómas acquiesça et s'allongea sur le canapé, sa tablette entre les mains.

Après avoir aligné les tranches d'agneau fumé sur une poêle, mis les haricots et la sauce à chauffer, Sonja se décida à ouvrir le colis de sa mère. Il n'y avait certes aucune indication de l'expéditeur, mais le tampon du bureau de poste d'Akureyri ne laissait pas le moindre doute. Armée d'un couteau, elle coupa la bande adhésive et découvrit un paquet mou destiné à Tómas ainsi qu'une boîte métallique ornée d'images de Noël. Soulevant le couvercle, Sonja eut les larmes aux yeux lorsqu'elle aperçut les *laufabraud*. Ces galettes de Noël si fines et si richement décorées la ramenèrent immédiatement en enfance, avec l'odeur de friture dans la cuisine de maman, dans un monde depuis longtemps enseveli où régnait un délicieux sentiment de sécurité.

– Merci beaucoup pour ton cadeau, maman, dit-elle lorsque cette dernière décrocha le téléphone.

– Pas besoin de me remercier, ce n'est pas pour toi. Je ne voulais pas que Tómas passe un Noël sans *laufabraud*, voilà tout.

Évidemment. Bien sûr que les *laufabraud* étaient destinés à son fils. Quelles étaient les chances pour que sa mère lui envoie quoi que ce soit à elle ?

– Merci pour lui. Je l'embrasserai de ta part. Joyeux Noël.

Sonja raccrocha et inspira profondément. Elle ne voulait pas que Tómas la voie bouleversée. Surtout pas à cause de sa mère. Elle avait assez pleuré à ce sujet pour toute une vie.

Alors qu'elle terminait de mettre la table, l'interphone sonna.

– Je viens chercher Tómas, dis-lui de descendre, grogna Adam dans le combiné.

– Quoi ? Tu es en avance, on s'apprête tout juste à déjeuner…

– Qu'est-ce que tu veux que ça me fasse ? Tu l'as déjà eu plus longtemps que prévu. Dis-lui de descendre tout de suite.

Une fureur soudaine se mit à bouillonner en elle, elle avait envie de hurler à pleins poumons, de s'emparer du premier objet venu et de le jeter contre le mur. Mais lorsque ses yeux se posèrent sur le visage décomposé de Tómas, qui sortait de sa chambre, elle retrouva aussitôt son calme. Il s'était habillé, avait glissé ses cadeaux dans un sac. Le long de ses joues coulaient de lourdes larmes qu'il n'essayait même pas de dissimuler.

– Je dois partir, c'est ça ?

Sonja acquiesça.

– Pensons au jour de l'an, murmura-t-elle. Pensons au réveillon que nous allons passer ensemble. À ces quatre jours rien que tous les deux ! Ne pensons qu'à ça.

Elle prit le petit garçon dans ses bras et le couvrit de baisers.

– Ne laisse pas ton père voir que tu as pleuré, dit-elle en lui essuyant les joues avec sa manche.

Elle se tint, pétrifiée, l'oreille jusqu'à ce qu'elle entende celle de l'immeuble claquer, puis elle se laissa glisser contre le battant et éclata en sanglots.

Elle sursauta lorsqu'on frappa. Un instant, une lueur d'espoir s'illumina en elle. L'espoir que Tómas était revenu, qu'Adam avait changé d'avis. Puis elle entendit la voix de la voisine.

– Tout va bien ? s'égosillait celle-ci de l'autre côté de la cloison.

Sonja se releva et ouvrit. La femme était vêtue de son uniforme habituel : un peignoir éponge et des rouleaux dans les cheveux.

– Juste un petit désaccord avec le père de Tómas, expliqua Sonja.

– C'est terrible d'être séparé de ses enfants. Je connais ça.

Elle lui tendit une petite boîte en carton fermée par un couvercle de plastique transparent, à travers lequel on apercevait une pile de *laufabraud*.

– C'est pour te remercier de m'avoir aidée avec mon ordinateur.

Sonja accepta la boîte d'une main tremblante, sentant les larmes rouler à nouveau sur ses joues. Ces galettes-ci, elle les savourerait.

74

Agla resta bouche bée devant Sonja lorsque celle-ci ouvrit la porte. Vêtue d'une robe bleu marine, de chaussures à talons et les cheveux relevés, elle était si belle que c'en était presque douloureux. Elle rayonnait de bonheur en lui souhaitant la bienvenue. Cet instant magique où leurs yeux se retrouvaient après une longue absence rendait toujours Agla toute chose. Sa tête lui tournait au point qu'elle avait du mal à tenir sur ses jambes. Devant Sonja, devant son regard si plein de vie, elle était prise d'un sentiment singulier – celui d'être prisonnière d'une bulle invisible au monde extérieur. Il n'y avait rien de comparable au fait d'éveiller ainsi la vie dans le regard de l'autre par sa simple existence –, sa simple présence sur le palier avec dans les mains un bouquet de fleurs et un paquet-cadeau.

L'idée même de cette soirée était pourtant à la limite du supportable pour Agla : passer le réveillon ensemble, c'était quelque part admettre qu'elles étaient un couple, un vrai ; un couple qu'on viendrait harceler dans la rue et qui, bientôt, participerait à des marches arc-en-ciel pour revendiquer des droits. Mais Sonja ne lui avait pas laissé le choix, arguant qu'il était ridicule qu'elles passent le réveillon seules chacune de leur côté. Elle avait insisté pour lui cuisiner un repas de Noël, menaçant finalement d'inviter une autre femme si Agla se défilait. Celle-ci avait bien été forcée d'accepter. Et à présent qu'elle était là, caressant la soie fine qui recouvrait le dos de Sonja pendant que cette dernière était occupée à remuer la sauce, son cœur reconnaissant s'emballait à la perspective des heures à venir.

Après le dîner arrosé de quelques verres de vin rouge, elles échangèrent leurs cadeaux, s'embrassant longuement entre chaque paquet. Agla avait acheté à Sonja un collier d'or blanc avec un diamant. À vrai dire, elle aurait aimé la couvrir de bijoux, ne s'était retenue que parce qu'elle la savait sensible à ce sujet. La frontière était mince – et souvent Agla avait du mal à la percevoir – entre les cadeaux qui la réjouissaient et ceux qu'elle considérait comme une insulte.

De son côté, Sonja offrit à Agla un foulard et du parfum puis, après avoir échangé avec elle un nouveau baiser, elle déclara qu'elle avait un cadeau supplémentaire. Le carton qu'elle lui tendit contenait un objet qui ressemblait à une ceinture de lutteur, à laquelle était attaché un godemiché en caoutchouc qui pointait, comme railleur, dans sa direction.

– Qu'est-ce que c'est que ça ? demanda Agla, bien que toute explication fût superflue.

– C'est pour que tu puisses me prendre en ayant les mains libres.

Sonja paraissait d'humeur joyeuse et frivole, aussi Agla tenta de ravaler sa fureur et de s'exprimer avec calme.

– Pourquoi tu ne sors pas avec un homme si c'est ce que tu veux ?

– Je ne veux pas d'un homme, je te veux toi, espèce d'idiote ! plaisanta Sonja en lui caressant la joue.

Agla se leva d'un bond.

– Ces trucs-là ne m'intéressent pas, merci bien !

– Tu ne veux même pas essayer ?

– Non, je n'ai aucune intention d'essayer ça !

Elle s'était mise à crier, les joues écarlates, tellement submergée par la honte qu'elle avait du mal à respirer. Elle n'osait imaginer comment elle pourrait garder la face si l'on apprenait qu'elle s'adonnait au genre d'activité que Sonja avait visiblement en tête. Et soudain une colère sourde l'envahit à l'égard de la femme devant elle. Sans elle, elle ne se retrouverait pas dans cette situation. Sans elle, elle ne serait pas en proie à ces sentiments.

– Tu t'en vas ? balbutia Sonja à voix basse tandis qu'Agla enfilait son manteau.

Elle avait les yeux écarquillés, interrogateurs ; tandis qu'elle posait la question, la réponse évidente sembla lui tomber dessus elle et ses épaules se voûtèrent. Agla était consciente qu'elle venait de la blesser, mais elle devait se protéger. Se protéger de ce regard si vulnérable. Se protéger de ces exigences ridicules que Sonja avait envers elle. De cet amour qui était en train de bouleverser son existence.

La rue était déserte et le vent glacial s'infiltrait à travers ses vêtements. L'air était humide, la température encore négative. Elle n'aurait jamais dû accepter cette invitation, elle aurait dû prévoir que cela se terminerait mal. Elle fouilla dans sa poche à la recherche de ses clés de voiture, ne rencontra que du vide. Elle les avait sûrement laissées sur la commode de l'entrée ou sur le comptoir de la cuisine en arrivant. Agla cracha un juron bien senti, grogna comme un chien enragé. À présent, elle devait faire demi-tour dans le vent polaire, s'excuser de revenir, puis de sa crise de colère avant de remonter encore la rue pour prendre le volant et rentrer dans son appartement vide où, cela ne faisait aucun doute, Sonja lui manquerait sitôt la porte refermée. Peu importait le nombre de fois où elle la quittait ; la seconde d'après, Agla ne désirait rien plus que la retrouver. Elle était envoûtée.

Tremblante de froid, elle frappa chez Sonja. Celle-ci ouvrit, aussi belle que quelques heures auparavant, malgré le maquillage qui avait coulé sur ses joues. Elle portait autour du cou le collier qu'Agla lui avait offert.

– Bon, d'accord, soupira cette dernière. Essayons.

75

– Raconte-moi un secret de lesbienne, murmura Agla.

Le jour était levé, il devait être presque midi. Elles avaient passé un petit moment allongées sans prononcer un mot.

– Joyeux Noël à toi aussi.

– Oui, joyeux Noël. Raconte-moi un secret de lesbienne.

– Non, c'est fini, les secrets de lesbienne, dit Sonja en se redressant et en lançant ses jambes hors du lit. Tu n'y crois jamais, de toute façon.

– Dis-moi quelque chose en quoi je croirai, répliqua Agla en l'attirant à nouveau dans le lit. Quelque chose d'amusant.

– Quelque chose d'amusant ? répéta Sonja avant de réfléchir un instant. Manger de l'ananas est censé donner bon goût au sexe des femmes.

– Bon goût ? Comment ça ?

– Un goût sucré, agréable. Comme un bonbon.

Il n'en fallut pas plus. Agla avait bondi sur ses pieds et commencé à réunir ses vêtements éparpillés au sol. Sonja l'observait en souriant. Elle avait pitié d'elle, mais ne pouvait s'empêcher de la taquiner quand elle demandait ce genre de choses. Agla semblait avoir des règles bien définies sur ce qu'il était convenable de dire et à la fois ne rien désirer plus que de voir Sonja les transgresser.

– Tu veux du café ? s'écria celle-ci pour qu'Agla l'entende depuis la salle de bains.

Puis, devant l'absence de réponse :

– Je t'ai demandé si tu voulais du café.

Agla réapparut dans le cadre de la porte et secoua la tête.

– Non, je dois m'en aller.

Sonja se leva pour la suivre dans le couloir, mais elle ne fut pas assez rapide et, le temps qu'elle arrive dans le vestibule, la porte avait déjà claqué. Elle alla mettre la cafetière en route. Pendant que le liquide s'écoulait, elle tartina une épaisse couche de beurre sur l'une des galettes *laufabraud* offertes par la voisine. Elle était en train de faire passer la dernière bouchée avec une gorgée de café lorsque Agla téléphona.

– Cette histoire d'ananas… commença-t-elle au bout du fil avant d'hésiter.

– Oui ?

Sonja s'impatienta. Agla avait dû faire des recherches sur Google, trouver des résultats réfutant la théorie selon laquelle le fruit avait une quelconque influence sur le corps de la femme. Peut-être allait-elle lui reprocher d'avoir abordé ce genre de sujet le matin de Noël. Elle ne supportait pas la grossièreté. Sauf au moment de faire l'amour, lorsqu'elle se laissait emporter par le désir. Dans le noir.

Face au silence d'Agla, Sonja reprit :

– Cette histoire d'ananas qui donnerait bon goût au sexe des femmes, oui… tu voulais me parler de ça ?

– Oui, souffla Agla avant de s'éclaircir la gorge. Ça marche aussi avec de l'ananas en conserve ?

76

Toutes les vingt minutes, Bragi relançait le moteur et le laissait tourner le temps de réchauffer l'habitacle. Arrivé après sa visite à Valdís, il attendait depuis le début de la matinée, et déjà le peu de jour dont bénéficiaient les habitants de Reykjavík durant l'hiver commençait à décliner. Il avait déplacé sa voiture à plusieurs reprises pour ne pas attirer les regards et, à chaque redémarrage, s'était assuré que les phares étaient bien éteints. Il savait que c'était peine perdue, qu'une surveillance aussi irrégulière ne pourrait jamais lui apporter la moindre preuve ; il avait juste besoin de se raccrocher à quelque chose, de se sentir utile. On l'avait forcé à prendre un congé pour Noël, ce qui était loin de le réjouir – ces jours-là, la solitude était encore plus pesante que le reste de l'année. Il ne supportait plus de rester à la maison, elle semblait avoir perdu son âme quand Valdís était partie. Il avait ressorti le petit sapin artificiel dont ils ornaient toujours la salle à manger, l'avait décoré de boules de Noël et d'une guirlande électrique, mais cela n'avait fait que remuer le couteau dans la plaie. Pourquoi un vieillard solitaire se donnait-il la peine d'installer un sapin ? Noël, cela se fêtait à plusieurs. Il avait passé le plus de temps possible à la maison de repos, prenant part aux festivités – si on pouvait vraiment parler de festivités –, mais depuis quelques jours Valdís dormait la majeure partie de la journée. Il aurait toutefois encore préféré la regarder dormir plutôt que de "profiter de Noël en toute liberté", comme l'un des employés l'avait élégamment formulé.

Ainsi se retrouvait-il assis dans sa voiture en ce 25 décembre, les yeux rivés sur cet immeuble miteux dans l'espoir que Sonja Gunnarsdóttir finirait par se manifester. Pas un signe de toute la matinée. Les quelques groupes qui étaient entrés dans l'immeuble se rendaient visiblement à des réunions de famille : des hommes en chaussures cirées avec leurs épouses chaudement vêtues, suivis d'enfants en costume de fête. Il avait vu sortir une femme seule, grande et d'âge moyen, dont le visage lui était familier, mais ne s'était pas attardé sur elle. Il semblait peu plausible que l'une des protagonistes de la crise économique, dont tous les journaux parlaient en ce moment, vive ici ou y ait même passé la nuit. Et si c'était le cas, il était encore moins probable que celle-ci ait quoi que ce soit à voir avec Sonja.

Bragi jeta un coup d'œil à sa montre. Presque 16 heures. Il prit son thermos de café et la tarte viennoise aux prunes achetée à l'épicerie du coin, qui ne faisait pas le poids par rapport à celle que Valdís avait l'habitude de préparer pendant les fêtes. Armé de son canif, il en découpa une part et s'apprêtait à se verser une tasse de café lorsque Sonja sortit de l'immeuble, habillée d'un jean et d'une doudoune, avec un bonnet de laine noire sur la tête. Et malgré sa tenue bien différente de celle qu'elle arborait lorsqu'elle parcourait les couloirs de l'aéroport, Bragi la reconnut immédiatement.

77

Surpris, Thorgeir la regarda droit dans les yeux, fronçant les sourcils.

– Eh bien, tu n'y vas pas avec le dos de la cuillère! s'exclama-t-il avant de se pencher vers son coffre-fort et d'en tirer une nouvelle liasse de billets qu'il tendit à Sonja. Enfin, j'imagine que tu mérites bien un petit bonus de fin d'année.

– Ce n'est pas un bonus de fin d'année, déclara cette dernière. C'est un bonus de fin de carrière.

Elle ne le lâcha pas du regard, concentrée, distinguant presque sur son visage la façon dont il digérait les mots qu'elle venait de prononcer.

– Je démissionne, poursuivit-elle. Je ne ferai plus le moindre voyage, je ne te rencontrerai plus, et encore moins Ríkhardur. Et nous allons tous oublier que j'ai un jour touché à ce business.

Bouche bée, l'avocat s'appuya contre le dossier de son siège.

– Vraiment?

– Vraiment.

– Tu es sûre de ça?

– Absolument. Car quelque part chez toi, il y a un kilo de came.

– C'est quoi, cette histoire? ricana Thorgeir. Si tu veux parler de la fête de l'autre soir, ça fait longtemps que le paquet a été vidé. Tu crois vraiment que je suis assez stupide pour garder tes livraisons chez moi?

– Je parle du kilo que j'ai dissimulé, annonça Sonja, savourant la façon dont l'expression satisfaite de l'homme se mua d'abord en incrédulité, puis en quelque chose qui ressemblait à de la peur. Et il est drôlement bien caché, si je puis me permettre. Tu peux aller fouiller dans les conduits d'aération, dans le réservoir des toilettes, au grenier ou dans les placards de la cuisine. Tu ne le trouveras pas. Mais les Stups, eux, mettraient assez facilement la main dessus, surtout si quelqu'un leur disait où chercher…

– Tu n'oserais jamais…

– Oh que si, répliqua Sonja d'un ton catégorique. Et c'est exactement ce que je vais faire si Ríkhardur ou n'importe quel autre de tes gorilles s'approche de moi ou de mon fils.

78

Désormais, Bragi avait la preuve qu'il existait bien un lien entre Sonja et Rikki le riche. Le fait que Ríkhardur attende la jeune femme à l'aéroport, comme les caméras de surveillance l'avaient montré, n'avait pas été qu'une simple coïncidence. Il était venu pour s'assurer qu'elle était passée à travers les mailles du filet. Ce qui voulait dire qu'elle transportait du lourd.

Bragi l'avait suivie depuis son domicile jusqu'à la rue Lágmúli, et il avait tout de suite compris où elle allait. Pas besoin d'être un génie pour deviner que c'était au cabinet de Thorgeir Als, à qui Rikki le riche rendait également régulièrement visite. Bragi gara sa voiture devant la pharmacie et la regarda pénétrer dans l'immeuble de bureaux. Il nota l'heure. Exactement un quart d'heure plus tard, Sonja regagnait son véhicule. Bragi avait envie de continuer à la filer, mais ce n'était d'aucune utilité. Il avait établi la connexion. À présent, le meilleur moyen d'employer son temps était de revisionner les vidéos de surveillance de l'aéroport et de tenter de découvrir comment elle procédait pour introduire la marchandise en Islande. Il démarra et fila vers la péninsule de Reykjanes.

Deux heures plus tard, Bragi était de retour dans le local sombre de la technique, consultant la cinquième vidéo des arrivées de Sonja. Il inspectait chacun de ses mouvements, depuis sa sortie de l'avion jusqu'à ce qu'elle soit hors de vue des caméras du parking, s'intéressant tout particulièrement à son comportement auprès du carrousel à bagages. Mais rien n'attirait jamais son attention, car elle adoptait une conduite différente à chaque fois. Ce qui en soi pouvait être suspect. La plupart des voyageurs suivaient une certaine routine, un certain rituel. Sonja, elle, changeait systématiquement de parcours. Elle prenait toujours place à un endroit différent du tapis, se rendait parfois au duty free, parfois non, semblait parfois pressée, d'autres fois prenait son temps. Bragi s'apprêtait à sélectionner la sixième et dernière vidéo lorsque la porte du local s'ouvrit, et Hrafn, le chef divisionnaire, pénétra à l'intérieur. Bragi retint un juron. Il était piégé, et ne pourrait échapper à la conversation qu'il tentait d'éviter depuis des semaines.

– Qu'est-ce que tu fais là, le jour de Noël ? lança-t-il à Hrafn.

– Je pourrais te poser la même question.

Le divisionnaire s'assit sur le siège à côté de lui. Bragi grogna et attendit la sentence.

– Le dernier jour, souffla Hrafn. Qu'est-ce que tu en dis, mon cher Bragi ? Tu as réfléchi à ta retraite ?

L'intéressé se tourna vers lui.

– Il me semble que j'ai bel et bien le droit de continuer à travailler jusqu'à mes soixante-dix ans.

– Il y a droit et droit, mon ami, dit Hrafn en le regardant d'un air las. Beaucoup revendiquent leur droit à partir en retraite, toi tu ne cesses de repousser la tienne.

– Que veux-tu ? J'aime mon travail. Je ne sais pas ce que je pourrais faire à traîner mes guêtres à la maison toute la journée.

– Je comprends bien, soupira Hrafn. Je connais la situation chez toi, et je sais qu'on n'a pas forcément hâte de retrouver une maison vide.

Bragi hocha la tête.

– Il est hors de question que je prenne ma retraite tant que ce n'est pas absolument nécessaire.

Hrafn soupira à nouveau.

– Eh bien, mon cher Bragi. Qu'il en soit ainsi. On se donne donc rendez-vous en août, c'est bien ça ?

– Oui. Le 2 août. J'aurai soixante-dix ans le 2 août.

79

Lorsque le poing s'abattit sur son visage, une vague d'adrénaline envahit son corps et elle fut prise d'une fureur noire contre elle-même. Elle aurait dû s'y attendre. Elle aurait dû prévoir que Thorgeir lui enverrait son sbire. Elle n'y avait pas songé une seule seconde, persuadée que la simple menace de le balancer aux Stups suffisait à assurer sa sécurité. Et quand on avait frappé à sa porte, elle avait ouvert sans réfléchir. Le poing l'avait heurtée si violemment qu'elle était tombée en arrière sur le sol. Gisant par terre, des points noirs dansant devant ses yeux, elle s'étonna de la rapidité avec laquelle Ríkhardur lui attrapa la jambe et la traîna dans le salon où il la roua de coups de pied.

– Où t'as caché la came ? hurlait-il entre chaque coup.

Sonja se recroquevilla en position fœtale, tentant de protéger son visage et sa nuque avec ses mains, la pensée à mille à l'heure. Leur intention était claire : ils comptaient soit la tabasser jusqu'à ce qu'elle parle, soit la faire taire pour de bon.

– J'ai laissé une lettre à un avocat, gémit-elle. Elle sera transmise aux Stups s'il m'arrive quoi que ce soit !

L'argument ne sembla pas convaincre Ríkhardur, qui continua de lui marteler les cuisses et les côtes. Rampant à plat ventre, elle essaya de trouver refuge auprès du canapé, espérant au moins protéger l'un de ses flancs, mais l'homme s'empressa de la tirer par les cheveux pour la redresser. Son coorps se tordit sous l'efffet de la douleur et ses poumons refusèrent d'aspirer suffisamment d'air pour lui donner la force de crier.

– Où t'as caché la came, sale pute ?

Même si la situation semblait désespérée, ce n'était rien à côté de ce qui l'attendait si elle parlait. Si elle avouait la vérité, son espoir de se libérer un jour du piège s'envolerait à jamais. Il fallait impérativement qu'ils croient qu'elle tenait Thorgeir, que la situation s'était inversée et que c'était désormais elle qui avait le contrôle.

– Thorgeir est en train de fouiller sa maison de fond en comble avec toute son équipe, ne crois pas que tu t'en tireras comme ça ! vociféra Ríkhardur en serrant les mains autour de son cou.

D'abord, Sonja se débattit, mais cela ne fit qu'empirer la situation. Plus elle se démenait, plus il resserrait sa prise. Elle tenta alors de garder son calme et, luttant pour respirer, s'efforça de se convaincre que Ríkhardur ne la tuerait pas, que tout ça n'était qu'une démonstration de force. Ses yeux la brûlaient, elle était sur le point de perdre connaissance, mais alors elle visualisa Thorgeir et ses hommes en train de chercher comme des fous. Et cette vision la rasséréna. Ces imbéciles ne trouveraient pas le moindre gramme de coke. Elle n'avait rien caché chez Thorgeir.

80

– Tu sais qu'ils n'ont rien de concret contre toi, répéta l'avocat pour la dixième fois de la matinée.

– Ce sera pris en compte pour une réduction de peine, Elvar. Ne t'inquiète pas.

– Tu as juste les nerfs qui lâchent, insista-t-il. Accorde-toi au moins quelques jours de réflexion.

Sa voix se faisait à nouveau suppliante après avoir tenté par tous les moyens de convaincre Agla : il y avait d'abord eu la colère, puis l'approche logique et cartésienne avant le recours final aux supplications désespérées.

– Je veux juste en finir, dit-elle, impatiente que les agents du procureur arrivent afin de mettre un terme à ces débats pénibles.

– Mais ça va peut-être au contraire prolonger l'affaire ! rétorqua Elvar, la voix enrouée.

Il lui avait souvent expliqué la façon dont se déroulerait la procédure selon qu'elle plaidait coupable ou non coupable. Agla connaissait les deux cas de figure par cœur, mais cela ne changeait rien. Elle lui adressa pour la énième fois un sourire contrit.

– J'ai pris ma décision, murmura-t-elle.

Il s'assit enfin, à court d'arguments, le cheveu hirsute et le teint livide.

– Tu es sûre que ce n'est pas juste parce que tu culpabilises, Agla ?

Il parlait maintenant à voix basse, la main posée sur son bras, le visage penché sur elle et les yeux plongés dans les siens.

– Tu ne crois pas que tu devrais attendre ? Juste un jour ou deux… Et peut-être parler à quelqu'un ?

– Parler à quelqu'un ?

– À un psy, par exemple.

Agla esquissa un nouveau sourire et tapota sa main dans un geste consolateur. Elle avait pitié de lui. Sa décision faisait évidemment tache dans la carrière de son défenseur, mais à vrai dire elle était en train de lui épargner de futures déconvenues. Au moins, elle reprenait la barre, et parviendrait ainsi à limiter les dégâts.

Elle poussa un soupir de soulagement lorsque María et le substitut Jónsson entrèrent, l'air plus enjoué que d'habitude. Une tasse de café à la main, Jón commença lentement et calmement à aligner des papiers.

– Nous attendons Ólafur, précisa-t-il. Il tient à être présent à toutes les grandes étapes.

María s'appuya contre le bord de la table auprès d'Agla, balançant sa jambe de sorte que sa jupe remontait centimètre par centimètre sur sa cuisse recouverte d'un collant. Agla détourna le regard. Elle voulut relever les yeux sur le visage de la jeune femme, mais ceux-ci s'arrêtèrent en chemin sur sa poitrine, là, à portée de main, moulée dans une chemise ouverte qui dévoilait un décolleté plongeant.

– Donc, vous êtes prête à passer un *deal* ? Le premier au tribunal a gagné, c'est ça ? fit María, toujours le même sourire mystérieux aux lèvres.

Agla lui aurait bien passé l'envie de plaisanter d'un coup de poing dans la figure.

– Pas avant d'avoir pris mon café, répondit-elle du tac au tac, bondissant sur ses pieds avant de se diriger vers la machine.

81

La femme de l'association d'aide aux victimes de violences conjugales était belle et prévenante, Sonja ne pouvait qu'éprouver de la reconnaissance à son égard pour la sollicitude dont elle faisait preuve, même si celle-ci était basée sur un malentendu. On avait recousu sa blessure à l'arcade sourcilière, scanné son corps sous tous les angles, et à présent elle était assise au bord du lit avec une poche de gel froid sur le flanc et une compresse sur l'œil. Elle n'avait qu'une envie : rentrer chez elle.

– La plupart des femmes hésitent à porter plainte contre leur agresseur et leur demeurent soumises. La situation ne s'améliorera pas, elle ne fera qu'empirer…

– Je connais ça, approuva la voisine.

Elle n'avait plus quitté Sonja depuis l'instant où elle avait abattu un rouleau à pâtisserie sur la tête de Ríkhardur. C'était ainsi qu'elle l'avait fait fuir. Avec un rouleau à pâtisserie et quelques mots bien sentis, comme elle disait. Si Sonja n'avait pas envie de s'attarder sur ce fait, elle devait bien admettre que sa voisine lui avait probablement sauvé la vie. La dernière chose qu'elle se rappelait, c'était le moment où Ríkhardur avait resserré ses mains autour de son cou jusqu'à ce que tout devienne noir. Elle ne s'était réveillée qu'arrivée ici, aux urgences.

– Vous êtes sûre de ne pas vouloir passer au moins une nuit au foyer ? demanda la femme adorable.

Sonja secoua la tête. Elle rêvait de retrouver son lit. De se glisser sous la couette dans la pénombre et de récupérer en paix. De réfléchir, aussi. Aux possibilités qui s'offraient à elle. À l'avenir. Car elle avait un avenir, à présent qu'elle était libérée du piège. Elle en avait certes payé le prix fort, mais il lui restait son plan de secours : aller véritablement cacher le kilo de cocaïne dans la maison de Thorgeir et prévenir les Stups. Cela ne serait pas sans conséquences, mais elle pourrait toujours s'évanouir dans la nature à l'étranger durant quelques semaines, le temps que la situation se tasse. En tout cas, elle n'ouvrirait plus jamais sa porte sans avoir vérifié qui se tenait derrière.

– Il a la clé de votre appartement ? reprit la femme de l'association.

– Non, répondit Sonja. C'est moi qui lui ai ouvert, comme une idiote.

La voisine acquiesça et, dans sa tête, Sonja l'entendit presque proclamer sa sentence favorite : *Je connais ça.*

– Il reviendra vous dire qu'il vous aime. Mais la violence, ce n'est pas de l'amour.

La femme la regardait avec gravité et empathie. Sonja aurait souri si cela n'avait pas été aussi douloureux. Une chose était sûre : Ríkhardur n'était pas près de venir chez elle lui déclarer sa flamme. La voisine comme les médecins semblaient s'être persuadés que c'était son petit ami qui l'avait frappée, et quelqu'un avait appelé l'association d'aide aux femmes battues.

– Vous allez devoir vous nourrir exclusivement de liquides pendant quelques jours, annonça l'interne qui venait d'entrer dans la salle d'examen. À cause de la fracture de la mandibule.

Il désigna sa propre mâchoire pour que Sonja comprenne bien de quoi il parlait.

– Quant à la fracture du nez, il n'y a pas grand-chose à faire, ajouta-t-il en lui tendant son ordonnance de sortie. J'ai ajouté une prescription pour des antidouleurs dans votre dossier informatique.

La voisine la ramena à son appartement. Après s'être dégagée non sans mal de la voiture et avoir gravi l'escalier agrippée à la rambarde, Sonja eut la plus grande difficulté à enfoncer la clé dans sa serrure. Son sens de la perspective était fortement affecté par le fait qu'elle n'y voyait que d'un œil. La voisine s'empara du trousseau et ouvrit la porte, puis elle l'accompagna jusque dans sa chambre.

– Heureusement que le petit n'était pas là, remarqua-t-elle en soulevant la couette.

Elle pensait sûrement que Ríkhardur était le père de Tómas. Si Sonja n'avait pas été aussi épuisée, elle l'aurait peut-être reprise. Ou peut-être pas. Un malentendu pouvait avoir du bon. Il était plus compliqué d'expliquer qu'elle s'était faite tabasser pour une histoire de cocaïne que pour une histoire d'amour. Elle se glissa dans le lit et s'allongea sur le côté le moins douloureux, puis la voisine étendit la couette sur elle. Sonja eut envie de lui demander comment elle s'appelait, mais c'était sûrement malvenu à présent – elle le savait probablement déjà depuis longtemps, même si elle était incapable de s'en souvenir. Elle jetterait un coup d'œil à sa boîte aux lettres à la première occasion.

– Je garde tes clés, je repasserai dans la soirée pour voir comment tu te sens, comme le docteur me l'a demandé.

Inutile de protester, la voisine ne tolérerait pas le moindre refus.

– Tu n'as qu'à crier si tu as besoin de quoi que ce soit, ajouta-t-elle avant de quitter la chambre.

Sonja se laissa alors emporter par le sommeil.

82

Arrivée devant la maison rue Vesturgata à Akranes, Sonja klaxonna et attendit que Tómas accoure. La clôture qu'ils avaient installée tout autour du jardin lorsqu'il était encore petit avait été démontée, et les jardinières où Sonja plantait de nouvelles fleurs à chaque printemps avaient disparu. La partie visible du jardin était désormais recouverte de gravier blanc, et au milieu s'élevait un arbrisseau solitaire aux branches courbées qui tremblaient dans le vent hivernal. Elle avait tant aimé cette maison. C'était là que Tómas avait vécu depuis son retour de la maternité à l'âge de trois jours, et bien qu'elle eût envie de l'avoir tout le temps avec elle, la pensée que son fils passait ses journées ici avait quelque chose de réconfortant. Même si, à en croire le petit garçon, la maison n'avait plus grand-chose à voir avec celle qu'elle avait connue, Adam ayant plus ou moins tout refait faire à l'intérieur.

Sonja donna un nouveau coup de klaxon et inspecta son reflet dans le rétroviseur. Elle se sentait mieux après deux journées de repos et la soupe au poulet de la voisine, qui ne se lassait pas de lui raconter comment elle avait assommé Ríkhardur avant d'appeler l'ambulance. Mais elle n'était pas belle à voir. Son visage avait dégonflé, faisant naître une poche sous son œil au beurre noir désormais de toutes les couleurs, que même une épaisse couche de fard à joues ne suffisait pas à dissimuler. Elle sursauta lorsqu'on frappa à sa portière. C'était Adam. Inquiète, elle baissa la vitre.

– Quelque chose ne va pas ? Tómas ne vient pas ? demanda-t-elle, se préparant à affronter le pire.

Adam se pencha en avant et contempla son visage.

– Si, si. Il est en route. Je voulais juste te voir.

Bien qu'incertaine, Sonja crut déceler un rictus satisfait sur ses lèvres lorsqu'il s'éloigna. Pourquoi diable avait-il tenu à la voir ? D'ordinaire, il la fuyait comme la peste. Avait-il remarqué son état depuis la fenêtre de la maison ? Pourquoi ne s'était-il pas enquis de ce qui lui était arrivé ? Les questions fusaient dans son esprit lorsque Tómas s'installa dans la voiture. Il se mit à hurler en l'apercevant. Elle prit le visage de l'enfant entre ses mains et le maintint fermement.

– Je suis tombée dans l'escalier, mon chéri, tout va bien. Ça a l'air vilain, comme ça, mais ça va vite s'arranger. Tout va bien.

83

Agla avait été d'une humeur étrange toute la soirée. Avec Tómas, elle s'était comportée normalement, n'avait rien laissé paraître de sa surprise de le trouver là à son arrivée ; elle le taquinait, parlait football, avait même joué à la bataille avec lui pendant que Sonja faisait la vaisselle. Avec cette dernière, en revanche, elle s'était montrée distante et, à présent que Tómas était couché, Sonja appréhendait de retourner au salon. Cela ne pouvait tout de même pas être la présence de son fils qui troublait Agla – non, c'était sûrement l'état de son visage. Elle lui avait donné la même explication qu'à l'enfant, à savoir une mauvaise chute dans l'escalier, et lorsque Agla lui avait rendu visite la veille, celle-ci s'en était contentée. Mais, ce soir, elle était différente. Plus froide.

– Désolée de n'avoir eu que de la soupe à t'offrir, dit Sonja en la rejoignant. Je sais que tu aurais préféré un plat de viande, mais je ne peux pas encore mâcher.

– Je n'ai rien à redire au repas, répondit Agla avant de boire une gorgée de vin.

Sonja se demanda combien de verres elle avait vidés pendant qu'elle couchait Tómas.

– Alors, qu'est-ce qui se passe ? demanda-t-elle en s'asseyant à côté d'elle dans le canapé. Tu me trouves laide, c'est ça ? Tu n'aimes pas mon nouveau look ? Il me semblait pourtant que c'était la dernière mode !

Agla observa ses blessures une seconde, un demi-sourire aux lèvres. Sonja aurait aimé embrasser ces lèvres si les siennes n'avaient pas été aussi sensibles. Mais le sourire s'évapora, et la magie de l'instant avec. Agla s'étira et, subrepticement, s'éloigna de Sonja, installant une distance entre elles.

– Je ne crois pas que ce soit très malin de mêler ton fils à notre…

Elle hésita, cherchant le bon mot.

– … notre relation.

C'était donc ça. Tómas était la raison de sa froideur tout au long de la soirée.

– Pourquoi, Agla ? demanda Sonja en caressant doucement son bras. Tu as vu combien il était heureux. C'est un enfant adorable, et ça lui a fait très plaisir de pouvoir jouer avec quelqu'un de nouveau !

– Ce n'est pas le problème, Sonja, tu le sais bien.

– Si nous continuons de nous fréquenter, Tómas finira par faire partie de notre quotidien tôt ou tard. Tu n'es pas sans savoir que je fais tout pour le garder avec moi.

– C'est juste que notre relation me convenait parfaitement telle qu'elle était, soupira Agla en prenant son verre avant de boire une généreuse gorgée. Je ne suis pas sûre qu'on soit prêtes à passer à l'étape supérieure, quelle qu'elle soit.

Sonja se sentit gagnée par la fureur. Une fureur qui puisait sa source dans les limbes brûlants de son ventre et montait lentement, doucement, jusqu'à sa tête.

– L'étape supérieure, ça veut simplement dire que nous allons devenir de plus en plus importantes l'une pour l'autre. C'est comme ça que ça se passe quand deux personnes couchent ensemble depuis un certain temps. Comme ça que les histoires d'amour évoluent.

– Tu parles sans cesse d'amour, répliqua Agla. Je ne suis pas prête à employer ce genre de qualificatif.

– On te traite de criminelle à la une de tous les journaux du pays, et c'est d'être amoureuse que tu as honte ?

– Ne me parle même pas des journaux ! Tu trouves ça bien, toi ? Tu as envie de te retrouver à côté de moi à la une ?

Agla vida son verre d'un trait et le reposa sur la table.

Sonja sentait que sa colère était sur le point d'éclater lorsque, d'un coup, sans prévenir, celle-ci s'envola, laissant place à un souffle glacial, une sensation de vide dans son esprit. Tout était clair. Plus clair que jamais.

– À présent, tu vas t'en aller, Agla, dit-elle en se levant. Tu vas t'en aller et tu ne reviendras plus. Je n'en peux plus.

Agla se leva à son tour et Sonja la suivit jusqu'à la porte sans un mot. Lorsqu'elle l'eut refermée derrière elle, elle s'appuya contre le battant, s'attendant à éclater en larmes. S'attendant à être submergée par une vague de tristesse. Mais c'est un autre sentiment qui l'envahit, et il lui fallut un certain temps pour l'identifier. La liberté. Une putain de liberté dans tout ce qu'elle avait de plus impitoyable.

84

Sonja avait déjà connu un sentiment comparable. C'était à l'époque où elle avait dit à Adam que leur mariage était terminé. Il s'était montré prêt à "tenter de régler leurs problèmes", à ne voir dans sa liaison avec Agla qu'une erreur de jugement. Mais Sonja lui avait avoué être amoureuse, être attirée par les femmes, et Adam avait perdu son sang-froid. Elle ne pouvait pas lui en vouloir. Il s'était mis à hurler, ce qui ne s'était jamais produit, et avait commencé à jeter des bibelots contre les murs. À ce moment-là, Sonja s'était rendu compte qu'elle avait toujours eu cette crainte, toujours senti la rage bouillonner sous la glace – sa façon de grincer des dents lorsqu'il était furieux, ses poings serrés qui la faisaient immédiatement reculer. Cela pouvait arriver pour n'importe quel motif, que Sonja ait envie d'aller travailler une demi-journée ou qu'elle ait organisé à la maison une réunion couture avec ses amies.

Peu après la naissance de Tómas, elle avait cessé de se disputer avec lui, ne supportant pas de le voir serrer ainsi la mâchoire auprès du bébé, comme si elle s'attendait à ce que cette colère sourde éclate au grand jour. Elle avait appris à utiliser un ton de supplication lorsqu'elle devait négocier quelque chose ou obtenir son autorisation. Mais le jour où la colère s'était enfin manifestée, le jour où elle l'avait quitté, Sonja avait compris que cette force latente n'avait finalement rien de dangereux. Il pouvait bien réduire leurs bibelots en poussière et crier tout son soûl, elle ne se sentait pas menacée. Elle était libre.

À la fin de la même semaine, le système bancaire s'était écroulé et, avec le recul, cet événement ne devait pas être étranger à la fureur d'Adam. Sa vie entière s'était effondrée en l'espace de quelques jours, beaucoup auraient craqué pour bien moins que cela.

85

– Avec plaisir, répondit Sonja à Libbý qui téléphonait pour lui rappeler qu'elle était très attendue dans le Nord à la fin de la première semaine de janvier.

– Gé-ni-al ! s'exclama cette dernière, parvenant à ajouter une syllabe surnuméraire au mot. Janvier est tellement triste après les fêtes de fin d'année, il n'y a pas moyen de tenir sans organiser un petit quelque chose pour éviter de déprimer ! Oh, qu'est-ce que les filles vont être contentes que tu viennes !

– Je vais faire mon possible.

À vrai dire, Sonja ne voyait pas ce qui l'empêcherait d'aller à Akureyri le temps d'un week-end. Elle était libre et n'avait plus à regarder à la dépense.

– Figure-toi que j'ai passé la journée d'hier chez ta mère à m'empiffrer de crêpes ! lui lança gaiement Libbý, comme si cette nouvelle était particulièrement réjouissante. Quand je l'ai croisée l'autre jour, elle m'a dit de passer à l'occasion, et voilà qu'elle m'appelle hier pour m'inviter ! Évidemment, j'ai été reçue en grande pompe. Comme une reine, je te dis : meringues, beignets et toutes sortes d'autres délices comme seule ta mère sait les faire.

– Eh bien, souffla Sonja en grimaçant.

C'était tout à fait le genre de sa mère d'essayer de s'attirer les faveurs de Libbý en jouant les bonnes copines. Elle devinait d'ici quel avait été le sujet de la conversation.

– Comme tu peux t'en douter, on a surtout parlé de toi, poursuivit Libbý avec un petit rire.

Sonja resta muette, attendant que son amie continue.

– Elle semblait vraiment désolée que tu aies quitté Adam.

– Je n'en doute pas. J'ai toujours soupçonné qu'elle était plus amoureuse de lui que moi.

Libbý éclata de rire.

– Vu la façon dont elle en parle, ça ne m'étonnerait qu'à moitié !

Elle se tut. Sonja patienta et un long silence s'installa.

– Dis-moi… c'est… c'est vrai ce que ta mère raconte ? Que tu es devenue gay ?

La question avait été formulée avec hésitation, pour ne pas dire scepticisme. Sonja réfléchissait toujours à sa réponse lorsque Libbý reprit :

– Je demande juste parce que je ne sais pas si elle a dit ça pour se confier ou pour essayer de te faire du tort.

– Me faire du tort ? répéta Sonja, accroissant encore la nervosité de son interlocutrice.

– Non, je veux dire… je n'ai absolument rien contre ces gens-là ! Rien du tout. Je n'ai aucun préjugé, aucun. C'est simplement que, oui, je… non, je n'ai aucun préjugé.

– Tu m'en vois ravie.

– Oui, tu sais, mon beau-frère est *comme ça*, et nous avons de très bonnes relations avec lui. Il vit avec un autre homme qui est gentil comme tout, et puis les enfants les adorent, tu vois. Ils les appellent tous les deux "tonton", tu vois. Nous sommes tellement heureux qu'ils grandissent avec l'idée que c'est normal, et tout ça…

– Tant mieux, répondit Sonja, sans savoir quoi ajouter.

– Mais alors, c'est vrai ? demanda Libbý.

– Oui.

– Et euh… tu es avec… une femme ?

– Non. Ça n'a pas marché.

– Oh.

– Oui. C'est la vie.

Lors du prochain après-midi crêpes, Libbý pourrait annoncer à la mère de Sonja que la "relation contre-nature" – comme celle-ci l'avait formulé – de sa fille avait pris fin.

86

Il était presque minuit quand Agla quitta le bar de l'hôtel Marina pour prendre la direction du centre-ville. Au début, elle n'avait pas eu l'intention de sortir, et puis il lui avait finalement paru affreusement triste de fêter le nouvel an seule chez elle. Sans parler du fait qu'il ne lui restait quasiment plus une goutte d'alcool à la maison et que le fond de Campari ainsi que le malheureux pack de bières qu'elle gardait au frigo ne tiendraient pas jusqu'à minuit. Elle s'était alors lancée à la recherche d'une table libre, avait pris place au restaurant de l'hôtel Marina où elle avait passé une bonne partie de la soirée, avalant verre sur verre entre chaque plat que lui apportaient les serveurs à qui elle avait laissé le choix du menu. Vers 23 heures, la salle s'était vidée et les touristes s'étaient massés dans des autocars pour partir en excursion. Un instant, elle avait songé à grimper à bord de l'un d'eux, à se faire passer pour une étrangère tout excitée à l'idée de voir des aurores boréales et les impressionnants feux d'artifice islandais, mais elle avait aussitôt abandonné l'idée, préférant rejoindre le bar de l'hôtel et demander au barman d'ajouter du champagne à sa note. La bouteille enfoncée dans la poche de son manteau, elle avait enfilé des gants de cuir et s'était mise en route.

La nuit était calme et lumineuse, la ville étrangement silencieuse. La plupart des Islandais étaient encore chez eux, à regarder le bêtisier de la Saint-Sylvestre à la télévision, pendant que les touristes se dirigeaient vers la campagne environnante ou la colline d'Öskjuhlíd pour avoir une vue dégagée sur la capitale. En parcourant le vieux centre, Agla eut soudain la sensation d'être morte, d'errer dans une mystérieuse dimension qu'elle seule habitait. Elle songeait que ces rues vides étaient en vérité peuplées de passants qu'elle ne pouvait entendre, voir ni même toucher. Glissant sur une plaque de verglas, elle se rattrapa à un mur alors qu'une fusée jaillissait non loin de là, illuminant le ciel de filets d'argent. C'était bon d'apercevoir un signe de vie, même si cela amplifia son sentiment de solitude. À deux pas d'elle se trouvait une famille sans doute réunie dans le jardinet d'une petite maison en bois pour célébrer l'année à venir, avec la conviction qu'elle serait meilleure que celle qui s'achevait.

Agla ouvrit sa bouteille de champagne sur la place du Parlement, arrosant de mousse le piédestal qui soutenait la statue de Jón Sigurdsson, le héros national. Elle longea l'étang en direction du parc au kiosque à musique, et déjà le ciel se colorait d'explosions de lumières que reflétait la surface de l'eau. L'escalier du kiosque étant couvert de givre, Agla s'installa sur un banc où elle enleva ses chaussettes pour les passer par-dessus ses chaussures. C'était le meilleur moyen pour éviter de glisser et de tomber – tant pis pour cette paire de chaussettes qui serait fichue. Elle but le champagne à grosses gorgées, se leva et poursuivit sa route le long des allées du parc plongées dans l'obscurité. D'ici, on avait une vue imprenable sur le ciel embrasé. Arrivée à un croisement, elle se sentit soudain nauséeuse, se pencha et vomit tout son dîner. L'estomac vide, elle cracha encore à quelques reprises puis se rinça la bouche avec du champagne. La tête lui tournait. Elle s'appuya contre un boîtier électrique et porta la bouteille à ses lèvres. Alors qu'elle en atteignait le fond, des cloches d'église se mirent à retentir. Il était difficile de dire si elles venaient de la Hallgrímskirkja, de la cathédrale, de la Landakotskirkja ou de l'Église libre. Toutes se mélangeaient en un seul tintement qui frappait la surface de l'étang en cadence avec le grondement des feux d'artifice, lequel recouvrit bientôt tous les autres sons. Agla n'arrivait plus à garder les yeux ouverts. Elle les ferma une seconde ; ses jambes se dérobèrent sous elle et elle se laissa glisser le long du boîtier électrique. Assourdie par les éclats tonitruants autour d'elle, elle n'eut soudain plus froid et une sensation de sérénité s'insinua dans son cœur.

Elle sursauta lorsqu'une main brûlante se posa sur sa joue. Penchée sur elle, une femme en habit de fête lui disait de se réveiller. Agla secoua la tête, repoussa la main. Épuisée, elle avait l'impression d'avoir du sable sous les paupières.

– Vous ne pouvez pas dormir ici, vous allez geler sur place !

Agla continua de repousser la femme, puis quelqu'un la tira par le bras. Elle parvint à ouvrir les yeux, remarqua que la passante n'était pas seule : derrière elle, il y avait toute une foule de fêtards, vraisemblablement sortis d'un bal costumé, et dont les vêtements étincelants lui faisaient mal au crâne. Elle se débattit, voulant se reposer encore un peu. Elle avait à peine refermé les yeux qu'on la secoua énergiquement. Rouvrant les paupières, elle vit María et le substitut Jónsson debout devant elle, la menaçant des pires tourments si elle ne se levait pas sur-le-champ. De l'autre côté de l'étang, une fusée éclata, illuminant les environs. Lorsque les ténèbres revinrent, María et Jón avaient disparu, laissant place à Sonja qui lui murmurait d'une voix douce de la suivre. Elle portait une longue robe bleue avec une ceinture dorée, et sur sa tête une magnifique couronne. Agla avait envie de lui demander ce qu'elle faisait dans cet accoutrement, mais les mots s'emmêlaient dans un marmonnement inintelligible.

– On devrait lui appeler un taxi, dit une voix d'homme derrière Sonja.

À cet instant, Agla comprit que ce n'était pas Sonja, mais une tout autre femme qui lui semblait néanmoins familière – et en même temps pas du tout.

– Où habitez-vous ? demanda l'inconnue. Il faut que vous rentriez chez vous, vous risquez l'hypothermie !

– Laisse tomber, contentons-nous de prévenir la police.

– Venez ! lança une troisième voix.

Agla avait encore la nausée. Au prix d'un effort surhumain, elle se mit à quatre pattes et vomit tripes et boyaux. Lorsqu'elle releva les yeux, elle était à nouveau seule dans le parc sombre et silencieux.

– Des elfes, cracha-t-elle. Des putains d'elfes.

Elle parvint tant bien que mal à se mettre debout, avança prudemment sur le sol verglacé en direction de l'université. Elle ne reprit vraiment conscience qu'une fois arrivée chez elle, luttant pour enlever ses chaussures. Elle se dirigea vers la cuisine et, armée d'une paire de ciseaux, découpa ses chaussettes avant de découvrir un petit billet par terre, à côté de la porte d'entrée. Un mot était écrit de la main de Jóhann : *Hakuna matata ! La demande de dommages et intérêts sera rejetée par le tribunal. Promis ! Bonne année.*

87

C'était l'un des plus beaux réveillons que Sonja ait jamais passé. L'air était statique et encore limpide, même si la fumée des feux d'artifice envahirait bientôt la ville. Reykjavík n'offrait de toute façon guère de choix cette année : si une légère brise n'aurait pas été de refus pour purifier l'atmosphère, elle aurait sans nul doute soufflé les cendres de l'Eyjafjallajökull sur la capitale et engendré une pollution encore plus toxique.

Sonja et Tómas s'étaient emmitouflés dans des vêtements bien chauds avant de sortir dans la rue, de suffisamment bonne heure pour observer les citadins en train de quitter leur maison à la fin du bêtisier de la Saint-Sylvestre. Des voisins se tenaient sur le pas des portes ou à leur balcon, agitant cierges magiques et torches fumigènes qui projetaient l'espace de quelques secondes des gerbes roses ou vertes dans la nuit. D'autres commençaient à s'installer sur le parking de la résidence ou, comme Sonja et Tómas, sur le trottoir d'en face, afin de préparer leurs plus grosses fusées.

Sonja se demanda si elle n'avait pas acheté une telle quantité de feux d'artifice par esprit de compétition avec Adam. Tómas allait le retrouver le lendemain midi, et son père lui avait promis un nouveau festival de pyrotechnie dans la soirée. Enfin, ça n'avait aucune importance. Tout ce qui comptait, c'était la lueur de joie dans les yeux du petit garçon, ses cris enthousiastes à chaque fois qu'une fusée décollait dans un sifflement et lâchait un bouquet de lumières dans le ciel. Les voisins aussi se donnaient du mal et, à l'approche de minuit, il était devenu presque impossible de distinguer les explosions les unes des autres, chaque nouvel éclat se mêlant aux précédents dans un grondement continu. La voûte céleste était entièrement envahie d'étincelles colorées qui formaient une toile sans cesse changeante : des fleurs, des cœurs, des arbres touffus, des fontaines de feu. On put finalement distinguer dans ce capharnaüm les cloches des églises qui retentissaient au loin, tandis que depuis les portes et fenêtres ouvertes mille radios annonçaient le nouvel an. Sonja prit Tómas dans ses bras et le serra fort contre elle.

– Je te souhaite une excellente année, mon chéri, murmura-t-elle à son oreille. Qu'elle soit meilleure que la précédente.

88

D'un pas tranquille, Bragi parcourait le long couloir de l'aéroport. Il était encore repu après le beau rôti qu'il s'était offert la veille, pour le dîner du réveillon. Ayant aperçu Sonja Gunnarsdóttir sur la caméra de surveillance, il voulait aller la saluer avant son départ. Cela ne ferait pas de mal de se rappeler à son bon souvenir, de la bousculer, de lui mettre un peu la pression. Lui faire comprendre que quelqu'un l'avait à l'œil. Ainsi, elle finirait bien par commettre une erreur.

– Bonjour, Sonja ! lança-t-il, arrivé à sa hauteur.

Elle se retourna, les yeux d'abord rivés sur son uniforme. Il lui fallut quelques secondes pour le reconnaître. La même nervosité s'empara rapidement de Bragi lorsqu'il constata l'état de son visage. Elle avait à l'œil un hématome qui descendait jusqu'au milieu de la joue, des points de suture au niveau de l'arcade sourcilière et de la lèvre, et son nez était cerné d'un gonflement bleuâtre. Vêtue d'un pull à col roulé, elle cherchait sans doute à dissimuler les traces que son cou devait également porter. Des pensées contradictoires se mirent à filer dans l'esprit de Bragi. S'efforçant de ne rien laisser paraître, il lui demanda :

– Vous partez à l'étranger ?

– Oui, répondit-elle. Des petites vacances d'hiver en Floride pour prendre le soleil. Et me reposer un peu.

– Dans ce cas, bon voyage.

Bragi poursuivit sa route, comme s'il s'était contenté de l'interpeller en chemin. Il se sentit tiraillé entre deux émotions : d'une part, la conviction qu'elle importait de la drogue illégalement, d'autre part une profonde empathie pour cette petite femme sans défense qui semblait si mal en point. Ceci étant dit, son apparence misérable ne faisait que renforcer ses soupçons. De toute évidence, elle s'était attiré des ennuis avec l'un de ses petits copains trafiquants. Quelqu'un comme Rikki le riche.

89

Sonja soupira de soulagement lorsque les réacteurs de l'appareil se mirent à tourner à pleine puissance. Un bien-être qu'elle n'avait plus ressenti depuis longtemps se répandit dans tout son corps. Ces dix prochains jours, elle serait injoignable, n'aurait plus à penser à quoi que ce soit. Un repos bien mérité. Elle se laissa gagner par le sommeil tandis que l'appareil entamait sa navigation paisible dans les airs. Elle avait échappé au piège. Thorgeir ne pouvait plus la forcer à effectuer la moindre livraison, sous peine de se voir dénoncer aux Stups. Elle était libre. Bien sûr, elle devrait se montrer prudente dans les mois à venir, éviter de se promener toute seule dans la rue, s'assurer de verrouiller sa porte d'entrée. Mais la drogue faisait désormais partie de son passé, elle ne verrait plus jamais des types enfoncer des balles de cocaïne dans le gosier d'adolescentes en larmes, elle ne verrait plus jamais un tigre dévorer le bras d'un homme.

Libre. Elle avait survécu. Elle avait vaincu.

L'avion prit un virage vers le sud-ouest, survolant la péninsule de Reykjanes, dont la surface formait un motif abstrait là où des pointes de roche volcanique perçaient l'épais manteau de neige. La nationale Reykjanesbraut évoquait un long ver grisâtre qui s'étirait à l'infini. Il n'y avait pas beaucoup de circulation. C'était le jour de l'an, les gens se remettaient de leur soirée. Le nuage de vapeur émanant de la centrale géothermique de Svartsengi s'élevait dans l'air glacial et immobile, et le lagon bleu en contrebas ressemblait à une petite tache aux contours irréguliers. Les montagnes qui ornaient la côte sud rapetissaient à mesure que l'appareil prenait de la hauteur, jusqu'à bientôt évoquer de petites excroissances sur le paysage dont le relief s'aplatissait peu à peu. La distance rendait tout minuscule. Comme la peur et l'impuissance que Sonja avait la sensation de laisser derrière elle, dans ce pays, là, tout en bas.

JANVIER – FÉVRIER 2011

90

– Je m'attendais à croupir ici plusieurs jours, dit Agla lorsque la porte de la cellule s'ouvrit sur Elvar, accompagné d'un gardien.

La garde à vue avait duré vingt-quatre heures, durant lesquelles on ne l'avait qu'à deux reprises autorisée à sortir dans l'arrière-cour pendant trente minutes.

– C'est ce qui arrive quand on ne se présente pas à sa convocation, soupira l'avocat, le visage toujours sévère et inquiet.

– Je ne me suis pas réveillée, c'est tout, répondit Agla d'une voix contrite.

C'était la vérité. Elle n'avait pas prévu de faire faux bond, elle avait juste perdu le fil du temps. En rentrant chez elle, elle avait acheté une caisse de vin, puis passé sa soirée à boire et à s'apitoyer sur son sort, plongée dans un gouffre sans fond dont elle avait de plus en plus de mal à s'extraire. Cette profonde douleur qui s'était nichée en elle semblait ne plus vouloir la quitter ; c'était comme si Agla avait définitivement coupé les ponts avec la réalité. Si elle s'endormait, elle cauchemardait, rêvant le plus souvent du procureur spécial ou de Sonja ; après quoi elle se réveillait en sursaut avec un mal à la gorge qu'elle ne parvenait à apaiser qu'en tendant le bras vers la bouteille de Jägermeister sur sa table de chevet. Alors seulement elle pouvait espérer se rendormir. Néanmoins, elle gisait parfois là pendant de longues heures, le cœur battant, les yeux rivés sur la mouche morte du plafonnier qu'elle n'avait toujours pas eu la force de jeter.

– Rares sont les gens qui passent plusieurs jours d'affilée à dormir, répliqua Elvar, sourcils froncés.

Ses traits s'adoucirent lorsque Agla s'excusa.

– Écoute, c'était une garde à vue symbolique, reprit l'avocat. Pour les journalistes.

Agla les avait remarqués, avec leurs appareils photo. Ils seraient beaux, ces portraits d'elle à la une des journaux ce matin. Les mains menottées.

Le gardien s'éclaircit la gorge.

– Ah, oui, dit Elvar. Il est arrivé. L'acte d'accusation.

Le gardien tendit à Agla un dossier relié dont elle consulta la première page.

Conformément à la loi numéro 135/2008, le bureau du procureur spécial annonce par la présente la mise en accusation devant le tribunal de grande instance de Reykjavík de :

Jóhann Jóhannsson, président-directeur général, domicilié au Luxembourg, David Muller, cadre dirigeant du département financier, domicilié à Reykjavík, Agla Margeirsdóttir, directrice du département d'investissement, domiciliée au Luxembourg, pour infractions au code pénal et aux lois sur les transactions boursières :

Par la mise en circulation de titres boursiers frauduleux durant la période du 1er mars 2007 au 1er février 2008, soit un total de 189 jours ouvrés sur le marché islandais, par le biais du NASDAQ OMX Iceland (ci-après dénommé la Bourse), via les compagnies offshore Iceland Trading Ltd., ML Holding et Avance Investment, lesquelles ont garanti une cotation surévaluée, susceptible de tromper les acquéreurs quant à la valeur réelle et au niveau de la demande existante.

Suivait un rapport long de plusieurs pages listant en détail les chefs d'accusation. C'était un véritable merdier, il n'y avait pas d'autre mot – Agla avait déjà mal vécu ces vingt-quatre heures en cellule, elle n'osait s'imaginer purgeant sa peine après le jugement. Mais elle devait en passer par là. Il le fallait, c'était tout.

91

Bragi tentait de ravaler sa culpabilité en inspectant les bagages de Sonja Gunnarsdóttir. Il lui arrivait pourtant de prendre plaisir à ces fouilles ; il aimait choisir un passager au hasard, briser sa carapace et voir la frustration le gagner progressivement. Il y avait des types qu'on ne se privait pas de torturer un peu. Mais c'était autre chose avec ce petit bout de femme, assise recroquevillée sur sa chaise en plastique dans la salle blanche, à attendre la tournure que prendrait son destin. Après l'avoir croisée dans le couloir des départs, Bragi s'était renseigné pour savoir quand aurait lieu son vol de retour, et il s'était tenu prêt à la cueillir dans le hall des bagages. Il était en train de déchirer la doublure de la dernière valise lorsque le téléphone de la jeune femme sonna.

– Je peux répondre ? demanda-t-elle.

Bragi hocha la tête. Tandis qu'elle portait l'appareil à son oreille, il put distinguer la voix furieuse d'un homme depuis la table où il effectuait ses contrôles.

– On n'avait pas dit qu'on attendrait le printemps ? balbutia Sonja.

La réponse qui suivit n'était visiblement pas celle qu'elle avait espérée.

– Je veux renégocier le contrat de garde, donc tu n'as pas de souci à te faire à ce sujet.

Bragi crut comprendre que l'argument ne faisait pas davantage d'effet. Il s'agissait visiblement du père de son enfant. La pauvre Sonja lui faisait terriblement pitié, et pourtant il y avait quelque chose chez elle qui affolait tous ses radars – que cela soit son instinct ou quelque forme de perspicacité, il sentait qu'elle cachait un secret. Disons plus simplement que, si Bragi avait été un chien renifleur de stupéfiants, il serait allé droit sur elle.

Lorsqu'il eut terminé d'inspecter tous ses bagages, il commença à ranger leur contenu. Comme d'habitude, il ne parvint pas à tout replacer à l'intérieur, aussi disposa-t-il le trop-plein dans un grand sac plastique.

– Ce n'est pas bon pour Tómas de vivre avec un père qui déteste sa mère, poursuivit Sonja au téléphone.

La réponse la bouleversa tellement qu'elle raccrocha aussitôt et jeta son portable dans le sac à main que Bragi lui tendait. Elle respirait rapidement et par à-coups, comme si elle sanglotait.

– Tout va bien ? murmura Bragi.

Elle secoua la tête.

92

Souvent, en y repensant, Sonja se demandait si le fait de s'être rapprochée d'Agla n'avait pas été une conséquence plutôt que la cause de ses problèmes avec Adam. Bien avant que la moindre étincelle ne naisse entre elles deux, elle avait commencé à s'ennuyer. Ils avaient l'un comme l'autre commencé à s'ennuyer. Adam passait déjà plusieurs nuits par semaine dans la capitale, et elle ne daignait même plus lui demander où il était, pensant qu'il devait dormir sur le canapé de son bureau à la banque. Celui-ci était équipé d'une douche et d'un placard où Adam gardait quelques chemises de rechange. C'était plus simple comme ça. Au moins, il ne s'énervait plus de ne pas recevoir l'accueil qu'il estimait mériter lorsqu'il rentrait du travail, et elle ne culpabilisait plus en lisant la déception sur son visage.

Parfois, l'ancien Adam lui manquait, ce jeune homme au regard lumineux qu'elle admirait tant et en qui elle avait une confiance absolue. Mais celui-ci avait depuis longtemps disparu. Il était comme un vieux vêtement qui n'allait plus à son mari. Tout ça à cause de la banque. Adam avait de lourdes responsabilités et Sonja le soupçonnait d'être régulièrement au bord de la crise de nerfs ; pour faire taire ses angoisses, il lui arrivait désormais de se faire une ligne de cocaïne en semaine, même parfois dès le midi, ce qui le rendait invariablement brusque et irritable. Elle avait souvent espéré pouvoir faire machine arrière, retrouver l'intimité qu'ils partageaient lorsque Tómas était petit, qu'ils partaient ensemble dans des fous rires infinis devant les grimaces de l'enfant. Qu'Adam la serrait très fort contre lui et qu'elle se sentait la femme la plus chanceuse du monde. Pourtant, à un moment donné, elle avait baissé les bras, comme ça, sans même vraiment le vouloir. Elle s'était alors laissé porter par le courant, comme elle l'avait fait toute sa vie, se contentant d'attendre que quelque chose arrive. Ce quelque chose, ç'avait été Agla.

Elle l'avait croisée à plusieurs reprises sans lui prêter d'attention particulière. Ce qui avait en premier lieu attiré son regard, c'était qu'Agla faisait partie de ces rares personnes qui sont plus belles lorsqu'elles ne sourient pas. Le sérieux, la gravité seyaient davantage à ses traits anguleux. Le visage allongé, le front haut et la lèvre supérieure charnue, elle était au paroxysme de sa beauté quand elle avait l'air triste.

Sonja se rappelait l'avoir d'abord trouvée maussade et distante. À Pâques, lors du dîner qu'Adam et elle avaient organisé chez eux avec les directeurs de services de la banque, Agla avait été la seule à rester de marbre après la prise d'une ligne de coke. À la fin de la soirée, tandis que les convives se massaient bruyamment autour des quatre taxis qu'Adam avait commandés pour une after à Reykjavík, Agla s'était de nouveau précipitée à l'intérieur de la maison. Sonja avait alors cru qu'elle avait oublié quelque chose.

– Je viens de me rendre compte que tu ne viens pas en ville avec nous ! s'était-elle exclamée, le souffle court.

– Non. Tómas dort chez un copain à deux pas d'ici, je préfère rester à la maison au cas où il se réveillerait et voudrait rentrer.

Sonja avait failli se justifier. S'excuser d'être mère, de faire passer son fils avant une nuit de folie en discothèque, de laisser son mari partir seul, ivre et drogué, et de n'en avoir à vrai dire rien à faire. Mais Agla n'avait demandé aucune explication.

– Je voulais juste te remercier pour le dîner et pour ton hospitalité. Il n'y a rien de tel qu'un repas fait maison, et ton gigot était divin.

Elle avait pris Sonja dans ses bras, l'avait serrée contre elle un bref instant avant de tourner les talons et de rejoindre l'un des taxis où on s'était mis à chanter. Sonja en avait eu les larmes aux yeux. Agla avait été la seule à la remercier et, après cette soirée, chacune de leurs rencontres lui faisait chaud au cœur.

Enfin, cause ou conséquence, ça ne changeait rien pour son ex-mari. Sonja le comprenait parfaitement. Visiblement, Adam avait encore eu quelque espoir de faire renaître l'étincelle entre eux, de revenir à leurs années de bonheur, de recommencer à zéro. Sinon, il ne serait plus aussi furieux. Elle devait l'avoir blessé beaucoup plus que ce dont elle se croyait capable.

93

Agla tremblait de tout son corps en retournant à sa voiture. C'était la cinquième fois qu'elle tentait de sonner à l'interphone sans obtenir de réponse. Elle scruta les fenêtres de l'appartement ; aucune lumière, Sonja devait être absente. Sans doute en voyage à l'étranger pour le boulot. De retour derrière le volant, les yeux toujours rivés sur l'immeuble, Agla fut soudain assaillie par une vague de regrets. Comme celui de n'avoir jamais demandé à Sonja quelle était la nature précise de son travail. Elle savait que ça avait un rapport avec les ordinateurs, une sorte de système informatique que Sonja proposait à la vente, mais à aucun moment elle n'avait prêté une réelle attention à ses explications à ce sujet. En fait, toutes les deux ne s'étaient jamais vraiment parlé. C'était sans doute cela qu'Agla regrettait le plus.

Alors qu'elle était occupée à ruminer le passé, une voiture arriva à hauteur de l'immeuble et se gara à une place juste devant l'entrée. Agla mit un certain temps à remarquer qu'il s'agissait de Sonja, car celle-ci changeait en permanence de véhicule. C'en était presque compulsif, cette manie de toujours revendre son dernier tas de ferraille pour en racheter un aussi décrépit. Entre deux, elle conduisait généralement une voiture de location. Aujourd'hui au volant d'une vieille Ford au pare-chocs arrière amoché, elle paraissait épuisée. S'extrayant du véhicule, elle alla ouvrir le coffre et sembla convoquer toutes ses forces pour en tirer deux valises et un sac plastique rempli à ras bord. Elle devait s'être absentée un long moment. Agla se sentit soulagée ; c'était donc pour ça que Sonja n'était jamais à la maison et ne décrochait pas son téléphone. Elle avait tenté de l'appeler à plusieurs reprises. Pour ne pas dire presque quotidiennement. Mais Sonja se trouvait à l'étranger et ne voulait pas répondre, voilà tout. Il faut dire que la pauvre était toujours à surveiller son budget, et les communications téléphoniques coûtaient cher hors des frontières islandaises. Cette explication était bien plus rassurante que l'idée que Sonja avait été sincère en affirmant ne plus jamais vouloir la revoir.

Le cœur d'Agla s'emballa tandis qu'elle luttait contre la tentation d'ouvrir sa portière et d'aller lui sauter dans les bras, de la serrer fort, de ne plus la lâcher. De l'aider ensuite à monter ses valises, de se glisser au lit avec elle et de l'enlacer toute la nuit. C'était si alléchant, si naturel, une conclusion si délicieusement normale à leur dispute.

Elles n'en étaient pas à leur première rupture. Elles avaient souvent échangé des paroles dures, s'étaient même hurlé dessus, mais leurs conflits s'étaient toujours résolus d'eux-mêmes dans une étreinte, un gloussement, un baiser. Néanmoins la situation était différente aujourd'hui, et Agla n'avait pas le courage de s'entendre dire que tout était bel et bien terminé. L'idée de s'approcher de Sonja à cet instant, tremblante de désir, pour se faire rejeter lui était insupportable.

Elle regarda la jeune femme traîner en deux temps ses valises dans l'immeuble, soudain envahie d'une étrange sensation, un bouillonnement intérieur qui lui était jusque-là inconnu et qui remontait dans sa gorge. Elle déglutit à deux ou trois reprises, mais le picotement ne cessait pas. Elle démarra la voiture, et ce n'est qu'en approchant de chez elle qu'elle comprit de quoi il s'agissait. Elle avait envie de pleurer. Envie de libérer sa gorge et son cœur, envie d'ouvrir la bouche pour laisser sortir son cri de désespoir. Elle songea à se laisser aller, puis ravala finalement ces jérémiades. Elle avait autre chose à faire que de s'apitoyer sur son sort pour un accident de parcours avec une femme qui, de toute façon, n'avait pas – et n'aurait jamais – de place dans sa vie. Tout désir mis à part, c'était la dure réalité.

94

Sonja était sur le point de s'évanouir en posant la dernière valise sur le palier. Elle s'apprêtait à enfoncer la clé dans sa serrure lorsqu'elle entendit la porte derrière elle s'ouvrir.

– Dieu merci, te revoilà! s'exclama sa voisine. J'ai un énorme problème d'ordinateur.

Sonja ravala son envie de lui hurler qu'il existait des dizaines d'ateliers de réparation partout en ville – après son passage aux urgences, elle ne pouvait quand même pas se montrer désagréable envers elle.

– Vous n'avez qu'à me le laisser, j'y jetterai un œil demain, répondit-elle.

La voisine fila à l'intérieur de son appartement. Elle revint avec l'ordinateur au moment où le portable de Sonja se mettait à sonner. Saisissant l'occasion, celle-ci pointa le téléphone du doigt en signe d'excuse avant de lui prendre l'ordinateur des mains. Au moins, elle n'aurait pas à écouter l'interminable récit des diverses sautes d'humeur de la machine, qui donnait plutôt à croire qu'il s'agissait de quelque bête sauvage. Après avoir refermé sa porte d'entrée, Sonja décrocha. C'était Thorgeir.

– J'ai fouillé de fond en comble, il n'y a pas la moindre came ici. Tu bluffes.

– Tu en es sûr?

Sonja s'amusa à l'idée que Thorgeir avait passé ces deux dernières semaines à chercher dans tous les recoins de sa maison tandis qu'elle se relaxait sur une plage de sable blanc.

– Il se trouve que oui, j'en suis sûr, répliqua-t-il. J'ai fait faire le tour de la baraque à un chien renifleur.

– Un chien renifleur ? répéta Sonja, impressionnée.

– Ouais. Je l'ai fait importer.

– Tu as fait importer un chien renifleur de coke ? lâcha Sonja sans parvenir à dissimuler sa surprise. Tu es sérieux, là ?

– Disons juste que j'ai reçu de l'aide de mes collègues scandinaves. Et, comparé à la cocaïne, il n'y a rien de plus facile que d'introduire un animal en Islande.

– Tu veux dire qu'un radin comme toi a mis la main au porte-monnaie pour faire venir une bête de compétition hors de prix ?

– C'est un investissement qui s'avérera fort utile, répondit Thorgeir. Si d'autres crétins ont la même idée que toi. Ça pourra aussi aider à retrouver la trace des diverses pertes et fuites. Tu n'imagines pas combien de gens essaient de t'entuber dans ce business.

– Ah, vraiment ?

Sonja s'efforçait d'employer un ton ouvertement ironique, toutefois peu sûre d'y parvenir tant elle était sous le choc.

– Maintenant que je suis certain qu'il n'y a rien chez moi, tu peux te mettre tes menaces là où je pense. Pour info, tu repars à Londres cette semaine.

– Va te faire foutre, cracha Sonja avant de raccrocher.

95

Tómas se réveilla en sursaut, croyant entendre des voix. Il avait une terrible envie d'aller aux toilettes. C'était d'ailleurs probablement ça qui l'avait tiré de son sommeil, plutôt que les voix qui ne devaient être que l'écho lointain d'un rêve. Il avait vidé deux canettes de soda durant la soirée avec sa baby-sitter. Remerciant le ciel de ne pas avoir fait pipi au lit, comme la dernière fois où il avait bu autant après le dîner, il se frotta les yeux et se dirigea vers le couloir. La petite veilleuse qu'il branchait tous les jours avant de se coucher était allumée, mais il distinguait également de la lumière en provenance de la salle de bains. Tómas poussa la porte, un instant ébloui, entendant seulement la voix de papa, pleine de reproches : "Tu ne sais pas t'arrêter ! Il t'en faut toujours plus !" Les yeux du petit garçon se posèrent alors sur le lavabo constellé de taches rouges, et sur Dísa qui pleurait, assise sur le rebord de la baignoire, sa robe jaune couverte de sang. À côté d'elle, papa, apparemment furieux, lui épongeait le visage avec une serviette. Hurlant de terreur, Tómas sentit l'urine brûlante couler le long de sa jambe sous le pyjama avant de former une flaque par terre.

Il fut pris d'une crise de hoquet lorsque papa l'attrapa pour le déposer dans la douche et le rincer, pendant que Dísa s'empressait de nettoyer le lavabo tout en maintenant la serviette contre son visage.

– Tu l'as frappée, papa ? bafouilla Tómas.

– Non, non, mon chéri, répondit l'intéressé en secouant la tête. Bien sûr que je ne l'ai pas frappée ! Dísa saigne beaucoup du nez, c'est tout.

– Mais pourquoi tu es en colère comme ça ? demanda Tómas.

Papa l'enveloppa dans une serviette propre, le souleva puis le porta jusque dans sa chambre, comme si c'était un bébé.

– On se disputait, juste. Il y a des jours où Dísa dépasse les limites, et lorsque son nez a commencé à saigner, j'ai simplement été un peu contrarié.

Tómas ignorait ce que papa entendait par “dépasser les limites” et il ne comprenait pas pourquoi les saignements de nez de Dísa avaient provoqué sa colère. Le petit garçon lui-même saignait parfois du nez, et papa ne s'était jamais fâché ni ne lui avait dit qu'il dépassait les limites ou quoi que ce soit d'autre. Ce n'est pas de notre faute, si on saigne du nez.

– Tu veux ton pyjama Superman ?

Tómas acquiesça, même si le pyjama en question était devenu trop petit pour lui et qu'il ne lui arrivait plus qu'aux chevilles. Cela n'avait pas d'importance pour le moment. Entre deux hoquets, il entendait Dísa sangloter dans la salle de bains. Papa lui dit qu'il allait leur préparer un chocolat chaud à tous les deux. Pour les calmer, ajouta-t-il en conduisant Tómas dans la cuisine avant de l'installer sur l'un des hauts tabourets du bar.

– À partir de maintenant, on va faire des efforts, mon grand, dit-il en versant du lait dans une casserole.

Un instant, Tómas eut pitié pour son père. Il avait l'air si fatigué en brisant les morceaux de chocolat dans le lait avec ses mains qui tremblaient et les gouttes de sang sur sa chemise blanche.

– Dísa et moi, on va arrêter nos putains de conneries, mon grand.

96

Sonja contempla un instant tous ces jeunes absorbés par leurs ordinateurs. Elle aurait aimé que son alter ego existe vraiment, être une as de l'informatique. Ils semblaient à la fois si concentrés et si sereins, le nez dans leurs bécanes au milieu de ces enchevêtrements de fils, d'appareils, de canettes de soda et de pièces détachées.

– Je ne sais pas quel est le problème, dit-elle en toute franchise au jeune homme qui jetait un coup d'œil à l'ordinateur de la voisine. Ce serait super si vous pouviez lui redonner un petit coup de fouet.

Comme d'habitude, elle avait relancé la machine et aspiré le ventilateur, mais cela n'avait pas suffi. L'ordinateur plantait toujours au démarrage.

– Il faudra peut-être ajouter de la mémoire.

– Faites donc, répondit Sonja sans vraiment savoir ce qu'elle venait d'accepter.

De la mémoire en plus, ça devait être aussi bon pour les ordinateurs que pour les hommes. Elle s'empara du ticket rose sur lequel le garçon avait griffonné la date du jour, puis se mit en quête d'une excuse pour expliquer à sa voisine le temps que prendraient cette fois les réparations. Ses réflexions furent rapidement interrompues lorsque le nom d'Adam apparut sur l'écran de son téléphone, provoquant en elle une montée d'adrénaline. Elle n'était pas d'humeur à se faire hurler dessus. Compte tenu de la manière dont s'était passée leur dernière conversation, elle se dit qu'il valait mieux ne pas décrocher.

Alors qu'elle reprenait place dans sa voiture, elle reçut un texto de son ex-mari.

Rappelle-moi, je t'en prie!

Pas de colère, pas de reproche, ce qui ne pouvait avoir qu'une signification : il s'était passé quelque chose. D'un doigt tremblant, Sonja appuya sur le nom d'Adam, qui répondit dès la première sonnerie.

– Tómas a disparu! s'écria-t-il à l'autre bout du fil, la voix brisée, comme sur le point d'éclater en sanglots.

– Disparu ? Comment ça, disparu ?

– Il n'était pas dans son lit ce matin. Et il sait très bien que la règle est de ne jamais, absolument jamais quitter la maison sans m'en avertir. Il n'est pas allé à l'école, Sonja !

– Et tu ne sais pas quand il est sorti ?

Des images de Tómas, seul dans la nuit hivernale, défilèrent devant les yeux de la jeune femme.

– Hier soir ? Cette nuit ? Tu as appelé ses amis ? insista-t-elle.

– J'ai téléphoné à tout le monde ! Ses camarades de classe, ses copains du foot, tous ceux à qui j'ai pu penser… Pas la moindre trace de lui !

Il était à bout de souffle. Un frisson glacial parcourut Sonja : Adam n'avait jamais peur. Jamais elle ne l'avait entendu pleurer.

– Je file à la maison, lança-t-elle. Peut-être qu'il a voulu m'y rejoindre. Oui, ça doit être ça, il doit m'attendre chez moi. Je ne vois pas d'autre explication…

97

Sonja venait à peine de se mettre en route lorsque son téléphone bipa à nouveau. Au feu rouge de Nóatún, elle ouvrit le message et observa longuement la photo mal éclairée qui s'affichait sur son écran, en essayant de comprendre ce qu'elle voyait, d'évaluer la situation tandis que son estomac se contractait et que des points noirs se mettaient à danser devant ses yeux. Sa plus grande peur était devenue une réalité. Son pire cauchemar. Ce qu'elle avait tant espéré être des menaces dans le vide. La voiture de derrière klaxonna et elle sursauta, s'aperçut que le feu était passé au vert sans toutefois parvenir à relier le fil de sa pensée à la triviale matérialité de la circulation, en cet instant où sa vie entière était en train de s'effondrer.

Sur la photo, Tómas souriait de toutes ses dents, une glace à la main. Derrière lui se tenait Ríkhardur, le bras fermement enroulé autour des épaules de l'enfant. Sonja démarra au coup de klaxon suivant, fonça à bien trop grande vitesse vers la place Hlemmur où elle fit demi-tour et reprit la direction de la rue Lágmúli. Au niveau de la station-service, la voiture sortit des ornières et glissa vers le bas-côté où elle s'enfonça dans un amas de neige avant de caler. Au moment où le moteur se tut, Sonja entendit sa propre voix hurler dans sa tête : *non, non, non, non !* C'était impossible. Elle devait être en train de rêver, Tómas n'était pas véritablement en danger.

Tandis qu'elle sortait, sa portière faillit être arrachée par une voiture qui klaxonna furieusement. Elle jeta un regard autour d'elle, mais personne ne semblait vouloir s'arrêter pour l'aider à sortir de là, en dehors d'un jeune employé de la station-service qui avait accouru. Sonja saisit les tapis de sol du véhicule et les glissa sous les pneus arrière. Elle demanda au gamin de pousser la voiture pendant qu'elle appuyait sur la pédale d'accélération, le plus doucement possible alors que son corps lui hurlait de se dépêcher, de mettre le pied au plancher. Un tel empressement ne ferait toutefois qu'empirer la situation – il fallait agir lentement, calmement, faire bouger la voiture d'avant en arrière jusqu'à faire levier. Une fois le véhicule libéré, Sonja passa la première et démarra en trombe sans prendre la peine de remercier le jeune garçon perplexe, demeuré derrière, les tapis entre les mains. Elle ne pensait plus qu'à Tómas, à Tómas et au danger qui le menaçait. En elle résonnait cette voix, comme un mantra : *non, non, non !* Le déni est la dernière roue de secours de qui se sait dans l'impasse.

Non, non, non, chantait la voix dans sa tête. Cela ne pouvait pas arriver…

98

L'accueil était désert, aussi Sonja fonça-t-elle droit vers le bureau de Thorgeir, ses chaussures pleines de neige. Il semblait avoir dormi tout habillé. Sa chemise était chiffonnée et couverte de taches. D'une certaine manière, elle allait davantage à son visage parcheminé que les vêtements parfaitement repassés qu'il portait habituellement.

– Où est-il ? hurla Sonja.

Oscillant entre haine et désespoir à la vitesse de l'éclair, elle ne savait pas si elle avait envie d'abattre ses poings sur Thorgeir ou au contraire de se jeter à ses pieds pour le supplier. Le supplier d'épargner son enfant, de ne pas lui faire de mal.

– Il se porte comme un charme, on s'occupe de lui et il te sera restitué lorsque tu auras décollé pour Londres et récupéré la livraison.

Thorgeir employait un ton amical, comme s'il parlait de la pluie et du beau temps, ses yeux écarquillés d'une sincérité désarmante. Sonja le fixait, tentant de comprendre comment il pouvait garder son calme.

– Et si je vais à la police ? lâcha-t-elle. Si je laisse tomber et que je vous dénonce tous…

– Tu n'iras pas à la police, répliqua Thorgeir. Tu n'es pas aussi stupide. Ríkhardur est tout à fait capable de s'occuper d'un enfant, mais si jamais il s'énerve… oui, là, je ne réponds plus de rien.

– Tu n'as donc aucune conscience ?

La voix de Sonja tremblait, des larmes brûlantes roulaient sur ses joues.

– Qu'est-ce que tu racontes ? hoqueta Thorgeir dans un éclat de rire. J'ai tout ce qu'il faut de conscience, mais je sais la faire taire quand ça m'arrange.

– Où est-ce que je dois me rendre ?

– Le hall du Thistle, à minuit ce soir.

– Ne lui fais pas de mal, je t'en prie, gémit Sonja. Ne laisse pas Ríkhardur lui faire de mal.

– Bien sûr que non ! s'exclama Thorgeir. Nous ne lui ferons pas de mal si tu es gentille et que tu fais ce qu'on te dit.

Il observa Sonja tandis qu'elle s'essuyait le visage avec la manche de son pull.

– Par contre, si tu essaies de jouer à la maligne, poursuivit-il, le regard glacial, nous serons contraints de faire le nécessaire.

Sonja acquiesça. Il n'y avait pas d'autre issue. Elle était à nouveau prise au piège.

99

Bragi entoura en rouge l'un des noms figurant sur la liste des passagers de la matinée.

– Trouve quelqu'un de l'autre équipe pour échanger avec moi, dit-il à Atli Thór. Il y en a une ici que je suis depuis un moment.

– Je lui demande de prendre ta garde de nuit la semaine prochaine, dans ce cas ? demanda son jeune collègue en passant le rouleau anti-peluches sur son pull noir.

Cela faisait partie des exigences de Bragi. Il fallait respecter l'uniforme. La cravate devait être soigneusement nouée et, l'hiver, lorsqu'ils portaient un pull par-dessus leur chemise, les agents devaient s'assurer en prenant leur garde que celui-ci n'avait pas bouloché, et qu'il était bien rentré sous leur ceinture à outils. Ils étaient les représentants du service des Douanes islandaises, et une chemise entrouverte ou un pull négligé qui ressortait par-dessus la ceinture ne faisaient pas honneur à la profession.

– C'est parfait, répondit Bragi.

– À vos ordres, capitaine Achab ! s'exclama Atli Thór en portant la main à sa tempe avant de s'asseoir à l'ordinateur pour changer le planning.

Bragi lui asséna un léger coup avec la liste des passagers enroulée.

Alors qu'il regagnait sa voiture, une excitation familière s'empara de lui. Il sentait au plus profond de lui-même qu'il allait enfin la prendre la main dans le sac. Elle était partie la veille en fin de journée et devait revenir le lendemain. Un séjour type de trafiquant. Bragi était toutefois surpris qu'elle ne se montre pas plus prudente, sachant qu'elle avait été arrêtée à deux reprises lors de ses derniers passages à la douane. Enfin, il n'avait jamais compris comment fonctionnaient les passeurs. Ces types-là semblaient aimer prendre des risques au-delà de tout bon sens. Peut-être s'était-elle convaincue que, puisqu'on l'avait arrêtée deux fois sans rien trouver, les douanes ne daigneraient plus perdre leur temps avec elle. Si c'était son raisonnement, alors elle avait tout faux. Car Bragi l'attendrait, sa cravate soigneusement nouée autour du cou, son pull aussi beau qu'au premier jour, et il serait sans pitié. Il inspira l'air glacial qui, pour une fois, ne sentait pas le kérosène, grâce au vent puissant qui faisait voleter ses cheveux. Les freins d'un petit avion sifflèrent sur la piste d'atterrissage, et le fracas des volets qui se déployaient sur ses ailes se mêla au crissement du givre sous les pieds de Bragi. La vie n'était finalement pas si laide, et promettait d'être bientôt encore plus belle. Il irait rendre une petite visite à Valdís en rentrant à la maison.

100

Sonja remarqua trois messages d'Adam sur son téléphone, alors qu'elle s'apprêtait à l'éteindre après que l'hôtesse de l'air avait annoncé le décollage. Tant pis, il devrait attendre son arrivée à Londres. Il avait sûrement déjà appelé la police pour lui signaler la disparition. Elle avait de la peine pour lui. Il était complètement dans le flou, n'avait pas la moindre idée de l'endroit où se trouvait son fils. Sonja, elle, savait au moins que l'enfant était chez Ríkhardur, elle pouvait se raccrocher au maigre espoir que représentait la promesse de Thorgeir. La promesse qu'ils ne lui feraient pas de mal. De son côté, elle respecterait sa part du contrat, se présenterait à l'heure à son rendez-vous à l'hôtel et récupérerait le paquet sans faire de vagues. Une fois la livraison effectuée, son petit garçon serait probablement relâché.

Elle ignorait ce que Tómas raconterait à sa libération – le récit soulèverait sûrement son lot de questions. Et si la police était mêlée à l'affaire, on aurait tôt fait de découvrir le lien entre Sonja et le kidnapping. D'un autre côté, elle n'avait aucune certitude à ce sujet : un inconnu qui enlève un enfant, cela éveillerait des soupçons d'un autre genre et mènerait sans doute l'enquête dans une direction différente. Quoi qu'il en soit, elle réfléchirait aux conséquences le lendemain, lorsqu'elle serait rentrée en Islande avec la marchandise et que Thorgeir serait satisfait. Du moins, autant qu'il pouvait l'être après tout ce qui s'était passé.

Sonja poussa un soupir lorsque les réacteurs se mirent en marche. Elle ne ressentait plus ce calme habituel qui l'envahissait lorsque les roues quittaient le macadam. À cet instant, elle aurait voulu accélérer le voyage, passer le vol en avance rapide et avoir déjà atterri à Londres, déjà réceptionné la marchandise, déjà libéré Tómas.

101

Agla était toujours surprise quand la sonnette de son appartement retentissait, mais cette fois, ce fut un véritable choc quand elle se retrouva nez à nez avec María, l'experte en criminologie financière.

– Je peux vous parler deux minutes ?

Agla fit un pas de côté. Elle avait bu une bière en rentrant, puis encore une autre avant de s'endormir finalement sur le canapé ; elle devait avoir une mine épouvantable avec son chemisier chiffonné et ses cheveux emmêlés. María, en revanche, était impeccable, comme toujours, la coiffure soignée et ses vêtements semblant tout droit sortis du pressing. Agla jeta un coup d'œil à sa montre – il était 22 heures, la criminologue devait rentrer du travail. Les agents du procureur spécial ne chômaient pas, il fallait bien le reconnaître.

– Vous voulez une bière ? proposa-t-elle en ouvrant le réfrigérateur. Ou de l'eau ? Je n'ai rien d'autre.

– Une bière, ce sera très bien.

Agla décapsula la bouteille et la tendit à María sans lui offrir de verre. Celle-ci ne sembla pas s'en formaliser et but au goulot. Agla l'invita ensuite à aller s'asseoir au salon.

– Dois-je appeler Elvar ?

L'autre secoua la tête en prenant place sur le canapé.

– Ce n'est pas la peine. Je n'ai qu'une question, que je voulais vous poser entre quatre yeux.

S'installant dans un fauteuil en face d'elle, Agla attendit la suite. María s'éclaircit la voix, prit une nouvelle gorgée de bière et s'enfonça dans le canapé, les yeux fixés sur elle. Avec douceur, elle demanda :

– Serait-il possible qu'on vous contraigne à protéger Adam ?

Agla s'efforça de soutenir son regard.

– Je ne vois pas de quoi vous voulez parler.

– Je parle d'intimidation, voire de chantage, précisa María, l'expression grave.

Elle n'arborait plus son habituel sourire mystérieux – ce n'était pas une question piège, elle semblait sincère.

– Je ne vois pas de quel genre d'intimidation il pourrait s'agir, répliqua Agla en portant sa bouteille à ses lèvres pour boire une longue gorgée.

– Un de nos hommes a été chargé d'examiner quelques vidéos qui ont été retrouvées dans les effets personnels de Jóhann, poursuivit María – Agla comprit alors où elle voulait en venir. Je me demande simplement si Adam et lui n'ont pas en leur possession un enregistrement qui pourrait vous porter préjudice…

– Et je prendrais toute la responsabilité de cette affaire pour ça ? lâcha Agla dans un rire. Vous croyez vraiment qu'on m'a déjà invitée à participer à ces petites fêtes entre mecs ?

– Donc, vous étiez au courant de l'existence de ces vidéos ?

– Qui ne l'était pas ?

María fut prise de court. Visiblement, l'équipe du procureur spécial venait tout juste de mettre la main dessus.

– Je me suis dit qu'il y en avait peut-être d'autres. D'autres documents qui vous montrent dans une situation compromettante.

– Je ne vois pas ce qui pourrait être grave au point que j'accepte de faire de la prison pour une tierce personne, asséna Agla en vidant le fond de sa bouteille d'un trait avant de se lever pour aller en chercher une deuxième.

– Des tas de gens font des choses dont ils ont honte, dit María à voix basse pendant qu'Agla se rasseyait.

– Peut-être bien qu'il existe quelque part un polaroïd de moi avec un billet de cinq mille couronnes enroulé dans une narine. Mais c'était l'époque qui voulait ça. Je ne me laisserais pas condamner pour un truc pareil, si c'est ce que vous voulez dire.

– Non, ce n'est pas ce que je veux dire. Je veux parler d'une affaire personnelle, peut-être quelque chose que vous avez du mal à accepter, qui pourrait vous mettre dans l'embarras. Votre relation avec Sonja Gunnarsdóttir, par exemple ?

Le cœur d'Agla manqua un battement et elle sentit le sang affluer à ses joues.

– Ma relation ? souffla-t-elle. Il n'y a pas de relation.

Elle se serait enfuie si elle avait cru ses jambes capables de supporter son poids, mais son corps semblait soudain vidé de toute énergie. Elle resta figée, les yeux rivés au sol.

– Disons vos échanges, dit María. Étant donné que Sonja est l'ex-femme d'Adam, n'êtes-vous pas dans une situation délicate, à titre personnel ? N'est-il pas possible qu'Adam et Jóhann sachent quelque chose que vous vous efforcez à tout prix de cacher ?

Ils avaient vraisemblablement placé son téléphone sur écoute. Et tout entendu. Toutes ses conversations avec Sonja. Les murmures passionnés, les disputes, les secrets de lesbienne. Tout. La honte s'abattit sur Agla comme une vague d'eau souillée. Sa pire crainte venait de se matérialiser : être confrontée à quelqu'un au courant de sa relation avec Sonja.

– Absolument pas, assura-t-elle.

Elle leva les yeux et croisa le regard de María, qui lui fit l'effet d'un coup de poignard. Ce n'était pas le même regard que celui, inquisiteur, qui la défiait lors des interrogatoires.

Il y avait de l'empathie dans ces yeux-là et, quelque part, cela lui glaçait encore davantage le sang.

– Vous avez sans doute mal compris, bafouilla Agla, l'esprit confus et agité. Il n'y a rien de tout cela. Sonja est… elle n'est qu'une exception, un accident de parcours. Et rien de durable ou de… Oui, comment dire… De toute façon, c'est du passé. C'est terminé. Dieu merci. Car je ne suis pas… comme ça.

– Je vois, fit María en se redressant. Je voulais juste m'assurer qu'on ne faisait pas pression sur vous.

Elle demeura immobile, attendant visiblement qu'Agla se lève. Ce dont elle était incapable. Elle n'avait même plus assez de force dans les jambes pour raccompagner María.

102

Sonja avait la sensation de suffoquer. Elle avait beau aspirer le plus d'air possible, elle n'arrivait pas à retrouver son souffle. C'était comparable au moment où Ríkhardur avait serré ses mains autour de son cou ; d'une certaine manière, il était toujours en train de l'étrangler. La photo qu'il avait prise avec Tómas était gravée dans son esprit. Peu importait le nombre de fois où elle se répétait que la situation allait s'arranger, que tout finirait bien, elle ne parvenait pas à s'en convaincre.

Elle avait réussi de justesse à prendre le vol du soir à destination de Londres, puis le train vers le centre de la capitale britannique. Après une véritable course contre la montre, elle était arrivée pile à l'heure à l'hôtel où elle devait rejoindre l'homme grisonnant, qui lui avait remis le sac contenant la drogue. Elle n'avait pas réservé de chambre, avait jeté sa machine à emballer sous vide et n'avait pas de valise avec elle. Jamais elle n'avait été aussi mal préparée. Pour bien faire, ses bourreaux exigeaient de recevoir le colis dès le lendemain. Il fallait qu'elle réfléchisse, qu'elle trouve une idée de génie à laquelle elle n'avait pas encore eu recours ; une idée qui implique si possible de ne pas avoir à emporter la marchandise elle-même, car elle était certaine d'être arrêtée à la douane. Le vieil inspecteur ne la lâchait plus depuis quelque temps. Comme s'il était au courant. Comme s'il percevait quelque chose. Et cela plongeait Sonja dans le plus profond désarroi.

Elle fit une réservation qui lui coûta une fortune au Thistle, peu désireuse de parcourir la ville avec le sac à la recherche d'un endroit moins onéreux.

Arrivée dans la chambre, elle s'installa sur le lit et composa le numéro d'Adam.

– Il est rentré ? lança-t-elle sans préambule, la voix tremblante.

– Oui, oui. Il est arrivé juste après le dîner. Il était parti traîner avec des copains. Je lui ai fait jurer de ne plus jamais sortir sans me prévenir.

Sonja déglutit. Tómas avait menti à son père. Pourquoi ? Elle l'ignorait. L'esprit de son fils pouvait être une telle énigme, parfois.

– Je peux lui parler ? balbutia-t-elle.

– Il dort, Sonja ! Sur quelle planète tu vis ? Il est minuit passé ! Ton fils disparaît et on entend plus parler de toi pendant des heures ! Tu éteins ton téléphone alors que je suis au bord de la crise de nerfs ! Et pour couronner le tout, tu rappelles en pleine nuit et tu demandes à lui parler. Ma parole, il te manque une case…

– Je suis désolée ! gémit Sonja. Je suis à Londres. Pour le travail.

– Tu pars travailler à Londres pendant que ton fils a disparu ? Et tu veux obtenir la garde ! cracha-t-il avec une ironie non dissimulée.

– Il le fallait, Adam, je ne peux pas l'expliquer…

– En effet. Il y a beaucoup de choses à ton sujet qu'on ne peut pas expliquer.

Sonja encaissa le coup. Après les événements de la journée, elle avait bien mérité ce commentaire.

– Adam, implora-t-elle, prends soin de lui.

Il poussa un grognement de mépris et raccrocha. Se laissant tomber sur le lit, Sonja éclata en sanglots. Elle s'efforça d'effacer de son esprit l'image de Tómas empoigné par les muscles d'acier de Ríkhardur, et de la remplacer par celle de l'enfant dormant paisiblement dans son lit à Akranes, avec son papa tout près de lui. En sécurité.

103

Tómas plongea son visage dans la fourrure et inspira profondément. C'était agréable. Il ne comprenait pas pourquoi certaines personnes disaient que les chiens sentent mauvais – celui-ci était propre et doux, et c'était rassurant de l'avoir près de soi. Il caressa sa gueule toute noire et lui murmura un "bonjour" à l'oreille. L'animal couina, puis se leva et s'ébroua, faisant éclater de rire le petit garçon. C'était drôlement chouette de se réveiller le matin à côté de quelqu'un – surtout quand ce quelqu'un était un chien.

Les chiens aiment beaucoup les hommes. Ils les regardent droit dans les yeux, suivent chacun de leurs mouvements en remuant la queue, toujours prêts à jouer. Celui-ci était particulièrement fou de jeux. Tómas et lui avaient passé la soirée à courir dans le jardin, l'animal semblant indifférent au froid, à la terre gelée et dure sous ses pattes. Infatigable, il allait chercher la balle, sautait, poursuivait son maître.

Cela faisait longtemps que Tómas en rêvait. Il s'était toujours attendu à ce que papa finisse par céder et lui achète un chiot, mais lorsque celui-ci était rentré la veille avec l'animal en annonçant qu'il avait besoin d'une maison, le petit garçon s'était rendu compte qu'avoir un chien adulte était encore mieux. Au moins, il avait déjà appris à faire ses besoins dehors.

En plus, il était sacrément bien élevé et savait faire plein de tours. Il s'asseyait, se couchait, se roulait par terre ou restait parfaitement immobile selon les ordres qu'on lui donnait. Un rêve devenu réalité !

Tómas et son nouveau meilleur ami jouaient à s'arracher une chaussette ; l'animal gagna et le duel se termina en course poursuite dans la maison.

– Allons, allons, Tómas ! On se calme ! l'interpella papa depuis la cuisine.

L'enfant murmura au chien de rester tranquille. C'était presque comme avoir un petit frère. Il songea à l'appeler Nounours.

104

C'était la quatrième boutique dépourvue de machine à emballer sous vide qu'elle visitait, et Sonja n'avait plus beaucoup de temps. Elle devait être à l'aéroport de Heathrow à 14 heures, or il était déjà 11 heures. Elle avait demandé à pouvoir libérer sa chambre d'hôtel tardivement, laissé la drogue sous son lit en prenant soin d'accrocher le panneau "ne pas déranger" à sa porte, puis elle s'était lancée dans un tour de la ville en taxi à la recherche de cette machine. Sans succès. Il lui fallait trouver une autre solution. Après avoir allumé son téléphone à carte, elle composa le numéro de Thorgeir.

– Qu'est-ce que tu veux ? demanda celui-ci d'un ton brusque en décrochant.

Elle exposa son problème, lui expliqua qu'elle avait besoin d'une journée de plus pour emballer correctement le paquet et le faire passer sans encombre.

– Hors de question, répliqua-t-il.

Sonja comprit à son débit rapide et à son ton abrupt qu'il était sous l'emprise de la drogue. La journée ne faisait pourtant que commencer. Il serait dans un bel état à son retour en Islande…

– Je t'en prie, Thorgeir. Je te rapporte ça demain.

– Si tu n'es pas là ce soir avec la came, Ríkhardur emmènera ton fils faire une nouvelle balade en voiture. Et cette fois, crois-moi, il ne lui achètera pas de glace.

Sonja raccrocha, sentant l'angoisse resserrer ses griffes sur elle. Avant, elle réussissait à négocier, à imposer ses propres méthodes et horaires pour les livraisons. Mais la situation avait changé. Visiblement, ses menaces n'avaient pas été sans conséquences.

Elle cligna des paupières, tentant de faire le point. Elle n'avait pas fermé l'œil de la nuit, les pensées tourbillonnant dans sa tête tandis que son corps était régulièrement secoué de spasmes nerveux. Plus que jamais elle était prise dans les mailles du filet, à l'image d'un poisson qui se débat pour survivre et ne fait que s'empêtrer davantage à chaque mouvement. Elle avait toujours craint que Thorgeir et Ríkhardur finissent par s'en prendre à son fils, mais elle n'y avait jamais vraiment cru. Une vague de douleur la parcourut à l'idée que Tómas avait passé toute une journée avec ce monstre, puis qu'il avait menti à son père une fois revenu à la maison. Elle le questionnerait, avec douceur cependant – car c'était ainsi qu'il fallait s'y prendre avec lui –, sur ce qui s'était véritablement passé durant ces vingt-quatre heures. Ensuite, elle ferait tout ce qui était en son pouvoir pour empêcher que la situation se reproduise.

Mais, avant toute chose, il lui fallait trouver un moyen de faire passer la drogue, et elle n'avait plus que deux heures pour cela.

Elle demanda au chauffeur de taxi de la ramener à l'hôtel. Une fois sur place, elle se précipita au 7-Eleven d'Oxford Street et se mit à parcourir les rayons de l'épicerie à la recherche d'un contenant potentiel. Heureusement, la marchandise se présentait sous forme de poudre et non de briques solides, ce qui lui permettrait de la verser dans des récipients de n'importe quelle forme. Elle contempla les boîtes à café. Toutes étaient en acier. Inutile d'y songer – nul doute qu'une série de cylindres métalliques dans une valise affolerait les rayons X des services de sécurité.

Elle poursuivit sa route vers le rayon frais, fit marche arrière et s'enfonça un peu plus dans le magasin. Une panique la saisit tandis qu'elle examinait les étalages en quête d'inspiration. Et si elle ne trouvait rien pour emballer la marchandise, si elle emportait les paquets tels quels et que les détecteurs de stupéfiants se mettaient à sonner ? Ou bien si elle passait trop de temps à emballer la drogue et ratait son avion ? Dans un cas comme dans l'autre, Thorgeir renverrait probablement Ríkhardur chercher Tómas, et tous deux la puniraient en faisant du mal à son enfant. Pétrifiée d'angoisse, Sonja avait de plus en plus de difficulté à respirer normalement ; elle se sentait au bord de l'évanouissement.

– Tout va bien ? demanda une petite dame dans la cinquantaine en lui caressant doucement l'épaule.

Sonja sursauta et parvint à reprendre son souffle. Reconnaissante envers l'inconnue, elle eut presque envie de se jeter dans ses bras. C'est alors qu'elle tomba sur la solution.

– Oui, je vous remercie. C'est justement ça que je cherchais.

Elle pointa du doigt la rangée de bouteilles en plastique contenant de la préparation pour pâte à gaufres et en jeta plusieurs dans son panier. La femme l'observa, interloquée.

– Vous, on peut dire que vous aimez les gaufres, commenta-t-elle avant de s'éloigner.

Sonja gloussa, le cœur soudain plus léger. Elle avait trouvé l'emballage parfait. Ne manquaient plus que quelques accessoires pour empaqueter la marchandise rapidement et efficacement. Elle courut à travers les rayons, raflant rouleaux de film étirable, sacs en plastique et gants jetables avant de prendre plusieurs paquets de café en chemin vers la caisse.

La file d'attente était courte – juste deux clients devant elle – mais elle n'avançait pas. Sonja se pencha pour voir d'où venait le blocage. Il s'agissait d'une zone de caisses automatiques, où un employé du magasin zigzaguait d'un poste à l'autre pour aider les clients à passer leurs articles.

Chacun d'entre eux semblait avoir besoin d'assistance. Sonja tapa du pied, jetant régulièrement un regard à sa montre. Plus que quatre-vingt-dix minutes.

Son tour enfin venu, elle se précipita vers l'une des caisses et s'empressa de scanner chaque bouteille de pâte à gaufres. Arrivée à l'un des paquets de café, la machine refusa de lire le code-barres. Sonja le tourna dans tous les sens, fit une nouvelle tentative avec un autre paquet – rien. L'appareil n'émettait qu'une note sourde au lieu du bip joyeux qui signalait la validation d'un produit. Sonja chercha des yeux l'employé de la boutique, déjà occupé avec un autre client. Un instant, elle caressa l'idée de jeter tous ses articles dans un sac sans les régler. Mais cela pourrait se retourner contre elle, et le moment était mal choisi pour finir dans un commissariat londonien à tenter d'expliquer un malheureux chapardage. Elle tenta encore et encore de scanner le code-barres, sans y parvenir. Décidant d'oublier le café, elle essaya de passer les gants en latex mais, là encore, la machine refusa d'obtempérer. Or, elle en avait absolument besoin.

Sonja fut alors prise d'une nouvelle crise de panique. Elle sentit ses muscles se contracter au niveau de sa poitrine, l'empêchant de respirer, et avant même de s'en être rendu compte, elle avait poussé un cri de colère puis envoyé un puissant coup de pied dans la caisse automatique. L'employé se précipita vers elle, accompagné d'un vigile qui lui enjoignit de se calmer sous peine de se faire escorter hors du magasin.

– Je suis désolée, je suis désolée, répéta Sonja en tentant d'expliquer qu'elle devait impérativement prendre un avion.

Le caissier se chargea de scanner le café et les gants, puis expliqua la procédure de paiement tandis que le vigile demeurait à côté, son regard sévère fixé sur Sonja qui se confondait encore en excuses. Elle aurait tant aimé pouvoir lui faire partager la terreur qui l'assaillait, lui confier que son fils, l'amour de sa vie, le pivot de son existence, était en danger si jamais elle manquait ce vol.

105

Elle n'aurait pas le temps d'échanger sa valise avec un autre voyageur et avait peu de chances de parvenir suffisamment tôt à l'aéroport pour trouver un passager prêt à enregistrer son bagage sur son propre billet. Le vol du soir était complet, il ne lui restait donc plus qu'à prendre celui de l'après-midi et à croiser les doigts. S'en remettre au destin. Une solution qu'on ne pouvait guère qualifier de satisfaisante pour les gens comme elle.

Sonja vida les bouteilles de pâte à gaufres dans les toilettes, se demandant si elle avait les idées claires, si le danger était réel, si elle n'était pas en plein délire paranoïaque. Mais c'était de la folie, bien sûr, de tenter de faire passer une telle quantité de drogue en Islande sans véritable préparation. D'un autre côté, c'était ça ou Ríkhardur ferait du mal à Tómas. Difficile de dire si Thorgeir était sérieux lorsqu'il formulait ses menaces, s'il laisserait vraiment son gorille torturer un enfant, mais c'était un risque qu'elle ne s'autoriserait pas à courir. Se rappelant la façon dont Ríkhardur l'avait traitée, elle préférait encore finir en prison plutôt que de l'imaginer réserver le même sort à son fils. Et quand bien même elle se ferait prendre, c'était peut-être finalement ce qui pouvait arriver de mieux à Tómas. Étant donné sa situation actuelle, elle n'était pas en mesure d'élever un enfant. Éducation et trafic de drogue ne faisaient pas bon ménage, comme l'avaient parfaitement illustré ces dernières vingt-quatre heures.

Sonja se déshabilla et empila ses vêtements dans un coin de la chambre. Après avoir enfilé une paire de gants, elle versa prudemment la cocaïne dans les bouteilles de pâte à gaufres, en remplissant ainsi un total de huit. Son empressement jouait d'une certaine manière en sa faveur car, plus la marchandise était emballée tardivement, moins il y avait de chances que la drogue soit détectable. L'odeur de la cocaïne filtrait à travers toute matière plastique – du moins suffisamment pour être perçue par des chiens renifleurs –, mais cela prenait du temps. Donc, si elle se montrait prudente, en s'assurant que la poudre ne se déposait pas sur la surface extérieure des récipients, il était peu probable que l'odeur parvienne à traverser l'épaisse couche de plastique en un si bref délai. Tout cela si l'on partait du principe que la douane islandaise s'était procuré de nouveaux chiens.

Sonja alla se doucher avec les bouteilles. Après les avoir soigneusement rincées, elle sortit de la cabine puis, une nouvelle paire de gants protégeant ses mains, les enveloppa chacune d'un sac plastique avant de les saupoudrer de café et de les emballer dans plusieurs couches de film étirable. Elle les jeta ensuite dans un sac de sport arborant une photo de Big Ben qu'elle avait acheté dans une boutique de souvenirs le matin même, et recouvrit le tout avec une serviette de l'hôtel et son manteau.

Il était 13 h 30 lorsqu'elle prit place dans un taxi en direction de la gare. Elle arriverait juste à temps. Quand la voiture démarra, se sentant nauséeuse, elle ouvrit la vitre. Par la fenêtre filtrait un cocktail d'odeurs de nourriture et de gaz d'échappement, soutenu par un filet de feuilles mortes en décomposition. En faisant attention, on pouvait aussi distinguer dans l'air frais le parfum faible et hésitant du printemps.

106

Agla laissa la parole à Elvar. De toute façon, elle n'avait rien à dire. La visite de María la veille hantait encore ses pensées : sa question au sujet de sa "relation" avec Sonja, l'empathie blessante de son regard, la conscience qu'elle et nombre de ses collègues du bureau du procureur spécial avaient entendu toutes ses conversations téléphoniques. Agla sentait ses veines battre à ses tempes, et ses joues devaient être écarlates sous l'épaisse couche de fond de teint, alors que lui revenaient tous les appels passés à Sonja ivre morte, mélange de déclarations d'amour vibrantes et de reproches acerbes.

Elvar était occupé à signer une série de papiers. C'était le point final d'une enquête longue de plusieurs mois. À présent, le procureur spécial devait préparer le procès à venir devant le tribunal de grande instance, pendant qu'Elvar organiserait la défense d'Agla. Celle-ci signa à son tour les documents que lui tendait son avocat, hochant la tête lorsqu'on lui demandait si elle avait bien compris leur contenu. À vrai dire, elle n'en était pas certaine, mais les explications attendraient. Tout ce qu'elle voulait, c'était sortir au plus vite, échapper au regard inquisiteur de María et au sourire victorieux du substitut Jónsson.

Ces prochaines semaines, il n'y aurait plus de rapport, plus d'interrogatoire, plus de témoignage. Elle n'aurait pas à se présenter au travail. Et Sonja n'était plus là pour lui compliquer encore l'existence. Agla pouvait au moins s'estimer heureuse que leur relation se soit terminée avant que le pays entier ne soit au courant. Les agents du procureur étant tenus au secret professionnel, la transcription de ses échanges avec Sonja ne figurerait pas dans les documents de l'enquête.

Pour célébrer le fait qu'elle n'ait plus de comptes à rendre pour le moment, Agla passerait au magasin de vin en rentrant pour s'acheter de quoi tenir quelques jours. Ensuite, elle s'enfermerait chez elle avec ses provisions, envisagerait même de passer un coup de fil au gorille de Thorgeir pour se procurer un peu de came. Un petit boost à l'ego ne lui ferait pas de mal.

107

Posté derrière la vitre donnant sur le hall des bagages, Bragi fixait l'escalator du regard en ajustant le nœud de sa cravate. Elle était sortie de l'avion, il l'avait suivie tout le long du couloir des arrivées grâce aux caméras de surveillance ; d'une minute à l'autre, elle emprunterait l'escalier mécanique. Surpris, il l'avait trouvée moins élégante que d'habitude, vêtue d'un simple jean et d'une paire de baskets. Elle dégageait aujourd'hui une nervosité qu'il n'avait jamais remarquée chez elle. Pour l'avoir si souvent observée à son atterrissage en Islande, il avait la sensation de la connaître et, à cet instant, elle n'était pas dans son état normal. Elle avait allumé son téléphone à peine sortie de l'appareil, parcouru le couloir presque au pas de course – en tout cas bien plus rapidement que les autres passagers. Cela ne lui ressemblait pas.

Bragi sentit les poils de sa nuque se hérisser lorsqu'elle apparut enfin. Le moment était venu. Il le sentait au plus profond de son être : c'était le jour J. Il avait été tiraillé entre la culpabilité de l'avoir si souvent arrêtée sans résultat et la conviction qu'il avait affaire à un gros poisson. Mais cet instinct qu'il possédait, et qu'il avait commencé à mettre en doute, lui paraissait cette fois plus fiable que jamais. C'était bel et bien un gros poisson, et aujourd'hui était le jour où il allait la pêcher.

Pour ne pas lui laisser la moindre chance de pratiquer sa gymnastique des valises, il fonça droit dans le hall à sa rencontre. Alors qu'il n'était plus qu'à quelques pas, elle l'aperçut et, soupirant lourdement, se ratatina d'un coup, comme un ballon de baudruche dégonflé. Ses épaules se voûtèrent, son sac à main tomba au sol. Elle avait visiblement redouté cet accueil.

– Je peux vous demander de me montrer votre bagage sur le carrousel ? dit-il d'un ton doux mais autoritaire.

La mine décomposée, elle pointa du doigt un vilain sac de sport arborant une photo de cette célèbre horloge londonienne, puis elle suivit Bragi sans un mot vers la salle de contrôle.

108

Pour une obscure raison, le douanier voulut aujourd'hui qu'elle s'installe de l'autre côté de la table. Non sans mal, il déplaça la chaise destinée à Sonja, la cala contre le mur puis se tint face à elle, la table en acier entre eux deux. Après avoir enfilé des gants en latex, il ouvrit le sac à main. Sonja était perdue et tiraillée. D'un côté, elle n'était pas mécontente qu'il commence par celui-ci – cela repoussait l'inévitable échéance ; de l'autre, elle aurait voulu en finir au plus vite, mettre un terme à cette intolérable attente. Lentement, l'homme aligna un à un ses effets personnels sur la table. Il retourna le sac, le secoua, glissa la main dans la pochette extérieure. Du même geste lent, il rangea ensuite l'ensemble avant de le mettre de côté.

Le douanier s'empara alors du sac de sport, jetant un imperceptible coup d'œil à Sonja, qui crut déceler une pointe d'impatience sur son visage. Comme s'il savait que le moment était venu. Et il pouvait bien se réjouir. Attraper une femme transportant six kilos de cocaïne, c'était un beau cadeau de Noël pour un inspecteur des douanes.

Il s'agissait du même agent qui l'avait déjà arrêtée à deux reprises : un homme d'âge mûr aux traits sévères, au ton sec mais à l'expression bienveillante. Il devait approcher de la retraite. Sonja se demanda s'il avait déjà fait une aussi grosse prise. Toujours avec lenteur, il actionna la fermeture à glissière qui se bloqua en deux endroits, l'obligeant à forcer sur les coutures de mauvaise qualité. Puis il écarta les deux pans et souleva le manteau de Sonja.

– Un manteau, dit-il en le posant sur la table.

Il déplia la serviette de l'hôtel, la posa à côté du manteau.

– Une serviette, poursuivit-il d'un ton neutre.

Sonja se demanda si la scène était enregistrée. Elle jeta un regard alentour et ses yeux se posèrent sur une caméra de surveillance au plafond, juste en face d'elle. Étrangement, le douanier se tenait pile dans le champ, tournant le dos à la caméra et cachant le contenu du sac. Penché en avant, il observa un instant les bouteilles alignées dans leur emballage négligé, puis il en souleva une de sa main gantée.

– Qu'avons-nous là ? lâcha-t-il, sans spécialement diriger la question vers Sonja, semblant plutôt se parler à lui-même.

La jeune femme ne répondit rien et patienta tandis que l'homme sortait son canif pour pratiquer une incision dans le film étirable. À en juger par son air stupéfait, il s'était attendu à mieux de la part de Sonja. Et celle-ci devait bien avouer qu'il y avait peu de mérite à avoir tenté de faire passer la marchandise dans de pauvres bouteilles de pâte à gaufres, comme un vulgaire amateur. Sans parler de cet affreux sac Big Ben, bientôt photographié sous tous les angles, qu'on utiliserait comme pièce à conviction et que l'on verrait au journal télévisé. Non, même comme passeuse, ce n'était vraiment pas son heure de gloire.

Le douanier dévissa le bouchon et enfonça la lame de son couteau dans la bouteille pour en extraire un peu de poudre. De son autre main, il saisit un petit récipient en plastique qu'il ouvrit avec son pouce afin d'y verser le prélèvement. Après l'avoir refermé dans un clic, il le secoua énergiquement et le porta à la lumière.

– Zéro-zéro-un. Cocaïne, annonça-t-il en regardant Sonja, qui acquiesça.

Elle le fixa, les yeux écarquillés, tandis qu'il humectait son doigt avec sa langue et le plongeait dans la poudre. Elle était certaine que les douaniers n'avaient pas le droit de faire ça. Il se massa les gencives et haussa les sourcils.

– Sacrément pure, je me trompe ? Je ne sens plus mon nez.

– Oui, elle est censée être très peu coupée, répondit Sonja, se demandant si le moment n'était pas venu de réclamer un avocat – et le cas échéant, si elle ferait appel à Thorgeir ou à quelqu'un d'autre.

– Combien y en a-t-il ?

Le douanier chaussa ses lunettes pour vérifier la contenance d'une bouteille.

– Six kilos.

– Donc, vous avez l'équivalent du prix de trois ou quatre appartements là-dedans ?

– C'est possible. Je n'y ai jamais pensé en ces termes.

C'était la vérité. Sonja ne réfléchissait pas à la valeur de la marchandise. Elle se cantonnait à son propre rôle, sans envisager ce qu'il advenait de la drogue une fois la livraison effectuée.

Le douanier revissa le bouchon et reposa la bouteille dans le sac.

– Dois-je appeler mon avocat ? demanda Sonja.

L'agent secoua la tête.

– Pas de précipitation. Je tiens à ce que vous sachiez, même si cela ne change rien, que je n'agis que par pure nécessité. Ma femme est malade.

Il glissa la main dans la poche de son pantalon et en tira une feuille pliée qu'il tendit à Sonja. Il s'agissait d'un document imprimé sur lequel figurait : *Services des douanes – Bragi Smith*, suivi d'une liste de dates et d'heures. Un planning.

– Vous êtes Bragi Smith ? s'enquit Sonja, ne comprenant pas la signification du document.

– Oui. Et je vous propose d'être votre comité d'accueil. En échange d'une jolie part du gâteau.

Un ange passa. Difficile de dire combien de temps ils restèrent immobiles, les yeux dans les yeux. L'incrédulité se lisait dans le regard de l'un comme de l'autre. Sonja attendait confirmation qu'elle avait mal compris ou entendu ce qu'il venait de lui dire.

– Quoi ? souffla-t-elle simplement, incapable de mieux formuler sa question.

La fermeture éclair crissa tandis qu'il la remontait d'un geste rapide.

– Vous pouvez y aller, dit-il en tendant son sac à Sonja.

Elle le prit, attendit, doutant toujours d'avoir bien saisi ce qui se passait.

– N'y… n'y a-t-il pas une vidéo de surveillance ? murmura-t-elle en désignant la caméra derrière lui.

– Plus pour longtemps, répondit-il en se dirigeant vers la porte et en lui faisant signe de le suivre.

Comme en transe, Sonja lui emboîta le pas jusqu'au hall des arrivées. Elle venait de passer avec les six kilos et bénéficiait en outre d'une ouverture pour ses prochaines livraisons. S'immobilisant à la sortie de l'aéroport, elle inspira l'air glacial, l'estomac encore noué et l'esprit dans un brouillard épais.

109

– Tu devras le payer par tes propres moyens, répéta Thorgeir pour la quatrième fois.

Visiblement en proie à une sévère gueule de bois, il s'adressait à Sonja avec la même irritation qu'il manifestait depuis qu'elle avait menacé de lui envoyer les Stups.

– Tu ne comprends donc pas à quel point c'est génial ? siffla celle-ci. Nous avons une porte ouverte à Keflavík ! Je pourrais faire passer dix ou quinze kilos d'un coup !

Thorgeir se leva et lui tourna le dos pour tirer une bière du petit réfrigérateur qui trônait dans un coin de son bureau.

– Qu'est-ce que tu veux qu'on foute avec quinze kilos d'un coup ? lâcha-t-il, toujours aussi agacé.

– Il y a sans doute assez de demande par ici.

– Non, répliqua Thorgeir. Non, il n'y a pas assez de demande. Ce n'est pas comme avant la crise. Aujourd'hui, il s'agit surtout de satisfaire nos habitués, d'équilibrer les comptes, à ce moment-là tout va bien. Et tant que tout va bien… tout va bien.

Apparemment, il était trop épuisé pour faire preuve de finesse. Il ouvrit sa canette et but une gorgée.

– Ne laisse pas ta colère contre moi gâcher cette chance, Thorgeir.

Sonja employait désormais la voix suppliante qui lui avait si souvent réussi avec Adam. Un instant, elle fut convaincue que celle-ci avait fait son effet, car Thorgeir s'assit pour l'observer, l'air pensif.

– Je sais que je ne suis pas votre seule mule, que vous voulez diluer les risques, poursuivit-elle. Je le comprends bien. Mais avec cette ouverture, avec mon contact, il n'y a plus de risque. Vous êtes certains que la marchandise arrivera sans encombre, tout le monde y gagne ! Je pourrais alléger la charge des autres passeurs.

– Putain, t'es vraiment une emmerdeuse, cracha Thorgeir. Tu crois vraiment que les autres n'ont pas leurs propres contacts ? Leurs propres méthodes ? Ton douanier n'a rien de spécial, je te signale. Qu'est-ce qui te dit qu'il n'a pas un deal avec chaque mule ?

110

– Avant toute chose, je voudrais vous poser une question, dit Sonja.

Bragi coupa le moteur de la voiture et se tourna vers elle.

– Avez-vous conclu un marché avec d'autres passeurs ? Ou je suis la seule ?

– Des passeurs ? répéta-t-il. C'est ça, que vous êtes ? Une passeuse ?

Sonja haussa les épaules.

– Passeur, contrebandier, mule. Peu importe comment ça s'appelle. Je suis prise dans les griffes de types à qui je dois de l'argent, c'est comme ça que je rembourse ma dette.

– Je vois.

Il passa un coup de peigne dans ses courts cheveux gris.

– Et non, ajouta-t-il avec un sourire.

– Non, quoi ?

– Non, je n'ai pas conclu de marché avec d'autres passeurs, vous êtes la seule.

Il souriait à présent jusqu'aux oreilles, et Sonja ne put s'empêcher de sourire à son tour.

– Le problème, reprit-elle, c'est qu'ils veulent que je vous paye avec mes propres deniers. Ce qui veut dire que votre rémunération sera bien moins élevée que prévu.

– Impossible, répliqua-t-il d'un ton brusque avant de poursuivre plus doucement : je vous ai dit combien j'ai besoin de cet argent. Pour ma femme. Elle est très malade.

– Je suis désolée.

Et elle l'était sincèrement. Faire preuve de pitié à l'égard d'un inspecteur de la douane n'était certes pas censé figurer parmi ses priorités, mais cela ne l'empêchait pas de ressentir une certaine empathie pour cet homme. Ils restèrent un instant muets, contemplant par le pare-brise les bois qui ornaient les flancs de la colline d'Öskjuhlíd. Un givre grisâtre, presque argenté dans les lueurs déclinantes de l'après-midi, recouvrait les branches des arbres.

Bragi brisa le silence.

– Vous avez parlé au boss ?

– J'ai parlé à celui qui me paie. Je ne sais pas qui est le grand patron.

– Je vois.

Le bourdonnement d'un moteur se fit entendre au-dessus de leur tête. Ils suivirent des yeux un petit Cessna survolant la forêt à basse altitude avant de se poser sur la piste d'atterrissage de l'aéroport national.

– C'est Thorgeir Als qui vous paie, n'est-ce pas ?

Sonja fut sans voix l'espace d'une seconde.

– Comment… comment le savez-vous ? balbutia-t-elle.

Bragi eut un sourire bienveillant.

– Ça n'a pas été très compliqué à découvrir. La question, c'est : qui est au-dessus de Thorgeir ?

– Je l'ignore.

En toute honnêteté, elle ne se l'était jamais vraiment posée, cette question. En ce qui la concernait, Thorgeir était la source de tous ses problèmes. C'était lui qui avait d'abord pris contact avec elle, prétendant vouloir l'aider, lui qui l'avait prise au piège, lui qui s'était mis à régir son existence tout entière.

– Dans le trafic de stupéfiants, on regarde toujours du haut vers le bas, expliqua Bragi. Ceux qui sont en haut vous connaissent ; vous, vous ignorez qui ils sont. Et lorsqu'on trafique des quantités aussi importantes, croyez-moi, il y a toujours des gens très haut placés.

Il démarra le moteur.

– Si vous voulez avoir un peu de pouvoir, il va falloir découvrir qui siège en haut.

111

Sur le chemin du retour, Sonja fut soudain prise d'une faim de loup. Faisant dans sa tête la liste des fast-food à sa disposition dans les environs, elle raya finalement une à une les options qui s'offraient à elle. Son corps criait famine mais rien ne lui faisait envie. Elle se sentait nauséeuse à la simple pensée de la malbouffe que l'on trouve à tous les coins de rue, toutefois elle n'avait pas la tête à faire des courses et à cuisiner elle-même. Un bon vieux plat de poisson était le seul choix qui ne la rebutait pas à cet instant. Avec des pommes de terre et du beurre : symbole même de l'immuable routine durant son enfance, de la rassurante prévisibilité aujourd'hui. Elle fit demi-tour au niveau de l'hôpital, reprit le boulevard Miklabraut et se dirigea vers l'ouest, zigzaguant dans les petites rues du centre-ville en direction du port.

Au restaurant Saegreifinn, elle sélectionna dans la vitrine réfrigérée une brochette de bar, salivant déjà tandis que le cuisinier la faisait griller. Lorsqu'on lui apporta l'assiette, elle ne perdit pas une seconde et, au lieu de détacher chaque morceau et de manger avec sa fourchette, elle plongea ses mâchoires dans la chair brûlante du poisson à même la tige de bois, faisant dégouliner le beurre sur son menton. Elle s'essuya avec la main et poursuivit son repas comme un loup affamé. Arrivée au dernier morceau, elle en eut soudain assez et, repue, quitta l'établissement. Malgré des nerfs d'acier, elle avait tendance à perdre le contrôle de son appétit face à un stress intense. Or, à présent, elle devait prendre une décision importante.

Sa première tentative d'affranchissement avait été un échec cuisant, et désormais elle devait accepter la nécessité de courir un plus grand risque encore. Le douanier avait raison, Thorgeir ne pouvait pas être le bout de la chaîne, il devait y avoir du monde au-dessus de lui. Bragi n'émettait d'ailleurs pas le moindre doute – et il en connaissait probablement un rayon dans le domaine. Si elle parvenait à sortir Thorgeir du jeu, elle serait en meilleure position pour négocier. C'était comme faire une réclamation dans une entreprise. Il valait mieux demander à parler à un supérieur hiérarchique. Quelqu'un qui soit en charge. Et elle avait un argument de poids pour cela : le kilo de cocaïne. Celui-là même avec lequel elle avait menacé l'avocat et qu'elle gardait toujours dans son coffre à la banque. C'était une idée viable, quoique potentiellement dangereuse si ceux qui se cachaient derrière Thorgeir étaient encore pires que lui. Avec d'autres Ríkhardur à leur service. Peut-être finirait-elle par avoir toute une armée sous stéroïdes à ses trousses. Aux trousses de Tómas. Mais quel autre choix avait-elle ? Bragi voulait sa part du gâteau, Thorgeir n'était visiblement pas prêt à négocier ; le seul moyen était donc de mettre ce dernier hors jeu. Dans sa tête, elle s'était toujours représenté sa situation comme un piège, mais en fait il s'agissait plutôt d'un filet. Un filet qui se resserrait à chaque fois qu'elle essayait de se dégager.

Comme souvent, elle pensa alors à Agla. Selon les journalistes, celle-ci possédait des millions, voire des milliards de couronnes volées à la banque et dissimulées dans un paradis fiscal. Et elle voulait sans cesse lui donner de l'argent. Sonja avait parfois songé à accepter. Accepter ces sommes indécentes, emmener Tómas avec elle et s'enfuir loin d'ici. Construire une nouvelle vie, abandonner celle-ci derrière elle. Mais cette perspective présentait des inconvénients de taille. Pouvait-elle priver Tómas de toute son existence en Islande ? De ses amis, de sa langue, de son environnement ? De son père ? Car, si elle ne désirait rien plus que de voir Adam disparaître de sa propre vie, il demeurait le père de son fils. Le serait toujours.

Il n'y avait plus de doute. Elle avait pris sa décision. Elle mettrait Thorgeir hors jeu et verrait bien où cela la mènerait.

112

“Laissez-moi me charger de tout”, avait-il dit. Et elle avait accepté, mais à présent qu’ils étaient assis dans sa voiture près de la colline d’Öskjuhlíd, elle répugnait à lui confier le kilo de cocaïne. C’était sans doute un peu bête, mais elle avait la sensation d’abandonner son gilet de sauvetage. Après avoir consciencieusement réuni la drogue en subtilisant quelques grammes à chaque livraison, elle s’était mise à considérer ce paquet comme sa roue de secours, une sorte d’assurance sur laquelle elle pouvait toujours s’appuyer si la situation tournait mal. Chaque cellule de son corps protestait énergiquement contre l’idée de le remettre entre les mains d’un parfait inconnu. Qui sait s’il n’allait pas s’évanouir dans la nature, revendre la coke et laisser Sonja seule, impuissante, plus que jamais prise au piège après s’être mis Thorgeir et Ríkhardur à dos, et sans le moindre espoir de libération à l’horizon. Sonja tenait la boîte en plastique si fermement contre elle que la peau de ses phalanges était toute blanche.

– Comment ça va se passer ? demanda-t-elle.

– Exactement comme je vous l’ai expliqué, répondit Bragi d’un ton calme. J’ai des relations, je vais m’assurer qu’on fasse une descente chez Thorgeir Als après y avoir caché ceci.

Il désigna la boîte entre les mains de Sonja.

– Et vous serez débarrassée de lui.

– Et en ce qui concerne Ríkhardur ?

– Je m'en occupe. Il ne reviendra pas vous ennuyer de sitôt.

Bragi avait la voix grave et rassurante. Pour quelque raison mystérieuse, Sonja avait envie de poser sa tête sur son épaule et de pleurer. Il y avait quelque chose dans ces cheveux gris, dans ce timbre profond, qui incitait à la confiance. Au fond d'elle, elle avait la sensation qu'il était là pour l'aider, même si, à bien y réfléchir, il ne s'agissait en fait que d'un oppresseur de plus. Encore un qui voulait la manipuler. Encore un qui voulait la dominer.

– J'ai eu beaucoup de mal à réunir tout ça. Ça devait être une assurance.

Bragi hocha la tête.

– Je comprends.

Il tendit la main. Sonja prit sur elle et lui remit la boîte.

– Encore une chose, ajouta-t-elle. Ne mettez rien en marche avant 15 heures demain. Tómas sera arrivé chez moi. Mon petit garçon. Nous allons nous enfermer tout le week-end. Par sécurité.

Bragi acquiesça. Une fois sortie de la voiture, Sonja eut l'impression que la terre se mettait à trembler sous ses pieds et, l'instant suivant, que plus rien ne la rattachait au sol.

113

– Tu m'as demandé de te prévenir si je tombais sur quelque chose concernant Rikki le riche, lança Bragi en s'asseyant au bureau de Hallgrímur.

– Ouais, ouais, on sait l'un comme l'autre pourquoi Rikki est si riche, répliqua ce dernier sans lever les yeux de son ordinateur.

C'était leur mode de communication : toujours droit au but.

– Disons que j'ai échangé quelques mots avec lui. Et il m'a informé qu'un certain Thorgeir Als gardait de la marchandise à son domicile.

Bragi avait si bien préparé son histoire que lui-même aurait été incapable d'y déceler le moindre mensonge. Hallgrímur lâcha l'écran des yeux et s'appuya contre son siège.

– Une quantité importante ?

– Il n'a pas su me dire. Mais si les Stups vont y faire un tour aujourd'hui, ils sont sûrs d'être gagnants. Peut-être même de faire une bonne pêche.

– Je croyais que Thorgeir n'était qu'un pauvre type bien utile, qui se faisait payer avec de la coke pour défendre les passeurs ? Tu es sûr que Rikki *and co* n'essaient pas simplement de se débarrasser de lui ?

– Je ne peux être sûr de rien. Thorgeir doit vraisemblablement être mis hors jeu, en effet, mais je suis certain que vous récolterez le gros lot en allant frapper à sa porte.

– Il faut qu'il y en ait plus que pour sa consommation personnelle, si tu veux que je réunisse toute une équipe pour aller perquisitionner sa baraque.

Hallgrímur avait formulé sa phrase d'un ton interrogateur.

– Je me permets de t'assurer que vous ne serez pas déçus, répondit Bragi. Si vous vous y rendez dès aujourd'hui. Et que vous vous concentrez sur le garage.

Il esquissa un sourire. Hallgrímur, lui, demeurait impassible, les yeux dans le vague, plongé dans ses pensées.

– J'imagine que Rikki ne veut pas qu'on sache qu'il a cafté, dit-il.

Se penchant en avant, Bragi murmura :

– En fait, cela ne me dérangerait pas du tout si le bruit courait que c'est bien lui, l'informateur.

– Rikki veut éliminer Thorgeir et tu veux éliminer Rikki.

– On peut formuler ça comme ça.

– Hmm.

L'espace d'une seconde, Hallgrímur le regarda d'un œil inquisiteur, puis il hocha la tête en signe d'assentiment. Bragi se leva et quitta le bureau. Sans un au revoir.

– Il est super mignon ! s'écria Tómas par-dessus le morceau de salsa qui passait à tue-tête.

Maman éclata de rire. Elle était à chaque fois tellement heureuse de le retrouver qu'elle riait à tout ce qu'il disait et faisait.

– Il est hyper doux et trop gentil ! En plus, il sait faire plein de tours, comme de marcher sur ses pattes arrière. Je l'ai appelé Nounours.

Maman tourna sur elle-même dans une sorte de cha-cha-cha pendant que Tómas lui courait autour, bondissant sur le canapé et balançant ses mains au-dessus de sa tête. Elle l'attrapa, souleva son tee-shirt et lui souffla sur le ventre. Le petit garçon hurla de rire, puis il sauta par terre, saisit les mains de maman et dansa avec elle, tentant d'imiter ses pas. À la fin de la chanson, ils s'écroulèrent en sueur sur le canapé, riant à gorge déployée.

– Tu es celui que j'aime le plus au monde ! souffla maman.

– Et toi tu es celle que j'aime le plus au monde. Toi et le chien !

Maman s'esclaffa et l'embrassa sur le crâne.

– Va regarder dans le sac de courses et dis-moi ce que tu veux pour le dîner. Je vais juste jeter un œil à la porte.

Arrivé dans la cuisine, Tómas commença à fouiller dans le sac. Maman avait dit qu'ils passeraient le week-end à la maison, alors il avait fallu acheter de quoi tenir un siège. Ils avaient rempli leur panier de toutes sortes d'aliments frais et de snacks. Difficile de se décider quand on avait un tel choix ! Tómas sortit une douzaine d'œufs qu'il posa sur le comptoir. Maman pourrait faire une omelette aux champignons. Ça aussi, ils en avaient. En accompagnement, peut-être des spaghettis…

– Maman ! Tu penses que ça va ensemble l'omelette et les spaghettis ? s'exclama Tómas.

Sans réponse de sa part, il se dirigea vers le couloir et la vit agenouillée devant la porte, des vis entre les lèvres, en train de plaquer un gros crochet métallique contre le mur.

– Qu'est-ce que tu fais ?

Maman recracha les vis.

– C'est pour qu'on soit plus tranquilles, expliqua-t-elle en levant un grand bâton dans les airs. C'est une barre de sécurité. Beaucoup plus solide qu'un simple verrou.

Elle empoigna une perceuse et, visant un emplacement précis du mur, se mit à forer dans un vrombissement assourdissant. La machine paraissait si grosse entre ses mains ; maman avait l'air de rassembler toutes ses forces pour la manier, tandis que la poussière qui se dégageait du trou aspergeait ses cheveux. Tómas avait un peu pitié. Même si elle disait ne pas en avoir besoin, un homme n'aurait pas été de trop à cet instant.

Au moment précis où la perceuse se tut, on frappa à la porte. Maman eut un tel sursaut qu'elle tomba en arrière.

– Oui ? s'écria-t-elle à travers la cloison.

Elle semblait terrifiée et, l'espace d'une seconde, Tómas sentit la peur s'insinuer en lui aussi. Peut-être qu'un individu dangereux leur voulait du mal. Peut-être que maman avait acheté une barre de sécurité justement pour cette raison. Sa frayeur s'évanouit cependant lorsque la voix énergique d'une femme se fit entendre dans le couloir.

– Ce n'est que la voisine, soupira maman, soulagée, avant d'ouvrir la porte.

Vêtue d'une robe de chambre, la voisine en question tenait une assiette entre les mains.

– Je voulais juste te remercier pour la réparation de l'ordinateur. Je ne sais pas ce que tu as modifié dessus, mais je peux te dire que ça fait une sacrée différence !

– J'ai juste ajouté de la mémoire, répondit maman.

– Ah oui, ce que tu es maligne ! s'exclama l'autre, et Tómas se sentit fier.

La voisine donna l'assiette à maman en adressant un clin d'œil au petit garçon.

– Je savais que tu avais ton fils ce week-end, je me suis dit qu'il ne serait pas contre un gâteau au chocolat.

– C'est très gentil, répliqua maman en prenant l'assiette. N'est-ce pas, Tómas ?

L'intéressé hocha la tête et sourit à la femme, qui lui envoya un baiser de la main.

– Il va lui faire honneur, croyez-moi, ajouta maman. Les enfants de son âge ont un appétit d'ogre.

– Je connais ça, lâcha la voisine.

115

– Comment ça s'est passé ? murmura Sonja au téléphone.

Lorsqu'elle avait reçu l'appel de Bragi, elle s'était enfermée dans la cuisine tandis que Tómas jouait dans le salon.

– On a arrêté Thorgeir. Les Stups sont encore en train de perquisitionner la maison, mais ils ont trouvé de quoi le maintenir en garde à vue assez longtemps pour que son supérieur prenne contact avec vous.

– Comment peut-on en être sûrs ? Et si je n'ai aucune nouvelle ?

– N'ayez pas peur, vous en aurez, répondit Bragi, dont la voix profonde et calme apaisa Sonja. Vous pouvez me croire sur parole, ils ne sont pas nombreux à avoir la possibilité de faire passer plusieurs kilos d'un coup sans aucun risque. Vous devez être précieuse à leurs yeux.

Précieuse, elle ? Cela ne lui avait pas traversé l'esprit. Elle se voyait plutôt comme un bout de ficelle dans un immense filet. Vu la façon dont Thorgeir et Ríkhardur la traitaient, elle ne s'était jamais imaginé avoir la moindre valeur. Mais elle devait faire confiance à Bragi, retrouver la foi en sa propre importance.

Elle se demanda combien de temps cela prendrait avant qu'on ait besoin d'elle. Avant qu'il y ait pénurie de coke en Islande et qu'elle se voie confier une nouvelle mission. Elle ignorait ce qui se passerait si on ne la contactait pas. S'il n'y avait personne au-dessus de Thorgeir et que l'on n'exigeait plus de sa part la moindre livraison. Dans ce cas, elle serait pour ainsi dire libérée du piège. Tout ça pour atterrir aussitôt dans un autre. Car le douanier voulait sa part. Il ne se montrerait sans doute pas violent avec elle, mais elle ne savait pas quelles preuves il gardait sous la main. Peut-être avait-il conservé la vidéo de la salle de contrôle montrant la marchandise retrouvée dans son sac. Vidéo qui, tout bien réfléchi, le compromettait également, aussi était-il peu probable qu'il l'utilise pour la faire chanter.

Le plus surprenant, c'était qu'elle avait sincèrement envie de les aider, lui et son épouse malade. Ou peut-être qu'elle ne les utilisait que comme prétexte, et que, se sachant maintenant en sécurité, elle avait simplement envie d'effectuer une nouvelle livraison. De retrouver cette tension qui s'emparait d'elle à chaque voyage. Car, en toute honnêteté, elle avait fini par y prendre goût. Probablement plus que de raison.

– Je vous tiens au courant, dit Sonja, s'apprêtant à raccrocher.

– Encore une chose. Vous devriez aller rendre une petite visite à la chambre 3 du service B5 de l'hôpital de Fossvogur. Ça vous calmerait les nerfs.

116

– Attends-moi ici, achète-toi quelque chose au distributeur si tu veux, dit Sonja en tendant son portefeuille à Tómas.

Celui-ci hocha la tête et s'assit sans protester sur l'une des chaises de la salle d'attente avant de fouiller dedans.

– Je peux dépenser combien ? lui demanda-t-il alors qu'elle s'éloignait.

Elle se retourna et lui répondit :

– Prends ce dont tu as besoin.

Tómas adorait les distributeurs automatiques, pas tant pour leur contenu que pour le fonctionnement de la machine elle-même : le fait de mettre une pièce et de recevoir quelque chose en échange.

Sonja poussa la porte coupe-feu et pénétra dans le couloir où elle se désinfecta les mains, obéissant au panneau rappelant les règles d'hygiène avant toute entrée dans le service. Continuant de frotter ses paumes l'une contre l'autre, elle avança et consulta les numéros des chambres. La 3 se trouvait juste en face du tableau des gardes. Ne voyant pas le moindre infirmier, Sonja se glissa à l'intérieur.

Méconnaissable, Ríkhardur avait le visage tuméfié, un œil enfoncé et une énorme blessure le long de la mâchoire, dont les sutures formaient une toile enfoncée dans une boursouflure. Une cicatrice de plus à ajouter à la belle collection qu'il arborait déjà. Ses deux bras étaient plâtrés jusqu'au coude, et il était difficile de distinguer ses tatouages parmi les ecchymoses sur ses biceps. L'une de ses jambes était également maintenue en suspension. Ríkhardur commença à gémir en apercevant Sonja, une pointe de désespoir dans son œil ouvert.

– Eh bien, lâcha-t-elle en se penchant sur le lit. Tes petits copains te prennent pour une balance, maintenant.

Un tremblement parcourut l'homme qui marmonna quelques mots inintelligibles. Elle souleva sa couverture, dévoilant son corps abîmé. Il soupira tandis qu'elle s'approchait tout près de son visage, fixant son œil écarquillé.

– Qui cherche à baiser qui, maintenant ? siffla-t-elle entre ses dents. Qui baise qui ?

Elle était bien consciente de se montrer revancharde, mais ne pouvait s'empêcher de savourer l'instant, de savourer sa supériorité, son pouvoir sur ce monstre qu'elle avait si souvent craint. Les coups et la douleur, l'humiliation et la terreur qu'il lui avait fait subir éveillaient en elle une colère brûlante.

– Qui baise qui ?

Elle habilla ses lèvres d'un rictus glacial, suffisamment longtemps pour qu'il ait le temps de l'imprimer sur sa rétine, puis elle quitta les lieux. À la porte de la chambre, elle croisa une infirmière qui lui adressa un sourire affable, comme si elle était un membre de la famille du patient. Sonja le lui rendit et s'éloigna d'un pas léger dans le couloir. Elle se surprenait elle-même, elle s'était attendue à ce que l'état piteux de ce pauvre type dans son lit fasse naître en elle au moins une petite pointe de miséricorde. Mais rien. Clairement, ces dernières années ne l'avaient pas rendue plus humaine.

117

– Je suis tellement désolée, murmura Agla en s'appuyant au chambranle de la porte.

Sonja s'était juré de ne plus lui ouvrir, mais lorsqu'elle l'avait aperçue par le judas, ce serment était comme parti en fumée. Elle avait alors défait la chaînette et soulevé la barre de sécurité.

Tómas se précipita dans le couloir. Son visage s'illumina d'un sourire solaire lorsqu'il vit Agla.

– Salut ! s'exclama-t-il d'une voix enthousiaste. Tu viens jouer avec moi ?

Agla jeta un bref regard à Sonja avant de baisser aussitôt la tête.

– Pas maintenant, mon chéri, je ne fais que passer.

Elle tendit la main, lui ébouriffa les cheveux, puis il repartit dans le salon d'un pas trottinant. La maladresse d'Agla ne manquait jamais d'émouvoir Sonja. Cette sincérité fragile dans son approche des autres qui semblait si contradictoire avec sa personnalité, avec les complots nébuleux, les ruses, les jeux auxquels elle s'adonnait dans le cadre de la banque et dont Sonja lisait l'étendue dans la presse, toujours aussi abasourdie. C'était même précisément ce qui avait fait naître son amour pour elle au tout début. “Laisse-moi te donner du plaisir”, avait soufflé Agla à son oreille, glissant la main sous sa ceinture, alors qu'elles s'étaient réfugiées aux toilettes lors du pot annuel de la banque. Elles avaient trop bu, sniffé trop de cocaïne. La semaine précédente, elles s'étaient déjà embrassées au cours d'une soirée, comme par accident. Après cela, Sonja n'avait cessé d'y penser. Les premières fois Agla se montrait trop intense, trop brusque, trop rapide, mais sa gaucherie ne faisait qu'accroître l'excitation de Sonja – entre ses bras, elle se sentait soudain la créature la plus désirable au monde. Une déesse de perfection qu'Agla priait à corps perdu, tremblante et prosternée.

À présent, en l'observant ainsi appuyée contre le cadre de la porte tandis qu'elle lui présentait ses excuses pour la mille et unième fois, Sonja ne voyait plus en elle que l'origine de son infortune. Le jeu des *si* se mit en marche dans sa tête, tel un refrain lancinant. Si Agla et elle ne s'étaient pas rencontrées, elle n'aurait sans doute pas quitté Adam, elle n'aurait pas perdu la garde de Tómas, elle n'aurait pas été prise au piège. La source de tous ses tourments, c'était bien elle, finalement. Ou plutôt les sentiments qu'elle éprouvait envers elle, car Agla n'avait jamais cherché qu'une relation physique. L'erreur de Sonja avait été de tomber amoureuse.

– Je ne peux pas, Agla, souffla-t-elle, tentant de se montrer douce mais ferme. Il y a des tas de femmes qui t'offriront ce que tu désires. Je ne suis pas l'une d'elles.

Agla la fixa, bouche ouverte comme pour dire quelque chose, puis elle tourna les talons et s'éloigna. Sonja referma lentement la porte, inspirant profondément pour apaiser la tempête qui sourdait en elle. Elle aurait voulu retrouver la même sensation de liberté que la dernière fois où elle l'avait repoussée. Mais non. Rien. Foutue Agla, d'être venue remuer ces sentiments ! Foutue, putain d'Agla.

118

– Fais ton sac, mon petit Tommi ! s'écria Sonja depuis la cuisine en versant du fromage blanc dans un bol.

Le café était en train de passer. Elle enfonça deux tranches de pain de mie dans le grille-pain et sortit le beurre du réfrigérateur. Elle comptait bien profiter des dernières heures avec son fils avant de l'emmener à l'école à Akranes. Il faisait encore sombre dehors. Frissonnant, elle se pencha vers le chauffage et poussa le bouton à fond. Le radiateur émit un sifflement agréable tandis que l'eau brûlante affluait dans la tuyauterie et, posant sa main sur le métal tiède, Sonja sentit la chaleur monter progressivement.

En général, Adam voulait que Tómas rentre à la maison dès le dimanche soir, mais cette fois l'enfant avait réussi, à grand renfort de larmes, à convaincre son père de lui laisser une nuit de plus. Et ils en avaient fait bon usage, jouant au Mastermind toute la soirée avant de lire ensemble une bande dessinée au lit jusqu'à ce que Tómas tombe de sommeil. Maintenant Sonja pouvait savourer une matinée supplémentaire avec lui. S'appuyer au radiateur désormais bien chaud, siroter tranquillement son café et regarder le petit garçon manger son fromage blanc en lisant les BD du journal. Elle avait bon espoir que, puisqu'il devait se rendre directement à l'école, il serait moins triste de lui dire au revoir. Peut-être même qu'il n'y aurait pas de larmes cette fois.

– Pourquoi Bob est sur la tienne, et pas la mienne ? demanda Tómas en entrant dans la cuisine, une photographie à la main.

– Quoi ?

Sonja s'empara de la photo trouvée un soir dans sa boîte aux lettres, celle de l'équipe des jeunes footballeurs de l'Association sportive d'Akranes, avec Tómas à genoux au premier rang, Adam derrière avec les parents et, tout au bout à gauche, Ríkhardur.

– J'ai la même, sauf qu'il n'y a pas Bob sur la mienne. Pourquoi il est sur la tienne ?

– Bob ? C'est qui, Bob ?

Sonja sentit ses battements cardiaques s'accélérer jusqu'à devenir un bourdonnement continu contre ses tympans.

– Bob l'éponge, le copain de papa, répondit Tómas en désignant Ríkhardur du doigt.

119

Le bourdonnement était devenu tellement fort que Sonja entendait à peine Tómas, assis sur la banquette arrière, vanter les mérites de son chien. Cela expliquait tout. C'était même une évidence, mais elle avait été trop près, trop liée aux circonstances pour discerner la réalité. Cette réalité qui aurait dû lui sauter aux yeux. Thorgeir avait été le camarade de classe d'Adam – pourquoi avait-il tenu à lui offrir son aide à elle plutôt qu'à lui ? Il aurait été plus logique qu'il soit du côté de son ami. La façon catastrophique dont il avait négocié les termes de la garde de Tómas tombait désormais sous le sens. Ce n'était pas seulement de sa faute à elle, ce n'était pas seulement parce qu'elle n'avait pas les moyens d'être une mère digne de ce nom. La vérité, c'était que Thorgeir avait travaillé pour Adam durant tout ce temps.

Sonja serra les mâchoires. La tension qui bouillonnait dans son corps était sur le point d'avoir raison d'elle. Elle appuya sur la pédale d'accélération.

– Maman ! Tu vas trop vite ! s'écria Tómas tandis qu'elle doublait une quatrième voiture en passant Kjalarnes. C'est quatre-vingt-dix, rappelle-toi !

Elle leva le pied. Le petit garçon reprit son monologue sur le chien, l'odeur du chien, les jeux du chien, et Sonja acquiesçait, ponctuant sa logorrhée d'un "hmm" régulier pour lui montrer qu'elle l'écoutait. Mais dans sa tête, un violent orage était en train de se former. Et Ríkhardur !

Ríkhardur surnommé Bob l'éponge. Le copain de papa, avait dit Tómas. Il vient souvent à la maison, avait dit Tómas. Un mec trop cool avec des tatouages et tout. Sonja prit son téléphone à carte dans sa poche et l'alluma. Elle s'impatienta tandis que l'appareil mettait une éternité à démarrer, puis elle ouvrit ses messages, retrouva la photo que Ríkhardur lui avait envoyée le jour de la disparition de Tómas et tendit le portable à son fils.

– Regarde ça, Tommi. C'est bien Bob ?

Le petit garçon observa la photo.

– Oui. C'est le jour où il m'a emmené chercher Nounours. Papa a dit que j'avais le droit de manger une glace même si ce n'était pas samedi.

La tension se relâcha soudain, se transformant alors en un sentiment de profonde impuissance. Sonja était comme accablée par la fureur. Tómas ne s'était jamais fait enlever, comme Adam avait voulu lui faire croire. Ça n'avait été qu'une mise en scène pour la faire à nouveau prisonnière après qu'elle avait menacé Thorgeir.

– Maman ! s'exclama Tómas. Tu viens de passer devant l'école !

Sonja fit demi-tour et se gara sur une place de parking devant l'établissement scolaire. Elle sortit de la voiture, ouvrit la portière arrière et serra Tómas dans ses bras.

– Maman… commença-t-il tandis que la tristesse gagnait son visage.

– Allons, allons, sois fort. Dépêche-toi d'aller en classe et dis-toi que tu vas pouvoir retrouver Nounours ce soir !

Elle lui donna son cartable et le poussa vers l'école. Ces au revoir poignants, ainsi que toutes les autres souffrances qu'elle avait endurées ces dernières années, étaient depuis le début le fait d'Adam.

120

Pétrifiée, Sonja regarda droit dans les yeux d'Adam quand celui-ci ouvrit la porte. Elle sentait gronder en elle des sentiments dont elle ignorait jusqu'ici l'existence. Elle ouvrit la bouche pour parler, mais aucun son ne sortit. Elle était sans voix. Adam la fixa à son tour, d'abord étonné de la voir ici ; puis la colère, comme une ombre, s'étendit sur son visage avant que ses sourcils s'arquent et que ses lèvres se courbent en un sourire. Il savait qu'elle savait.

– Comment peux-tu traiter ainsi une femme que tu as un jour aimée ?

Le sanglot coincé dans sa gorge fut une surprise. Elle ne croyait pas se montrer émotive devant lui. Elle s'était attendue à exploser de rage, mais finalement c'était le sentiment d'impuissance qui l'avait emporté.

– C'est fou la façon dont l'amour peut se transformer en haine, tu ne trouves pas ? siffla-t-il, un rictus sardonique aux lèvres. Qu'est-ce que ça fait, d'être trahi ?

– Je… je ne sais même pas quoi dire. Je ne t'aurais jamais imaginé capable d'une telle chose.

Les pensées tourbillonnaient dans sa tête à une telle vitesse qu'elle n'eut bientôt plus aucun contrôle sur elles et fut prise de vertiges.

– Sauver les meubles, Sonja. Il fallait bien sauver les meubles, trouver un moyen de gagner de l'argent après la crise.

Adam se mit à rire. Sonja ne comprenait pas comment elle avait un jour pu trouver ce rire charmant. Un éclat si délicieux qu'il réjouissait tout le monde autour de lui. À présent, il ne provoquait plus en elle qu'une violente douleur. Un profond dégoût.

– Je dois bien admettre que j'ai été surpris de voir comme tu étais douée, poursuivit Adam. Je ne te connaissais pas le moindre talent, à vrai dire. Je comptais d'abord te laisser te débrouiller jusqu'à ce que tu te fasses prendre et que tu disparaisses enfin de notre vie, à Tómas et à moi.

Le prénom de son fils enflamma une étincelle, sema le chaos dans l'esprit de Sonja, et l'impuissance se mua aussitôt en folie furieuse. Elle se jeta sur Adam, abattit ses poings sur son visage avant que l'homme ne parvienne à reprendre le dessus et la maintienne prisonnière. Elle se débattit, hurla ; c'est alors qu'il la lâcha d'un coup pour la pousser sur les marches du perron. Ne parvenant à reprendre pied sur le gel qui recouvrait le béton, elle tomba. Affalée dans la neige au bas de l'escalier, elle criait et pleurait pendant qu'Adam la regardait depuis la porte, l'air amusé.

– Ce qui est drôle, même si ça m'ennuie de le dire, c'est que tu es devenue plus ou moins importante. Ton contact à la douane dont Thorgeir m'a parlé va nous être bien utile.

– Tu crois vraiment que je vais encore faire des voyages, espèce de monstre ? cracha-t-elle.

– Oh que oui, répondit Adam le plus calmement du monde. Nous avons des vidéos de toi acceptant de l'argent de Thorgeir. Pas une, pas deux, mais pour chacune de vos transactions. Ce serait très moche s'il se mettait à parler de toutes les livraisons que tu as faites pour lui.

– Je vais prendre les devants, j'irai à la police et je raconterai tout ! s'exclama-t-elle.

Se redressant péniblement, elle sortit son téléphone. Adam descendit lentement les marches du perron, s'empara de l'appareil et le remit dans la poche de Sonja.

– Arrête ton char. Je sais que tu ferais n'importe quoi pour un week-end avec Tómas. Et si tu vas en prison, ce sera terminé. Tu vas donc continuer de faire ce qu'il faut pour garder ce week-end mensuel avec lui.

– Ce week-end ? Il y en a deux, Adam. Deux par mois.

Les larmes se mirent à rouler de manière incontrôlée sur ses joues.

– Un seul suffira, dit Adam. Ce n'est pas bon pour Tómas de passer trop de temps avec toi.

– Adam, ne fais pas ça, supplia Sonja.

– On verra. Si tu es gentille, on pourra peut-être envisager de te redonner deux week-ends.

– Gentille ?

– Oui. Tu as montré que tu savais te débrouiller. Bien sûr, c'est dommage de perdre Rikki pendant plusieurs semaines, mais un peu de discipline ne lui aura pas fait de mal. Je paierai ton douanier si tu fais passer six kilos. Ton prochain rendez-vous sera à Copenhague. Je t'envoie un message avec l'adresse. Il nous faut le colis pour début février.

– Et si je refuse ?

– Ça ne fait pas partie de tes options, murmura Adam en tendant la main pour essuyer une larme sur la joue de Sonja. Tu feras ce qu'il faudra.

121

Arrivé de bonne heure, Bragi patientait déjà devant le bureau de l'infirmière en chef lorsque celle-ci prit sa garde. Il attendait ce moment depuis si longtemps qu'il avait voulu régler l'affaire le plus tôt possible.

– Il y a un problème ? demanda la jeune femme, enlevant son manteau avant de le pendre à la patère derrière la porte.

– Au contraire. J'ai de très bonnes nouvelles.

– Voilà qui fait plaisir à entendre.

L'infirmière prit place sur son siège et appuya ses coudes sur son bureau.

– Je vais libérer la place de Valdís, annonça Bragi en lui adressant un sourire.

Elle demeura interdite.

– Comment ça, vous allez libérer sa place ? Vous voulez la transférer ailleurs ?

– Non. Je veux la ramener à la maison.

À l'instant où il prononça cette phrase, le rêve qu'il avait caressé depuis tant d'années lui apparut plus nettement que jamais, et il lui sembla presque percevoir l'atmosphère qui régnerait à la maison lorsque sa femme serait de retour. Il l'embrasserait sur le front, la regarderait. La regarderait dans le confort de son foyer, voilà tout. Son bonheur absolu.

– Comment… Qu'est-ce que… Je ne comprends pas comment…

L'infirmière s'agitait sur son siège, à la recherche de la bonne question.

– J'ai engagé un service d'aide à domicile vingt-quatre heures sur vingt-quatre, expliqua Bragi. Trois aides-soignantes qui se relaieront.

La femme soupira et s'appuya contre le dossier du fauteuil.

– Puis-je vous demander d'où vous est venue cette idée ?

– Elle est loin d'être nouvelle. Disons juste que, depuis quelque temps, j'ai cessé de croire au fait que la solution puisse venir de l'extérieur. On pense que le travail nous sauvera du besoin le moment venu, et puis on se rend compte que la maigre retraite qu'on nous accorde après plusieurs décennies de bons et loyaux services suffit à peine à payer les factures. Alors, on se dit que c'est le système de santé qui se chargera de nous, seulement ça ne fonctionne que dans des établissements bien précis, ce qui entraîne par exemple la séparation des couples…

– Dans les cas comme celui de Valdís… commença l'infirmière.

– Ensuite, l'interrompit Bragi, on croit que nos enfants vont venir nous prêter main forte, mais voilà qu'ils vivent à l'autre bout du monde et ne rentrent qu'un été sur deux, surtout pour jouer les guides touristiques et montrer chutes d'eau et geysers à leurs amis étrangers. Alors, on se retrouve seul. Et on se rend compte qu'il faudra se débrouiller pour s'en tirer.

– Si cela concerne les ecchymoses…

Bragi la coupa à nouveau :

– Ce n'est qu'une partie du problème.

– Vous constaterez très vite que sa peau marque facilement. C'est dû à la Coumadine, comme je vous l'ai déjà expliqué.

– On verra bien.

– Si je peux me permettre, comment allez-vous supporter le coût de l'hospitalisation à domicile ?

– Disons que j'ai eu un coup de chance. J'ai trouvé un nouveau moyen de faire fructifier mes talents. Nécessité est mère d'industrie, n'est-ce pas ?

L'infirmière secoua la tête, incrédule. Elle se pencha à nouveau en avant, les coudes sur le bureau.

– Je vous conseille tout de même de bien y réfléchir. Si l'argent n'est pas un problème pour vous, le fait d'avoir une patiente à ce stade avancé d'Alzheimer à la maison pose d'autres difficultés. Peut-être qu'un conseiller extérieur pourrait…

– Non, merci. J'ai pris ma décision. Nous avons installé un lit médicalisé dans le salon, et ma demande pour des soins à domicile est en cours de traitement. Un infirmier viendra préparer les médicaments de Valdís, assurer son suivi et donner des instructions aux aides-soignantes.

– Je vois.

– Je vais enfin pouvoir retrouver le plaisir de rester à la maison.

Sur le chemin de la sortie, Bragi avait du mal à cesser de sourire. Il vendait peut-être la peau de l'ours avant de l'avoir tué, n'aurait sans doute pas dû libérer la place de Valdís avant de s'être assuré que les prochaines livraisons de Sonja auraient bien lieu. Mais il avait eu trop hâte et n'avait pas voulu attendre qu'une brute la couvre une nouvelle fois de bleus. Valdís n'avait pas à subir de tels traitements alors que son existence était sur le point de s'achever. Qui sait combien de temps il lui restait ? Il fallait bien agir avant qu'il ne soit trop tard.

122

Après avoir passé une bonne heure dans sa voiture devant l'école de Tómas, Sonja avait enfin pris une décision. Lorsque les brumes de son esprit s'étaient dissipées, que la seule solution viable n'avait plus laissé place à la moindre ambiguïté, cela avait été d'une simplicité enfantine. Il n'y a plus à tergiverser quand on connaît ses priorités. Or, la sienne, c'était Tómas. La vision qu'elle s'était forgée de l'avenir, l'image qu'elle s'en était faite lors de ses rêveries éveillées, ce n'était que des détails. Des détails insignifiants, des illusions vides de sens, un rêve qui ne pouvait se réaliser. La seule chose qui comptait, c'était d'assurer la sécurité de Tómas, et elle en était désormais l'unique garante.

Elle avait encore les cuisses mouillées de sa chute dans la neige devant la maison d'Adam, et son visage était bouffi après une heure à sangloter dans sa voiture. Mais lorsqu'elle s'arrêta enfin, lorsqu'elle essuya ses yeux rougis, le brouillard se leva et la décision lui sembla évidente.

Ce devait être un de ces tournants de l'existence, car sa vie se mit à défiler dans sa tête comme un film. Les erreurs, la façon dont elle avait sans cesse sous-estimé ses propres capacités. Et la peur. La peur qui avait dicté chacune de ses actions – pas seulement ces deux dernières années, mais tout au long de sa vie. Aussi loin qu'elle se souvienne, elle avait toujours eu peur. Il était temps d'y mettre un terme, de ne plus laisser ses craintes la gouverner.

Elle aurait tout donné pour revenir en arrière, ne pas se laisser prendre au piège, et pourtant cette expérience l'avait pourvue d'une force hors du commun. Elle s'était rendu compte que, poussée à bout, elle était capable d'aller plus loin qu'elle ne l'aurait jamais soupçonné. Et elle savait désormais qu'elle y arriverait. Tómas avait son sac de voyage avec lui après le week-end. Il contenait tout le nécessaire, y compris le passeport de l'enfant. Sonja avait toujours insisté pour qu'il l'emporte à chaque fois qu'il lui rendait visite. Car depuis des mois, peut-être même depuis le début, elle avait su que ce jour viendrait.

123

Tómas remarqua tout de suite que maman n'était pas dans son état normal lorsqu'elle vint le chercher à l'école. Après avoir doucement frappé à la porte de la classe, elle glissa la tête dans l'entrebâillement pour s'assurer qu'elle était dans la bonne salle, et tous les élèves levèrent le nez de leur exercice de mathématiques. Maman balaya le groupe du regard avant d'apercevoir son fils.

– Je viens chercher Tómas. Il a un rendez-vous chez le docteur, j'avais complètement oublié de vous le signaler.

Elle fit au professeur un sourire un peu trop crispé. Tómas glissa ses affaires dans son cartable et se leva.

– Il revient plus tard ? s'enquit l'enseignant.

C'était le remplaçant de Gudrún, la directrice, qui s'était cassé la jambe sur une plaque de verglas. Tómas avait l'impression qu'il s'agissait d'un adolescent, si maigre et avec son visage constellé de boutons.

– Je ne pense pas. Son médecin est à Reykjavík, donc nous n'aurons sûrement pas le temps de revenir.

– Bon. Eh bien, à bientôt mon petit Tómas.

L'enfant marmonna un au revoir et emboîta le pas à maman dans le couloir. Avant que la porte se referme, il entendit le professeur ordonner aux enfants de reprendre leurs calculs. Maman prit son manteau et son sac de voyage suspendus à la patère avant de lui faire signe de mettre ses chaussures.

– Je suis malade ? demanda le petit garçon.

Elle le regarda sans comprendre.

– Quoi ?

– Pourquoi je dois aller chez le docteur ? Je suis malade ?

Tómas était un peu déconcerté par ce soudain changement de programme. Le week-end était terminé, il était supposé rentrer à pied chez papa après l'école. Même s'il était content de revoir maman, il se passait quelque chose de bizarre. Peut-être était-il vraiment malade et qu'elle seule le savait, voilà pourquoi elle l'emmenait chez le médecin. Peut-être avait-il le cancer, ou du diabète. Ou encore la rougeole. La rougeole était une maladie très sérieuse, avait dit le remplaçant boutonneux.

– Je suis gravement malade, maman ?

– Non, non, tu n'es pas malade du tout, mon chéri. Je vais tout t'expliquer dans la voiture.

Elle lui prit la main et le tira un peu brusquement le long du couloir jusqu'à l'entrée sur le côté de l'école.

– On fait la course ? s'exclama-t-elle. Le premier arrivé à la voiture !

La prenant au mot, Tómas se mit à courir à toutes jambes. La neige avait formé d'épaisses couches de glace sur le parking, là où des centaines d'enfants avaient piétiné le sol. Le petit garçon ne cessait de trébucher, comme maman ; refusant de se laisser abattre, il piqua un sprint malgré tout et remporta la course haut la main. À vrai dire, il avait du mal à comprendre pourquoi sa mère avait tenu à l'affronter – elle savait très bien qu'il courait plus vite qu'elle.

Tómas s'assit à l'arrière du véhicule et maman démarra avant même qu'il ait eu le temps de mettre sa ceinture, ce qui prouvait bien qu'il y avait urgence – d'ordinaire, elle se montrait très attentive à la sécurité. Ils devaient être très en retard pour le rendez-vous chez le médecin.

– On va me faire une piqûre, maman ?

Elle accéléra à un feu orange qui passa au rouge alors que la voiture traversait le croisement.

– Non, mon chéri. Nous partons en vacances à l'étranger. Tu as bien ton passeport dans ton sac, comme toujours ?

124

Sonja avait jeté quelques vêtements en vrac dans ses valises, acheté deux billets d'avion et réservé une voiture de location. Figé, Tómas l'observait en train de courir partout dans l'appartement, réunissant ses affaires. Il avait les yeux écarquillés, interrogateurs et, lorsqu'elle croisa son regard, elle fut soudain prise d'un doute, d'une envie de tout arrêter. Mais ce n'était pas le moment de tergiverser. Sa décision était sans appel.

– C'est juste une idée de dernière minute ! s'exclama-t-elle, s'efforçant de prendre un ton enthousiaste. Ça va nous faire du bien de passer un peu plus de temps ensemble, de nous reposer.

Elle ferma son sac, poussa enfant et valises sur le palier avant de claquer la porte de l'appartement, puis elle glissa ses clés dans la boîte aux lettres de la voisine ; elle l'appellerait plus tard pour lui expliquer la situation. Ou plus exactement pour inventer quelque mensonge.

Arrivée au comptoir de la banque, elle inspira profondément et adopta un ton calme et mesuré avec le guichetier. Elle refréna son envie de le pousser tandis qu'il la menait d'un pas tranquille à la salle forte au sous-sol de l'établissement. Il ouvrit l'accès à Sonja puis sortit de la pièce pour la laisser déverrouiller son coffre avec sa propre clé. S'emparant de son petit tas de pièces d'or, elle le jeta dans un tintement dans son sac à main. Elle sépara son épaisse liasse de billets en deux : monnaie étrangère et couronnes islandaises. La pile de devises étrangères était plus haute, Sonja ayant mis à profit chacun de ses voyages hors d'Islande. Elle compta ensuite cinq cent mille couronnes islandaises qu'elle mit dans la poche de sa veste. C'était la somme maximale qu'elle était autorisée à échanger depuis la mise en place des restrictions. Elle se procurerait des dollars à l'aéroport. Elle glissa le reste des couronnes dans une enveloppe qu'elle rangea dans son sac à main. Après avoir remercié l'employé de banque, elle remonta l'escalier en quelques bonds et retrouva Tómas dans la voiture, occupé à jouer avec son téléphone portable.

Elle se gara sur le trottoir plutôt que sur la place de parking accolée à la maison : cela semblait plus rapide. C'était l'un de ces petits pavillons alignés, typique du quartier, avec un parterre de fleurs à l'avant et un petit jardin à l'arrière. Sonja sortit l'enveloppe contenant les billets, fouilla dans son sac à main à la recherche d'un stylo et écrivit en lieu d'adresse : *"Je ne peux pas donner suite à notre accord. J'espère que ceci vous sera utile."* Elle vérifia le nom affiché sur la porte. C'était bien ici que vivait Bragi Smith. Elle glissa l'enveloppe dans la boîte aux lettres.

125

Sonja ne retrouva une respiration normale qu'une fois passé le contrôle de sûreté à l'aéroport de Keflavík. Elle ne pouvait toutefois s'empêcher de scruter les alentours. Il restait encore plus d'une heure avant que la journée d'école se termine et qu'Adam se rende compte de la disparition de Tómas. Au vu de leurs échanges du matin, il ne mettrait pas longtemps à faire le rapprochement et à comprendre que Sonja était allée récupérer son fils ; mais combien de temps lui faudrait-il pour deviner qu'elle projetait de quitter le pays ? Son plan fonctionnerait, elle le savait, pourtant elle continuait d'inspecter les environs et tenait fermement la main de Tómas pour ne pas le perdre de vue une minute. Toute la journée n'avait été qu'une longue course contre la montre. Mais, à présent, ils étaient à l'abri dans l'aéroport et, bientôt, ils poseraient le pied sur un autre continent.

– Ça va être des longues vacances, maman ? s'enquit Tómas.

Sonja réfléchit.

– Au moins quelques semaines.

Si elle avait été tout à fait honnête, elle lui aurait avoué qu'ils ne rentreraient peut-être jamais à la maison.

– Nounours va se sentir seul, fit remarquer le petit garçon.

Sonja déglutit. Elle avait besoin de paix pour remettre ses idées en place, faire le tri dans les souvenirs de ces dernières années, évaluer sa position. Penser, tout simplement. Ensuite seulement, elle lui parlerait. Lui expliquerait la situation dans un langage qu'il comprendrait. Neuf ans, c'était trop jeune pour s'entendre dire qu'on allait s'envoler en pleine nature.

– Je peux avoir du gâteau ? demanda-t-il, les yeux fixés sur sa mère.

Celle-ci hocha la tête. Ils se dirigèrent vers le comptoir du self-service et Tómas observa attentivement la sélection de pâtisseries derrière la vitrine, comme si le choix entre un gâteau à la carotte et un fondant au chocolat allait déterminer son destin.

Ils avaient pris place à une table et Tómas avait déjà bien entamé sa part de gâteau lorsque le téléphone de Sonja se mit à sonner, affichant le nom de Libbý. La voyant qui ne décrochait pas, le petit garçon leva un œil interrogateur sur elle.

– Tu ne réponds pas ? lança-t-il la bouche pleine.

Mieux valait essayer de se comporter aussi normalement que possible. Sonja appuya sur le bouton vert. Portant l'appareil à son oreille, elle eut droit à l'habituel "Salu-ut !" en trois syllabes.

– Salut, Libbý, soupira Sonja, gardant le sourire face à Tómas.

– Tu n'es pas venue à la réunion couture ! s'exclama son amie, sans cacher le ton accusateur de sa voix.

– Non, j'ai eu un imprévu.

– Ah bon ?

Libbý attendait vraisemblablement davantage d'explications. Devant le silence de Sonja, elle reprit :

– Les filles et moi, on a discuté et nous sommes tombées d'accord. On pense que tu es déprimée.

Cette fois, le sourire de Sonja était tout ce qu'il y avait de plus sincère.

– Vous croyez ?

– Oui, fit Libbý dans un souffle. Le fait de s'isoler de son entourage, c'est un des symptômes courants de la dépression.

Dans une autre situation, Sonja se serait probablement mise en colère. À cet instant, elle se contenta de rire. Clairement, ses amies n'avaient pas regretté son absence : au moins, elles avaient pu cancaner à son sujet.

– J'en ai parlé à ta mère, ajouta Libbý, et elle est d'accord avec moi.

– Ma chère Libbý, répliqua Sonja d'une voix douce, je te remercie de ton inquiétude et de ta sollicitude, mais je vais bien. Pour tout te dire, cela fait même longtemps que je n'ai pas été aussi heureuse.

Sur ces mots, elle raccrocha, ouvrit la coque de son téléphone puis retira la carte SIM qu'elle brisa en deux et jeta dans un gobelet vide sur la table voisine. Se penchant sur l'assiette de Tómas, elle attrapa un petit morceau de gâteau qu'elle porta à ses lèvres.

Deux heures plus tard, alors que l'avion se mettait en mouvement, Sonja ferma les paupières. Elle était assise côté couloir, un siège vide à côté d'elle ; contre le hublot, un casque sur les oreilles, Tómas s'absorbait déjà dans un épisode de série télévisée. Lorsque les roues quittèrent le sol, elle sourit. À cette seconde précise, dans la classe économique de cet avion Icelandair, à quelques mètres audessus du sol, elle fut envahie pour la première fois depuis des années d'un sentiment de sécurité. Elle était avec son fils, personne ne savait qu'ils quittaient le pays et, quand bien même quelqu'un découvrirait que leur destination était la Floride, on aurait du mal à retrouver leur trace après l'atterrissage. Sonja allait tisser un véritable labyrinthe pour terminer sa course au plus vite dans un lieu calme et chaleureux, un lieu isolé où la vie ne serait pas trop chère afin que ses économies lui durent le plus longtemps possible. Et lorsqu'elle n'aurait plus rien, elle pourrait toujours prendre contact avec Agla.

Agla. Le cœur de Sonja manqua un battement quand son visage lui apparut. Si seulement les choses s'étaient passées autrement. Si seulement Agla ne s'était pas mise dans un tel pétrin. Avec la peine de prison qui l'attendait et tout le reste. Sonja soupira. Il y avait dans sa fuite une indéniable capitulation. Envolé l'espoir d'une histoire d'amour heureuse avec Agla ; envolé l'espoir d'une vie normale avec Tómas en Islande. Elle aurait tant voulu que ses économies lui servent plutôt à acheter un appartement, qu'Adam et elle se partagent la garde de leur fils. Mais c'était avant qu'elle prenne conscience de l'étendue des dégâts. De qui était vraiment Adam. De qui se dissimulait derrière cet homme. Toutes ces fois où elle s'était consolée de ses déboires en se disant qu'au moins Tómas était en sécurité chez son père. Pure illusion. Il n'y a pas de sécurité chez un trafiquant de grande envergure. Elle avait déjà songé à s'envoler à l'étranger avec son fils, mais ne s'y était jamais résolue de peur de le priver de père. Désormais, plus le moindre doute. Tómas n'avait pas sa place chez un dealer. Là-bas, au loin, elle se construirait une nouvelle vie. Une vie plus simple. Dans un lieu sûr, à mille lieues de l'Islande.

L'avion vibra légèrement et les voyants des ceintures de sécurité s'allumèrent. Il s'agissait des turbulences habituelles au-dessus de l'inlandsis du Groenland. Passé cette zone suivraient de longues heures dans les airs jusqu'à l'instant où Sonja porterait le petit garçon endormi et les valises dans une voiture de location avant de prendre la route dans la chaude nuit de Floride. Comme s'ils partaient vraiment en vacances.

Cet ouvrage a été imprimé par CPI France
en janvier 2017

Cet ouvrage a été composé par
Atlant'Communication
au Bernard (Vendée)

N° d'édition: 2830001 – N° d'impression: 139208
Dépôt légal: mars 2017

Imprimé en France